W0087753

HASSAN BLASIM

Der Verrückte vom Freiheitsplatz und andere Geschichten über den Irak

Aus dem Arabischen von
Hartmut Fähndrich

Verlag Antje Kunstmann

Die Übersetzung aus dem Arabischen wurde mit Mitteln des Auswärtigen Amts unterstüzt durch Litprom – Gesellschaft zur Förderung der Literatur aus Afrika, Asien und Lateinamerika e.V.

Übersetzer und Verlag danken der Schweizer Kulturstiftung PRO HELVETIA für die großzügige Unterstützung dieser Arbeit.

© der deutschen Ausgabe: Verlag Antje Kunstmann GmbH, München 2015
© der Originalausgabe: Comma Press & Hassan Blasim 2009 , 2013, www.commapress.co.uk
Die Originalausgaben erschienen unter den Titel »The Madmen of Freedom Square« (2009) und »The Iraqi Christ« (2013)
Alle Rechte vorbehalten
Covergestaltung: Heidi Sorg + Christof Leistl, München
Coverillustration: Danijel Zezelj
Typografie und Satz: www.frese-werkstatt.de
Druck und Bindung: Pustet, Regensburg
ISBN: 978-3-95614-058-7

Inhalt

Das Lied der Ziegen

Die Leute standen Schlange, um ihre Geschichten zu erzählen. Die Polizei musste Ordnung schaffen. Man sperrte die Hauptstraße, die am Radiogebäude vorbeiführte, für Autos. Es wimmelte von Taschendieben und fliegenden Zigarettenverkäufern. Außerdem gab es berechtigte Befürchtungen, ein Terrorist könnte sich unter die Wartenden mischen und alle diese Geschichten in eine Fleisch- und Feuermasse verwandeln.

Radio al-Dhâkira, der Erinnerungssender, war nach dem Sturz des Diktators gegründet worden, und von Beginn an bemühte sich die Direktion um eine möglichst tatsachenbezogene Gestaltung des Programms. Keine Nachrichtensendungen und keine Lieder. Nur dokumentarische Berichte und Sendungen, in denen es um die Vergangenheit des Landes ging. Besonders populär wurde das Radio mit der Ankündigung einer neuen Sendung unter dem Titel: »Ihre Geschichten – in Ihren Worten«. Aus allen Teilen des Landes strömten die Leute zum Funkhaus. Der Gedanke war simpel: Man würde Geschichten auswählen und sie von den nicht namentlich genannten Betroffenen vortragen lassen. Danach dürften die Zuhörer die drei schönsten bestimmen, die mit einem wertvollen Preis prämiert würden.

Es gelang mir, mein Antragsformular auszufüllen. In das Funkhaus gelangte ich nur mit großer Mühe. In der Menge brach da und dort Streit aus. Alte, Junge und Halbwüchsige, Beamte, Studenten und Arbeitslose waren gekommen, um ihre Geschichten zu erzählen. Über vier Stunden warteten wir im Regen, manche eher schüchtern, andere mit ihren Geschichten protzend. Ich beobachtete einen Mann ohne Arme, dessen Bart fast bis an den Nabel reichte. Tief in Gedanken versunken, sah er aus wie eine beschädigte griechische Statue. Ich bemerkte die Besorgnis des hübschen Burschen, der bei ihm war. Von einem Kommunisten, den man in den Siebzigerjahren im Gefängnis der Baath gefoltert hatte, erfuhr ich, der Bärtige habe eine wirklich preiswürdige Geschichte, doch er sei nicht wegen des Preises gekommen. Er sei nur verrückt, aber sein Begleiter, ein Verwandter, sei scharf auf den Preis. Der mit dem langen Bart war Lehrer gewesen. Eines Tages war er zur Polizei gegangen, um einen Nachbarn anzuzeigen, der mit aus dem Museum gestohlenen Antiquitäten handelte. Man dankte ihm für die Zusammenarbeit und der Lehrer ging mit erleichtertem Gewissen in seine Schule zurück. Doch dann schickten die Polizisten, die an dem Antiquitätenschmuggel beteiligt waren, einen Bericht ins Verteidigungsministerium, in dem behauptet wurde, das Haus des Lehrers sei eine al-Kâïda-Absteige. Das Verteidigungsministerium seinerseits informierte die amerikanische Armee, die einen Hubschrauber entsandte, der das Haus des Lehrers bombardierte. Seine Frau, seine vier Söhne und seine alte Mutter kamen dabei ums Leben. Er selbst überlebte, aber sein Verstand setzte aus, und er verlor beide Arme.

In meiner eigenen Erinnerung brodelten über zwanzig Geschichten aus den langen Jahren meiner Gefangenschaft im Iran. Ich war sicher, dass mindestens eine davon wirklich die Bombe des Wettbewerbs werden könnte.

Man ließ die erste Gruppe ein und erklärte dann der draußen wartenden Menge, heute würden keine weiteren Anträge mehr angenommen. Wir waren mehr als siebzig Personen. Man ließ uns in einem großen Saal Platz nehmen, der ein wenig aussah wie eine Studentencafeteria. Ein Mann in einem schicken Anzug teilte uns mit, wir müssten erst einmal zwei Geschichten anhören, um uns mit dem Sendeformat vertraut zu machen; außerdem erläuterte er uns die rechtlichen Fragen im Zusammenhang mit dem Vertrag, den wir mit dem Radio abschließen würden.

Dann dimmte man die Beleuchtung, und es wurde ruhig im Saal, wie im Kino. Die meisten Anwesenden zündeten sich eine Zigarette an, und wir versanken in einer dichten Rauchwolke. Die Veranstaltung begann mit der Geschichte einer jungen Frau. Ihre klare Stimme war von allen Seiten im Saal zu hören. Sie erzählte von ihrem Ehemann, einem Polizisten, den eine islamistische Gruppierung verschleppt hatte und dessen verwesenden Leichnam seine Mörder nach langer Zeit, während konfessioneller Auseinandersetzungen, zurückschickten, ohne Kopf. Als das Licht wieder anging, erhob sich ein Tumult. Alle redeten durcheinander wie ein Hornissenschwarm. Manche machten sich über die Geschichte der Frau lustig und behaupteten, ihre eigenen Geschichten seien sicher abstruser, brutaler und verrückter. Eine alte Frau, die an die neunzig sein mochte, winkte abfällig mit der Hand und brabbelte: »Was ist denn das für eine Geschichte? Wenn ich meine einem Stein erzählen würde, würde der vor Schmerz zerbrechen.«

Der feine Herr trat wieder auf und mahnte zur Ruhe. Er erklärte mit ein paar wenigen Worten, die beste Geschichte müsse nicht unbedingt die schrecklichste oder die traurigste sein. Das Wichtigste seien Authentizität und Erzählstil. Es müsse auch nicht unbedingt um Krieg und Totschlag gehen. Diese Feststellung ärgerte mich. Doch ich bemerkte, dass die meisten Teilnehmer sich nicht um diese Hinweise scherten. Ein Mann vom Ausmaß eines Elefanten flüsterte mir ins Ohr: »Was furzt denn der feine Pinkel. Eine Geschichte ist, was sie ist, ob schön oder Scheiße.«

Wieder wurde das Licht gedimmt, und wir lauschten der nächsten Geschichte:

Sie merkten, dass sie mich mit Scheiße fütterte. Eine Woche lang mischte sie sie in den Reis, den Kartoffelbrei und die Suppe. Ich war ein bleiches Bübchen von drei Jahren. Mein Vater drohte ihr mit der Scheidung, was sie aber nicht kümmerte. Ihr Herz war auf immer verhärtet. Sie konnte mir nie verzeihen, was ich getan hatte, und ich schaffe es bis heute nicht, ihre Erbarmungslosigkeit zu vergessen. Als sie an Gebärmutterkrebs starb, hatten mich die Stürme des Lebens schon sehr weit weg getragen. Gebrochen und gedemütigt kehrte ich nach dem Vorfall mit den Tonnen dem Land den Rücken, von Angst gejagt. Eines Nachts nahm ich Abschied von meinem Vater. Er begleitete mich auf den Friedhof, wo wir gemeinsam die Fâtiha über dem Grab meines Onkels sprachen. Dann umarmten wir uns, und er steckte mir ein Bündel Geldscheine zu. Ich küsste ihm die Hand und verschwand.

Wir lebten in einem armen Viertel in Kirkuk, einer Gegend ohne Kanalisation. Die Leute ließen sich für drei Dinar in ihren Häusern eine Senkgrube anlegen. Der kurdische Gemüsehändler Nausâd war der Einzige im Viertel, der so etwas anlegen konnte, und nach seinem Tod übernahm sein Sohn Mustafa diese Arbeit. Man fand Nausâd nach einem nächtlichen Brand verkohlt in seinem Laden, und niemand hatte eine Ahnung, was er in dieser Nacht dort getrieben hatte. Einige behaupteten, er habe Haschisch geraucht, was mein Vater aber nicht glaubte. Er hatte für jede Art Katastrophe seine Lieblingsweisheit: »Uns ist alles bestimmt in dieser vergänglichen Welt, es steht geschrieben.« So glaubte ich als Kind, unser Leben sei in Schulbüchern und im Kiosk des Zeitungsverkäufers festgehalten. Vater wollte mir mit all seiner Güte und Liebe meine Kindheit retten. Er war den Menschen und dem Leben auf eine Weise dankbar, die mir bis heute unverständlich ist. Er war wie ein Heiliger auf einem menschlichen Schindanger. Die Katastrophen trafen uns alle zwei Jahre. Aber Vater weigerte sich zu glauben, dass es so etwas wie einen mysteriösen Fluch gebe, den die Zeit einfach so mitbringt. Vielleicht führte er ihn auf das vorherbestimmte Schicksal zurück. Wir wurden von überall her bombardiert – vom Unbekannten, von der Wirklichkeit, von Gott, von den Menschen, ja selbst die Toten bombardierten uns mit Qualen. Mein Vater versuchte auf verschiedene Weisen, mein Verbrechen zu begraben. Jedenfalls wollte er es aus dem Gedächtnis meiner Mutter tilgen. Doch ohne Erfolg. Schließlich resignierte er und überließ die Aufgabe dem Bulldozer der Zeit, in der Hoffnung, dieser würde es richten.

Vielleicht bin ich ja der jüngste Mörder der Welt, ein Mörder, der keinerlei Erinnerung an sein Verbrechen hat, das für ihn nichts anderes ist als etwas Erzähltes, eine Geschichte, die Menschen zu jeder Zeit unterhaltsam fanden. Ich bemerkte aber, dass jeder die Geschichte meines Verbrechens nach seinem Gusto schrieb, wiedergab oder besang. Damals arbeitete mein Vater nicht in der Produktion von Essiggemüse. Er war Panzerführer. Der Krieg war noch in seinem ersten Jahr, und meine Mutter bestand darauf, ein drittes Kind zu bekommen. Doch wegen des Kriegs, vor dem ihm graute, lehnte er das ab. Wir lebten nicht übel. Mein Vater schickte allmonatlich genügend Geld für Essen, Kleider und Wohnung. Meine Mutter verbrachte ihre Zeit damit, entweder zu schlafen oder ihre Schwägerin zu besuchen und sich mit ihr über die Preise von Stoffen und die Unzuverlässigkeit der Männer zu unterhalten.

Im Sommer entschwebte meine Mutter in Traumgefilde. Sie hörte nicht mehr, sie redete nicht mehr, ja sie schaute auch nicht mehr. Die Hitze schmolz ihren Geist. Jeden Nachmittag duschte sie und ging dann in ihrem Zimmer schlafen, splitternackt. Wie eine tote Paradiesjungfrau. Am Abend gewann sie etwas Vitalität zurück, als ob sie aus einer Bewusstlosigkeit erwachte. Sie schaute im Fernsehen eine Soap-Opera an oder eine Sendung, in der der Präsident tapfere Soldaten mit Tapferkeitsmedaillen behängte. Wahrscheinlich hoffte sie, meinen Vater darunter zu sehen.

Eines Nachmittags schlief sie ein, die Arme ausgebreitet und die Beine gespreizt, für die Luft vom Deckenventilator. Mein ein Jahr jüngerer Bruder und ich schlichen uns auf den Hof hinaus. Dort gab es nur einen einzelnen Feigenbaum und eben diese Senkgrube. Ich erinnere mich, wenn ein Verwandter gestorben oder ein Unglück geschehen war, saß meine Mutter immer unter dem Feigenbaum und weinte. Die Öffnung der Senkgrube war mit einem alten Tablett zugedeckt, dieses mit einem großen Stein beschwert. Gemeinsam schoben wir ihn, mit ziemlicher Mühe, beiseite. Dann begannen wir, Kiesel in die Grube zu werfen. Es war unser Lieblingsspiel. Umm Alâ, unsere Nachbarin, hatte uns Papierschiffchen gefaltet, die wir jetzt auf dem Fäkaliensee schwimmen ließen.

Ich soll, so erzählte man, meinen Bruder in die Grube gestoßen haben und dann aufs Dach gelaufen sein, wo ich mich im Hühnerstall versteckt hätte. Als ich älter war, stellte ich das infrage: »Und wenn er gefallen ist und ich aus Angst weggelaufen bin?« Doch dann wurde erklärt: »Du hast es selbst zugegeben.« Vielleicht hat man mich ja befragt wie bei der Polizei des Diktators. Ich jedenfalls kann mich an nichts erinnern. Aber die anderen redeten und erzählten, als hätten sie einen köstlichen Film gesehen. Alle Nachbarn waren auf dem Karneval der Senkgrubenhölle. Da sie das Auto nicht fanden, das einmal im Monat die Senkgruben im Viertel leerte, nahmen sie alles Mögliche zu Hilfe: Kessel, einen großen Eimer und andere Behälter, um die Fäkalien aus der Grube zu schöpfen. Es war eine harte, ekelerregende Arbeit – Folter in Zeitlupe. Die Hitze und der widerliche Gestank verstärkten die Erschöpfung und den Ekel. Als die Sonne unterging, fischten sie ihn heraus: einen kleinen Jungen, in Scheiße gehüllt.

Mein Vater kam lange nicht von der Front zurück. Mein Onkel schrieb ihm einen Brief und kümmerte sich dann um das Begräbnis meines Bruders. Wir beerdigten ihn im Kinderfriedhof auf dem Hügel, dem vielleicht schönsten Friedhof auf der ganzen Welt. Im Frühling blühte es dort in allen Formen und Farben. Von Weitem sah er aus wie ein gigantischer bunter Baum. Ein Friedhof, dessen Duft man noch auf zehn Kilometer wahrnahm. Eine Woche später stieß Umm Alâ, unsere Nachbarin, unsere Tür auf. Sie traf meine völlig aufgelöste Mutter, ein Schüsselchen mit Exkrementen vor sich, die sie bedächtig mit einem Plastiklöffel in mein Essen einrührte und mich damit unter Tränen fütterte.

Mein Vater schickte mich zu meinem Onkel, bei dem ich wohnen sollte, sozusagen als Flüchtling besonderer Art. Jeden Freitag ging ich, wie ein Gast, nach Hause, begleitet von der Frau meines Onkels, die ein Auge auf meine Mutter hielt. Ich wurde zu einem hin und her gekickten Ball. So vergingen sechs Jahre, während derer ich mich bemühte zu begreifen, was da geschah. Ich musste lernen, was ihre Gefühle, ihre Worte und die glühende Kette um meinen Nacken bedeuteten. Ich kroch auf einem Teppich aus Messern herum. Die Senkgrube wurde zum Horror meiner Kindheit. Und immer wieder hörte ich, dass das Leben voranschreitet, weitergeht, losfährt, vielleicht auch nur dahinkriecht. Unser Leben platzte wie Feuerblasen und verteilte sich an Gottes Himmel. Ein Schicksalsschreiber, eine gewaltige Haubitze. Ich verbrachte meine Jahre als Kind und Halbwüchsiger, indem ich die anderen beobachtete wie ein Scharfschütze in der Dunkelheit. Ich beobachtete und ich schoss. Auf die Albträume meines Lebens feuerte ich andere Albträume, solche aus meiner Fantasie. Ich stellte mir vor, wie meine Mutter und andere gequält wurden. Und in mein Schulheft zeichnete ich riesige Lastwagen, die Kinderköpfe zermalmten. Ich erinnere mich noch genau an das Bild des Präsidenten auf dem Heftumschlag. Er trug Uniform und lächelte. Darunter stand: Die Feder ist so tödlich wie das Gewehr.

Es gab einen Eselskarren für Kerosin, der im Winter durch die Gassen unseres Viertels fuhr. Die Kinder liefen neben ihm her und warteten darauf, dass der Esel einen steifen Schwanz kriegte. Das war gespenstisch, und ich schloss die Augen. Ich stellte mir vor, wie der grobe, schwarze Eselspenis sich ins rechte Ohr meiner Mutter bohrte und aus dem linken wieder herausschob. Sie kreischte vor Schmerz und schrie um Hilfe.

Ein Jahr vor Ende des Krieges verlor mein Vater sein linkes Bein und seine Hoden. Das zwang meine Mutter, mich nach Hause zurückzunehmen. Mein Vater beschloss, den Beruf seines Vaters und seiner Ahnen weiterzuführen: die Produktion von Essiggemüse. Mein Großvater soll der berühmteste Verkäufer von Essiggemüse in Nadschaf gewesen sein. Der König habe ihn höchstpersönlich drei

Mal aufgesucht. Ich kehrte nach Hause zurück und wurde Laufbursche und gehorsamer Diener meines Vaters. Ich war glücklich, mein Vater war ein Wunder an Güte, und trotz allem, was er durchgemacht hatte, blieb er sich treu und ließ sich nicht durch den Schmerz deformieren. Seine neue Prothese erhöhte seine Liebesenergie noch. Er verwöhnte meine Mutter und überschüttete sie mit Geschenken: goldene Ketten und Ringe und rosenbestickte Unterwäsche.

Mein Vater pflasterte den Hof und deckte die Senkgrube mit einer Betonplatte zu. Für den Feigenbaum blieb zwar noch genügend freier Raum, doch die Lauge für das Essiggemüse ließ ihn schließlich eingehen, diesen Baum, unter dem meine Mutter ein letztes Mal weinte, als ich sechzehn wurde. Die Regierung in Bagdad legte eine Trasse für eine Schnellstraße an und ebnete dafür den alten Friedhof samt dem Grab ihres Vaters ein. Lange Zeit herrschte bei uns Trauer über den Verlust der großväterlichen Gebeine.

Der Hof füllte sich mit Plastikfässern voller Lauge. Außerdem häuften sich darin Säcke mit Gurken, Auberginen, grünem und rotem Paprika, Oliven und verschiedenen Kohlarten. Es gab große Tüten mit Salz, Zucker und Gewürzen, Flaschen mit Essig und Dosen mit Melasse. Enorme Kessel dienten zum Kochen, darin siedete dauernd Wasser. Wir warfen die Gewürze hinein, dann nach und nach das Gemüse. Mein Vater war kein Experte wie sein Vater und sein Großvater. Er musste erst neue Wege erkunden, schließlich hatte er einen Gutteil seines Lebens im Panzer verbracht, und hatte viele Geheimnisse der Zubereitung von Essiggemüse vergessen. Der Panzer hatte ihn seinen Schwanz und den Beruf seiner Vorfahren gekostet.

Stundenlang saß er meiner Mutter gegenüber, während wir Auberginen zerstückelten oder Gurken mit Knoblauch füllten. Ihre Zunge war giftig wie eine Schlange. Der Sommer setzte ihr nicht mehr zu. Sie war zu einer fetten Kuh geworden, die die Sonne verbrannte. Garstig und kettenrauchend. In ihrem Herzen spross giftiges Gras, und die Leute drückten ihr Mitleid mit ebenso giftigen Worten aus: »Die Arme ... Kein Schwanz und keine Kinder ... Nur dieser Unglücksrabe.« Damit war ich gemeint. In diesem Raben lagen alle Symbole des Unheils. Mein Vater war die ganze Zeit beschäftigt: die Abrechnungen wollten gemacht, die Läden auf dem Markt beliefert, die Fässer mit dem alten Lastwagen transportiert sein. Nach Sonnenuntergang brach er erschöpft zusammen. Er aß zu Abend, verrichtete sein Gebet und erzählte uns von seinen geschäftlichen Schwierigkeiten. Dann nahm er seine Prothese ab und ging ins Bett, wo er seine grauhaarige Frau mit den Fingern kitzelte.

Als der zweite Golfkrieg ausbrach, wurde ich einberufen. Mein Vater und mein Onkel saßen da und überlegten, was zu tun sei. Mein Onkel hatte den Kriegshorror der Iran-Front nicht erlebt. Er arbeitete in der Direktion der Staatssicherheit im Stadtzentrum. Mein Vater beschloss, mich nicht in den Tod gehen zu lassen. »Sie können doch nicht meinen einzigen Sohn umbringen.« Mein Onkel stritt mit ihm. Er legte ihm seinen Standpunkt aus der Perspektive seines Büros dar. Der Sohn seines Bruders als Fahnenflüchtiger!? »Willst du, dass sie uns alle, samt unseren Frauen hinrichten?« Als mein Vater unerbittlich blieb, drohte mein Onkel, mich mit eigener Hand zu verhaften, wenn ich mich meiner Wehrpflicht entzöge. Da warf ihn mein Vater hinaus. »Hör zu«, rief er, »ich bin zwar ein friedlicher Mensch, aber das ist mein Sohn, Fleisch von meinem Fleisch. Wenn du das tust, werde ich dir den Kopf abschneiden.« Mein Onkel war an jenem Abend besoffen und wild wie ein Stier. Laute Beschimpfungen ausstoßend, verließ er unser Haus, während mein Vater aufstand, sein Gebet verrichtete und rasch seine Seelenruhe zurückgewann: »Ich suche Zuflucht bei Gott vor dem vermaledeiten Satan ... Er ist mein Bruder ... Er hat das nur im Suff gesagt ... Er hat ein gutes Herz ... «

Drei Monate blieb ich im Haus eingeschlossen. Militärpolizisten und Staatssicherheitsleute füllten die Straßen, und mein Vater beschloss, dass ich nicht mehr am Tag arbeiten sollte, damit die Nachbarn mich nicht bemerkten. Nur bei Nacht schlich ich mich wie ein Dieb auf den Hof, eine Laterne in der Hand, setzte mich neben die

Säcke mit den Auberginen, den Gurken, den Paprika und vertiefte mich in die Arbeit und in Gedanken über mein Leben. In einer leeren Milchdose mischte ich Arrak mit Wasser, um meinen Vater nicht zu verärgern. Ich verbrachte die Nacht im Suff mit jeder Art Essiggemüse, die der Panzerführer produziert hatte. Der Alkohol strömte mir durchs Blut, und wie ein Kind kroch ich zur Senkgrube, presste mein Ohr auf den Betondeckel und lauschte. Wenn ich die Augen schloss, konnte ich ihn lachen hören und spürte seine nackte Schulter. Seine Haut war warm nach dem vielen Spielen und Toben. An sein Gesicht konnte ich mich nicht mehr erinnern. Das einzige Foto von ihm hatte meine Mutter, und sie ließ niemanden auch nur in seine Nähe. Sie bewahrte es im Kleiderschrank in einer kleinen Holzschachtel auf, die mit einem Pfau bemalt war.

Früh am Morgen stand mein Vater auf und fand mich meistens am selben Ort schlafend. Er berührte mich mit der Hand. »Geh rein, Junge ... Ich bete zwei Niederwerfungen für dich und bitte Gott, dich zu schützen.« Es entging ihm nicht, dass ich trank. Doch für ihn bestand die Religion nicht aus Prophetenvorschriften, Schariabestimmungen und Verboten. Für ihn hieß Religion Nächstenliebe. Das war seine Antwort an alle, die mit ihm Fragen von erlaubt und verboten oder Regeln der Scharia diskutieren wollten. Ich werde nie den Tag vergessen, an dem er auf dem Fußballplatz in Tränen ausbrach. Mir war das fürchterlich peinlich und ich schämte mich. Die Genossen der Baathpartei hatten drei junge Kurden neben dem Fußballplatz hingerichtet. Sie hatten sie an Holzpflöcken festgebunden und sie vor den Augen der Bewohner des Viertels erschossen. Vorher hatten sie mit Lautsprechern angekündigt: »Das sind Verräter und destruktive Elemente, die es nicht verdienen, das Brot unseres Landes zu essen, sein Wasser zu trinken und seine Luft zu atmen.« Und wie üblich ließen die Parteigenossen die Leichen an den Holzpflöcken stehen, damit die Leute das Geschehene nicht so rasch vergaßen. Mein Vater kam, um mich zum Kino abzuholen. Er war besessen von indischen Filmen. Als er unser Tor sah, dem der Querbalken fehlte, begriff er, dass wir unsere Tore aus jenen Holzpflöcken gemacht hatten. Die eingetrockneten Blutspuren waren noch zu sehen. Mein Vater brach in Tränen aus, als einer der Jungen rief: »He, Onkel! Es fehlt noch ein Querbalken. Könnte man nicht nochmals einen hinrichten. Dann gäb's einen weiteren Pfosten.« An einem Sommerabend wurden wir wieder bombardiert. Mein Onkel klopfte ungeduldig an der Tür. Meine Mutter zählte Geld und legte es in ein leeres Tomatenglas. Mein Vater und ich spielten Schach. Er hätte mich mühelos in kurzer Zeit besiegen können, aber er mochte meine Freude, wenn ich ihm seine Bauern nahm. Er führte mir diese und andere Figuren deckungslos vor, als wollte er sie opfern. Schließlich blieben ihm nur noch der König und die Königin. Doch dann begann er, mit seiner schwarzen Königin, meine Heerscharen zu zerfetzen und mich schachmatt zu setzen.

Mein Vater ging hinaus, um meinem Onkel aufzumachen. Meine Mutter legte das Kopftuch um und folgte ihm. Zu dritt standen sie neben der Senkgrube und diskutierten intensiv, aber mit gedämpfter Stimme. Noch etwas benebelt vom Rausch der vergangenen und in Erwartung des Rauschs der kommenden Nacht beobachtete ich sie durchs Fenster. Meine Mutter lief weg, um etwas zu holen. Mein Vater und mein Onkel leerten ein mit Kohl gefülltes Fass. Meine Mutter brachte einen Hammer und einen Nagel, die wir unter der Treppe aufbewahrten. Mein Vater legte das Fass auf die Erde und begann, mit Hammer und Nagel kreuz und quer Löcher hineinzuschlagen. Er hatte seine Prothese nicht an und hüpfte deshalb auf einem Bein um das Fass herum, als ob er spielte oder tanzte. Mein Onkel fuhr sein Auto direkt ans Tor, und gemeinsam luden sie die Fässer mit Essiggemüse auf. Dann kam mein Vater schwitzend ins Zimmer.

»Hör zu«, sagte er. »Die Zeit drängt. Dein Onkel hat erfahren, dass die Staatssicherheit und die Partei am frühen Morgen alle Häuser durchsuchen wollen. Dein Onkel hat verlässliche Freunde in Aurân. Er bringt dich dort für ein paar Tage unter, bis bei uns alles wieder ruhig ist.«

Ich kroch in das leere Fass, meine Mutter schloss den Deckel, mein Vater und mein Onkel hievten mich ins Auto.

Mein Vater hatte recht, als er sagte, er kenne das Herz seines Bruders. Mein Onkel lenkte das Auto wie wild geworden kreuz und quer durch die Straßen, um mein Leben zu retten. Er kam ungeschoren bis an den Stadtrand. Aber an allen Ausfallstraßen hinaus in die Provinzen und die Dörfer standen Militärkontrollen. Die einzige Lösung für ihn war, Nebenstraßen zu benutzen. Er fuhr durch die Getreidegebiete im Osten der Stadt. Vielleicht hatte er, völlig durcheinander, wie er war, vergessen, dass es geeignetere Routen gab. In der Stadt wusste jedes Kind, wie unwegsam die felsige Hügelkette hinter den Getreidefeldern war. Vielleicht hatten ihn ja auch die Bilder der in seinem Amt gefolterten Menschen durcheinandergebracht. Vielleicht hatte er sich vorgestellt, seine Sektion werde ihn in Lauge auflösen – ihn, den Sicherheitsoffizier, der den Sohn seines Bruders in einem Fass aus der Stadt schmuggelte! Er steuerte das Auto ziemlich unsicher zwischen den Getreidefeldern hindurch. Die Schlaglöcher brachen mir fast die Rippen, und der Staub, den das Auto aufwirbelte, drang statt Luft durch die Löcher im Fass, in dem es stank wie die toten Katzen auf der Müllkippe in unserem Viertel. Hatte mein Onkel im Keller des Staatssicherheitsgebäudes auch Fingernägel herausgerissen, Augen ausgekratzt oder seinen Opfern mit einem heißen Bügeleisen die Haut verbrannt? Vielleicht führten ihn ja die Seelen der Gefolterten zum Abgrund. Vielleicht meine böse Seele. Vielleicht auch jene Seele, die, vergänglich und rätselhaft, alles auf dieser endlichen Welt niederschrieb.

Sieben Fässer blieben wie schlafende Tiere im Dunkeln am Fuße des Abhangs liegen. Das Auto hatte sich überschlagen, als mein Onkel versuchte, den zweiten Hügel zu überqueren. Die Fässer rollten mit dem Auto den Abhang hinab. Ich verbrachte die Nacht bewusstlos in meinem finsteren, verschlossenen Fass. Am frühen Morgen drangen Sonnenstrahlen durch die Löcher im Fass – Atemfäden, die einen Ertrinkenden erreichen. Mein Mund war voller Blut, meine

Hände zitterten. Hoffnung und Furcht zerrten an mir. Ich betrachtete die Strahlen, die sich im Fass seltsam kreuzten. Und ich versuchte, Ordnung in mein durchgeschütteltes Gehirn zu bringen. Mir war, als hätte ich Tonnen von Marihuana geraucht: ein Fisch, der in einer Sardinendose aufwacht, ein toter Wurm in einem verlassenen Brunnen, ein verwesender Embryo mit zermalmten Knochen in einem fassförmigen Mutterleib. Schließlich krallte sich in meinem Gehirn das Bild meines Bruders fest, der in der Senkgrube versinkt und dem ich folge.

Das Meckern der Ziegen drang zunächst nur schwach an meine Ohren. Wie eine Gruppe, die ein Lied einübt. Eine Ziege meckerte los, dann eine nächste und eine nächste, und schließlich schienen sich alle in der richtigen Melodie gefunden zu haben. Dann rief der Hirte nach der Herde. Eine Ziege stieß gegen mein Fass. Ein Strahl bewegte sich und traf mich tief ins Auge. Und hier im Fass machte ich mir in die Hose, entsetzt über die erbarmungslose Welt, in die ich zurückkehren sollte.

Archiv und Wirklichkeit

Jeder, der ins Aufnahmezentrum für Flüchtlinge kommt, hat zwei Geschichten: eine, die der Wirklichkeit entspricht, und eine andere, die fürs Archiv gedacht ist. Diejenigen Geschichten, die fürs Archiv gedacht sind, werden von den Neuankömmlingen erzählt, um als Flüchtling aus humanitären Gründen anerkannt zu werden. Diese Geschichten werden bei der Befragung niedergeschrieben und in den Personalakten abgelegt. Die eigentlichen Geschichten bleiben in der Brust der Flüchtlinge verwahrt und können von ihnen ganz im Geheimen wieder und wieder vergegenwärtigt werden. Das heißt aber nicht, dass die Grenzen zwischen den beiden Narrativen leicht zu ziehen sind. Die beiden können sich bis zur Unkenntlichkeit vermischen.

Vor zwei Tagen kam wieder ein irakischer Flüchtling nach Malmö in Südschweden. Ein hagerer Mann Ende dreißig. Man brachte ihn in die Aufnahmestation und unterzog ihn einiger medizinischer Untersuchungen. Dann wies man ihm ein Bett in einem Zimmer zu und gab ihm ein Handtuch, ein Bettlaken, Seife, Löffel, Gabel und Messer und einen Topf zum Kochen. Heute sitzt dieser Mann vor dem Beamten vom Migrationsamt und erzählt ihm, trotz dessen Bitte, doch etwas langsamer zu reden, seltsam hastig seine Geschichte:

Sie haben mir gesagt, sie hätten mich an eine andere Gruppe verkauft. Sie waren ganz ausgelassen. Die ganze Nacht haben sie Whisky getrunken und herumgelacht. Sie haben mich sogar aufgefordert, mit ihnen zu trinken. Ich habe dankend abgelehnt und ihnen erklärt, ich sei praktizierender Muslim und hielte mich an die Vorschriften. Sie kauften mir neue Kleider, kochten mir zum Abendessen ein Huhn und stellten mir Früchte und Süßigkeiten hin. Offenbar hatten sie einen guten Preis für mich erzielt. Als sich der einäugige Führer der Gruppe von mir verabschiedete, vergoss er echte Tränen und umarmte mich wie einen Bruder: »Du bist ein anständiger Mann«, brachte er hervor, »ich wünsche dir alles Gute und ein erfolgreiches Leben.«

Ich glaube, bei dieser ersten Gruppe war ich nur drei Monate. Sie hatten mich in einer kalten, unheilvollen Nacht zu Beginn des Winters 2006 entführt. Wir hatten Anweisung erhalten, zum Tigris zu fahren, zum ersten Mal direkt vom Chef der Notfallabteilung im Krankenhaus. Am Ufer des Tigris standen Polizisten um sechs enthauptete Leichen. Die Köpfe hatte man in einen leeren Mehlsack gesteckt, der neben den Leichen stand. Die Polizisten vermuteten, es handle sich um religiöse Würdenträger. Wegen heftigen Regens hatten wir etwas länger gebraucht. Die Polizisten stapelten die Leichen in den Ambulanzwagen, den mein Kollege Abu Sâlim fuhr. Ich lud den Sack mit den Köpfen in mein Auto. Die Straßen waren leer, und die gespenstische nächtliche Stille Bagdads wurde nur von fernem Gewehrfeuer und dem Getöse eines amerikanischen Hubschraubers zerrissen, der über der Grünen Zone schwebte. Wir fuhren die Abu-Nuwâs-Straße entlang zur Raschîd-Straße, wegen des Regens nur mit mäßiger Geschwindigkeit. Beim Transport eines Verwundeten oder eines Todkranken ist die Geschwindigkeit des Ambulanzfahrzeugs ein Hinweis auf menschliches Verantwortungsbewusstsein. »Wenn man abgeschnittene Köpfe in einem Krankenwagen geladen hat, ist eigentlich nicht mehr als die Geschwindigkeit eines Maultierkarrens in einem finsteren Wald im Mittelalter vonnöten.« Das jedenfalls hörte man ständig vom Chef der Notfalleinheit im Krankenhaus, einem Mann, der sich selbst für einen Philosophen und einen Künstler hielt, aber, in seinen eigenen Worten, einfach im falschen Land geboren war. Trotzdem respektierte er seine Arbeit und hielt sie für die Erfüllung einer heiligen Pflicht. Die Abteilung für Ambulanzfahrzeuge in der Notfallabteilung zu leiten, hieß für ihn, Herr über die Trennlinie zwischen Leben und Tod zu sein. Bei uns hieß er immer »der Prof«, meine Kollegen mochten ihn überhaupt nicht und nannten ihn durchgeknallt. Ich wusste, woher diese Ablehnung kam. Seine unverständliche und aggressive Art zu reden machte ihn in den Augen anderer zu einem nicht ganz normalen Menschen. Doch ich hegte für ihn viel Respekt und Sympathie, weil ich seine Formulierungen faszinierend fand. Einmal sagte er: »Vergossenes Blut und dummes Gewäsch sind die Wurzeln der Welt. Wegen Brot, Liebe oder Macht zu töten, ist nicht dem Menschen vorbehalten. Auch die Tiere im Dschungel tun das auf verschiedene Art. Doch der Mensch ist das einzige Lebewesen, das um des Glaubens willen tötet.« Im Allgemeinen schloss er seine Äußerungen mit einem theatralischen Satz und wies dabei mit der Hand gen Himmel: »Das Problem des Menschen lässt sich nur durch permanente Angst lösen.« Mein Kollege Abu Sâlim war überzeugt, dass der Prof mit seinen gewalttätigen Äußerungen Verbindung zu terroristischen Gruppierungen haben müsse. Doch ich habe ihn, und zwar aus tiefster Überzeugung, immer verteidigt. Diese dämlichen Ambulanzfahrer verstanden eben nicht, dass er ein Philosoph war, der nicht wie sie den ganzen Tag nur dümmliche Witze riss. Ich prägte mir jeden seiner Sätze, jedes seiner Worte ein, gefangen von Freundschaft und Bewunderung.

Doch kehren wir zu jener Nacht zurück. Als wir Richtung Märtyrerbrücke abbogen, bemerkte ich, dass der von Abu Sâlim gelenkte Krankenwagen verschwunden war. Dann tauchte im Außenrückspiegel ein Polizeifahrzeug auf, das mich mit hoher Geschwindigkeit einholte und mitten auf der Brücke zum Halten zwang. Ihm entstiegen vier vermummte Männer in Uniformen der Sonderpolizeieinheiten, deren Anführer mir, die Pistole auf mein Gesicht gerichtet, auszusteigen befahl. Inzwischen zogen seine Kollegen den Sack mit den Köpfen aus dem Ambulanzfahrzeug.

Jetzt wurde ich entführt, und sie würden mir den Kopf abschneiden. Das war mein erster Gedanke, während sie mich fesselten und in den Kofferraum des Polizeiautos warfen. Doch es dauerte nur zehn Minuten, bis ich herausfand, was sie wirklich mit mir vorhatten. In dem dunklen Kofferraum sprach ich drei Mal den Thronvers. Ich hatte das Gefühl, meine Haut werde rissig. Aus irgendeinem Grund dachte ich in diesen finsteren Augenblicken an mein Körpergewicht. Um die siebzig Kilogramm. Wenn das Auto langsamer wurde oder abbog, wuchs meine Angst, wenn es dann wieder an Geschwindigkeit zulegte, durchzog mich ein seltsames Gefühl, eine Mischung aus Ruhe und Verunsicherung. Vielleicht dachte ich da ja an das, was der Prof über das Verhältnis von Geschwindigkeit und Tod gesagt hatte. Ich hatte nie recht verstanden, was er genau damit meinte. »Jemand, der im Wald stirbt, spürt die Angst schärfer als jemand, der in einem dahinrasenden Ambulanzfahrzeug umkommt«, sagte er immer. »Ersterer hat nämlich das Gefühl, mit der Zeit allein gelassen zu sein, während Letzterer wähnt, jemand sei mit ihm solidarisch. Gewiss ist das die Illusion von der Flucht in die Gegenrichtung.« Ich erinnere mich auch, dass er lächelnd erklärte: »Ich wünsche mir, meine letzten Züge in einem Raumschiff in Lichtgeschwindigkeit zu tun.«

Plötzlich sah ich, vor mir aufgehäuft, all die unbekannten und verstümmelten Leichen, die ich seit dem Fall von Bagdad in meinem Krankenwagen transportiert hatte. Dann stand in der Dunkelheit, die mich einhüllte, der Prof vor mir: Er zog meinen abgeschlagenen Kopf aus einem Müllhaufen, während meine Kollegen zotig über meine Sympathie für diesen Mann witzelten. Das Polizeiauto war noch nicht weit gefahren, als es anhielt. Sicher hatten wir die Stadt noch nicht hinter uns gelassen. Ich versuchte, mich an die 55. Sure, Der Barmherzige, zu erinnern. Doch sie holten mich raus und führten mich in ein Haus, in dem es nach gebratenem Fisch roch. Irgendwo weinte ein Kind. Sie entfernten mir die Binde von den Augen. Ich befand mich in einem völlig leeren, kalten Zimmer. Dann stürzten sich drei wild gewordene Gestalten auf mich und droschen auf mich ein. Danach war alles wieder finster.

Am Anfang hatte ich den Eindruck, einen Hahnenschrei gehört zu haben. Ich schloss die Augen, konnte aber nicht schlafen. In meinem linken Ohr spürte ich einen stechenden Schmerz. Mühsam drehte ich mich auf den Rücken und schob mich zum Fenster, das frisch verbarrikadiert war. Ich hatte fürchterlichen Durst. Dass ich mich in einem Haus in einem alten Bagdader Viertel befand, war leicht am Stil des Zimmers zu erkennen, besonders an der alten Holztür. Aber um ehrlich zu sein, ich weiß nicht recht, welche Einzelheiten meiner Geschichte Sie eigentlich so interessieren, damit ich in Ihrem Land als Flüchtling anerkannt werde. Mir fällt es sehr schwer, diese grauenvollen Tage zu beschreiben. Ich will aber doch noch ein paar Dinge erwähnen, die mir auch wichtig scheinen. Ich hatte das Gefühl, dass Gott und hinter ihm der Prof sich während meiner Heimsuchung nie von mir abgewendet haben. Gott war unverbrüchlich in meinem Herzen präsent. Er gab mir Sicherheit und rief mich zur Geduld. Der Prof hielt mein Gehirn beschäftigt und half mir über die Brutalität meiner Gefangenschaft hinweg. Er war mein Trost und meine Hoffnung. Während all dieser schwierigen Monate dachte ich daran, was er von seinem Freund, dem Ingenieur Dawûd, erzählt hatte. Er schien sich dafür zu interessieren, wie in der Welt alles miteinander verbunden ist, und wo die Macht und der Wille Gottes dabei stehen. Wir tranken zusammen am Tor zum Krankenhaus Tee, und der Prof erzählte: »Während mein Freund Dawûd das Auto der Familie durch Bagdad lenkte, schrieb ein irakischer Dichter in London einen feurigen Artikel zum Lob des Widerstands, auf dem Tisch vor sich eine Flasche Whisky, die sein Herz festigen sollte. Da nun auf der Welt über irgendwelche geheimen Kanäle – Gefühle, Wörter, Albträume – alles miteinander verbunden ist, sprangen aus dem Artikel drei vermummte Gestalten und hielten das Auto an. Sie töteten Dawûd, seine Frau, seinen kleinen Sohn und seinen Vater. Seine Mutter saß zu Hause. Sie wusste weder etwas von dem irakischen Dichter noch von den drei Männern. Sie wusste aber, wie man den Fisch zuzubereiten hatte, der auf alle wartete. Der Dichter schlief volltrunken auf seinem Kanapee in London ein, während Umm Dawûds Fisch kalt wurde und die Sonne in Bagdad verschwand.«

Die Tür ging auf, ein groß gewachsener, bleicher junger Mann kam herein. Er brachte etwas zum Frühstück, das er mir lächelnd hinstellte. Zunächst wusste ich nicht recht, was ich sagen oder tun konnte. Ich warf mich ihm zu Füßen und flehte unter Tränen: »Hören Sie, ich bin Vater von drei Kindern. Ich bin ein gottesfürchtiger Mensch und befolge die religiösen Pflichten. Ich habe nichts mit der Politik und nichts mit den religiösen Gruppierungen zu tun. Gott schütze euch! Ich bin nichts als ein Ambulanzfahrer, schon immer, vor der Besetzung Bagdads und seither. Ich schwöre es bei Gott und seinem edlen Propheten.« Der junge Mann legte den Finger auf den Mund und ging hinaus. Jetzt ist es aus mit mir, davon war ich überzeugt. Ich trank das Glas Tee und verrichtete mein Gebet, in der Hoffnung, Gott werde mir meine Sünden verzeihen. Bei der zweiten Niederwerfung hatte ich das Gefühl, ein eisiger Schwall überspüle mich. Fast hätte ich einen Angstschrei ausgestoßen. In diesem Augenblick öffnete der junge Mann wieder die Tür. Diesmal trug er einen Scheinwerfer auf einem Ständer. Er war in Begleitung eines Jungen mit einer Kalaschnikow, der neben mir Stellung bezog, die Waffe auf meinen Kopf gerichtet. So blieb er unbeweglich stehen. Ein fetter Mann in den Vierzigern kam herein, der aber überhaupt keine Notiz von mir nahm. Er hängte ein schwarzes Tuch an die Wand, auf dem ein Koranvers stand, der die Muslime zum Dschihâd aufrief. Dann kam eine weitere vermummte Gestalt mit einer Videokamera und einem kleinen Laptop herein. Ihm folgte ein Junge, der ein Holztischchen trug. Der Vermummte schäkerte mit ihm, kniff ihn in die Nase und dankte ihm. Er stellte den Laptop auf das Tischchen und machte sich daran, seine Kamera gegenüber dem schwarzen Transparent aufzustellen. Der hagere junge Mann testete drei Mal hintereinander sein Beleuchtungsgerät, dann ging er hinaus.

»Abu Dschihâd …! Abu Dschihâd …!«, schrie der fette Mann.

»Einen Augenblick!«, hörte man den jungen Mann außerhalb des Zimmers rufen. »Ich komm gleich, Abu Arkân!«

Dann kam er zurück, diesmal beladen mit dem Sack mit den Köpfen, den sie aus dem Ambulanzfahrzeug geholt hatten. Der Gestank war bestialisch, alle hielten sich die Nase zu. Der fette Mann befahl mir, mich vor das schwarze Transparent zu setzen. Meine Beine versagten den Dienst, aber der fette Mann zerrte mich am Kragen hoch. Dann kam noch jemand herein, ein einäugiger Mann, eine mächtige Gestalt mit einer Uniform über dem Arm. Er befahl dem Fetten, mich sofort loszulassen, setzte sich neben mich und legte mir wie ein Freund den Arm um die Schulter. »Keine Angst«, sagte er. Sie würden mich nicht abschlachten, ich würde ja mit ihnen zusammenarbeiten und hätte ein gutes Herz. Ich verstand nicht recht, was das heißen sollte, ich hätte ein gutes Herz, aber er versicherte mir, in ein paar Minuten sei alles vorbei. Der Einäugige zog einen Zettel aus der Tasche und gab ihn mir zum Lesen. Währenddessen machte sich der Fette daran, die übel riechenden Köpfe aus dem Sack zu holen und sauber vor mir aufzureihen. Auf dem Zettel stand, ich wäre Offizier in der irakischen Armee, und diese Köpfe da gehörten anderen Offizieren. Ich wäre mit meinen Kollegen in fremde Häuser eingedrungen, wir hätten Frauen vergewaltigt und unschuldige Bürger gequält. Von einem hohen Offizier in der amerikanischen Armee hätten wir Tötungsbefehle erhalten, und zwar gegen eine stattliche Belohnung. Der Einäugige hieß mich die Uniform anziehen, und der Fotograf befahl allen, sich hinter die Kamera zurückzuziehen. Dann machte er sich daran, meinen Kopf zurechtzurücken wie ein Friseur, danach auch die Köpfe, die vor mir lagen. Schließlich bezog er hinter der Kamera Stellung und rief: »Aufgepasst!«

Die Stimme des Kameramannes war Balsam für meine Ohren. Sie klang wie die eines bekannten Schauspielers oder wie die des Profs, wenn er sich Mühe gab, ruhig zu reden. Nach der Videoaufnahme sah ich erst einmal niemanden mehr aus der Gruppe außer dem jungen Mann, der mir Essen brachte und mir verbot, Fragen zu stellen. Jedes Mal, wenn er mit etwas Essbarem kam, wusste er einen neuen Witz über Politiker oder religiöse Führer zu erzählen. Mein einziger Wunsch wäre gewesen, mit meiner Frau zu telefonieren. Ich hatte für den Fall der Fälle etwas Geld beiseitegelegt und so versteckt, dass es nicht einmal ein Dschinn finden würde. Doch sie blieben unerbittlich. Der einäugige Anführer der Gruppe hatte mir erklärt, alles Weitere hänge vom Erfolg des Videos ab. Und dieser stellte sich tatsächlich zur allgemeinen Überraschung umgehend ein. Al-Dschasîra sendete das Video. Ich durfte es sogar im Fernsehen anschauen. Alle hopsten vor Freude herum. Der Fette küsste mich sogar auf den Kopf und versicherte mir, ich sei ein hervorragender Schauspieler. Wütend machte mich aber, dass der Nachrichtensprecher bei al-Dschasîra seinen Zuschauern weismachte, der Sender habe sich über verlässliche Quellen von der Authentizität des Films überzeugen können. Das Verteidigungsministerium habe das Verschwinden der Offiziere bestätigt. Nach dem Erfolg der Ausstrahlung des Videofilms behandelten sie mich mehr als gut. Sie sorgten sich um mein Essen und meine Schlafstätte und erlaubten mir, mich zu duschen. Ihre Krönung erfuhr diese zuvorkommende Behandlung in der Nacht, als sie mich an eine andere Gruppe weiterverkauften. Drei Vermummte aus jener Gruppe kamen ins Zimmer und fielen, nachdem sich der Einäugige herzlich von mir verabschiedet hatte, über mich her und verprügelten mich. Danach fesselten und knebelten sie mich und stopften mich in den Kofferraum eines Autos, das losraste.

Diesmal fuhren wir lange. Möglicherweise bis in die Außenbezirke von Bagdad. Jedenfalls holten sie mich in einem tristen Dorf, in dem überall jaulende Hunde herumstreunten, aus dem Auto und sperrten mich in einen Stall. Zwei Männer bewachten mich abwechselnd Tag und Nacht. Ich weiß nicht, warum sie mich, offenbar vorsätzlich, hungern ließen und mich demütigten. Sie waren völlig anders als die erste Gruppe. Dauernd vermummt, sprachen sie kein einziges Wort mit mir und verständigten sich untereinander mit Zeichen. Auch aus dem Dorf vernahm man während des ganzen Monats, den ich in diesem Stall zubrachte, keinen einzigen menschlichen Laut. Nur das Kläffen der Hunde war zu hören. Die Stunden vergingen schwer und zäh. Ich wünschte mir, irgendetwas würde geschehen und ein wenig Abwechslung in diese endlose Gefangenschaft mit drei Kühen bringen. Bald hörte ich auf, darüber nachzudenken, welcher religiösen Gruppierung oder welcher politischen Partei diese Leute angehörten. Ich hörte auf, mein Schicksal zu beklagen. Was sich da ereignete, musste ich schon einmal erlebt haben, und zwar vor gar nicht so langer Zeit, ja, nur vor einem Weilchen. Doch diesmal schien alles so langsam und durcheinander. Es kam mir überhaupt nicht in den Sinn, einen Fluchtversuch zu unternehmen oder auch nur zu fragen, was sie eigentlich von mir wollten. Ich hatte da offenbar eine Aufgabe zu erfüllen, eine schwere Aufgabe, der ich mich völlig hingeben musste. Vielleicht gab es ja wirklich eine verborgene Kraft, die sich mit einer menschlichen Kraft zusammenspannte bei der Abwicklung eines geheimnisvollen Spiels, dessen Ziele jenseits der Vorstellungskraft eines einfachen Menschen wie mir lagen. »Jeder Mensch hat neben einer menschlichen Aufgabe auch eine poetische«, wie der Prof immer sagte. Wenn das aber stimmte, wie konnte ich hier so einfach die Grenzen zwischen menschlicher und poetischer Pflicht erkennen? Mir leuchtet beispielsweise ein, dass die Sorge für Frau und Kinder zu den menschlichen Pflichten gehört, die Ablehnung des Hasses dagegen zu den poetischen. Aber warum hat dann der Prof immer gesagt, dass wir die beiden Pflichtarten durcheinanderbringen und nicht zugeben wollen, dass der satanische Teil beide treibt. Denn zu den satanischen Pflichten gehört die Fähigkeit, einem Menschen gegenübertreten zu können, wenn er seine Menschlichkeit zum Abgrund stößt. Das ist zu viel für einen einfachen Geist wie mich, der mit Mühe einmal seine Mittelschule abgeschlossen hat, glaube ich wenigstens.

Mein bisheriger Bericht hat aber nichts mit meinem Gesuch um Anerkennung als Flüchtling zu tun. Was Sie interessiert, ist ja das Entsetzen. Und wenn der Prof hier wäre, würde er behaupten, dass das Entsetzen im einfachsten Rätsel verborgen ist, das in einem kalten Stern am Himmel über dieser Stadt leuchtet. Schließlich kamen sie einmal nach Mitternacht. Einer der beiden Vermummten breitete in einer Ecke des Stalls einen prächtigen Teppich aus. Sein Kollege hängte ein schwarzes Transparent auf, auf dem stand: *Gemeinschaft Islamischer Dschihâd. Irakischer Zweig.* Dann kam der Fotograf mit seiner Kamera herein, und ich hätte schwören können, dass es derselbe war, der mich schon bei der ersten Gruppe gefilmt hatte. Er machte genau dieselben Handgriffe. Aber auch er verständigte sich, wie die anderen, nur mit Zeichen. Sie verlangten von mir, eine weiße Dischdâscha anzuziehen und mich vor das schwarze Transparent zu setzen. Man reichte mir ein Stück Papier und befahl mir, vorzutragen, was darauf stand: dass ich zur Armee des Mahdi gehörte und ein berühmter Schlächter wäre, der schon Hunderte von sunnitischen Männern geköpft hat. Wir würden iranische Unterstützung erhalten. Doch noch bevor ich den ganzen Text vorgetragen hatte, muhte eine der Kühe laut und deutlich, weshalb der Kameramann eine Wiederholung der Aufnahme verlangte. Einer der Männer trieb die drei Kühe hinaus, damit wir die ganze Prozedur ungestört durchziehen konnten.

Erst später wurde mir klar, dass mich alle meine Käufer über die Märtyrerbrücke fuhren. Warum, weiß ich nicht. Die einen brachten mich nach Karch am Westufer, die anderen zurück nach Russâfa am Ostufer. Ich glaube aber, so wird meine Geschichte nie enden, und fürchte, Sie werden darauf reagieren wie andere zuvor. Darum scheint es mir am besten, die Geschichte für Sie zusammenzufassen, ehe Sie mir vorwerfen, ich hätte sie erfunden: Sie haben mich an eine dritte Gruppe weiterverkauft. Das Auto raste ein weiteres Mal über die Brücke. Ich wurde in ein unanständig reiches Haus gebracht. Diesmal war mein Gefängnis ein Schlafzimmer mit einem hübschen, bequemen Bett dieser Art, wie sie von Filmhelden zur Abwicklung ihrer Sexualaktivitäten verwendet werden. Meine Angst verzog sich, an ihre Stelle trat der Gedanke an eine geheimnisvolle Pflicht, für die sie mich ausersehen hatten und die ich erfüllte, um nicht meinen Kopf zu verlieren. Ich dachte aber auch daran, sie zu testen. Nach der Aufnahme eines weiteren Videos, auf dem ich von meiner Zugehörigkeit zu den sunnitisch-islamistischen Gruppierungen erzählte und davon, wie ich Moscheen und Märkte in einfachen schiitischen Vierteln hatte hochgehen lassen, bat ich sie um ein paar Groschen Honorar. Ihre klare Antwort darauf war eine Tracht Prügel, die ich nicht so rasch vergessen werde. Von meiner Entführung an wurde ich anderthalb Jahre von Unterschlupf zu Unterschlupf gebracht. Man nahm Videos von mir auf, in denen ich von meiner Zugehörigkeit zu den verräterischen Kurden, den gottlosen Christen oder den saudischen Terroristen, den baathistisch-syrischen Geheimdiensten oder gar zu den iranisch-zoroastrischen Revolutionsgarden erzählte. Auf diesen Filmstreifen tötete, mordete und brandschatzte ich, ich ließ Häuser hochgehen und beging Verbrechen, die sich kein normaler Mensch vorstellen kann. Und alle diese Videoclips wurden auf den Fernsehkanälen der Welt ausgestrahlt. Experten, Journalisten und Politiker diskutierten, was ich gesagt und getan hatte. Ein einziges Mal hatten wir Pech: mit der Aufnahme des Videos, in dem ich als spanischer Soldat auftrete, dem ein Widerstandskämpfer ein Messer an den Kopf hält und von den spanischen Einheiten verlangt, aus dem Irak abzuziehen. Alle Fernsehstationen verweigerten die Ausstrahlung, denn die spanischen Einheiten hatten das Land schon ein Jahr zuvor verlassen. Fast hätte ich den Preis für diesen Schnitzer zahlen müssen. Die Gruppe wollte mich aus Rache für das Geschehene umbringen. Doch dann rettete mich kein anderer als der Kameramann, der ihnen einen weiteren großartigen Vorschlag machte. Das war zugleich der Abschluss meiner Videorollen: Sie ließen mich die Uniform eines Afghanistankämpfers anziehen, stutzten mir den Bart und setzten mir einen schwarzen Turban auf. Fünf stellten sich hinter mich. Sie brachten sechs Männer, die, vergeblich, schrien und Gott und den Propheten und dessen Familie um Hilfe anflehten. Sie wurden vor meinen Augen wie Schafe abgeschlachtet, und ich hatte zu erklären, ich wäre das neue Oberhaupt der al-Kâïda-Organisation im Zweistromland. Außerdem stieß ich Drohungen gegen alle und jeden aus.

Irgendwann mitten in der Nacht brachte mir der Fotograf meine alten Kleider wieder und führte mich zu dem Ambulanzfahrzeug, das vor der Tür stand und in das sie einen Sack mit den sechs abgeschlagenen Köpfen warfen. Während ich die Bewegungen des Videofilmers beobachtete, war ich plötzlich fast überzeugt, dass er für alle Gruppen arbeitete. Vielleicht war er ja gar der führende Kopf bei diesem schrecklichen Spiel. Ich setzte mich hinters Steuer, meine Hände zitterten. Da kommandierte der Fotograf hinter seiner Vermummung hervor: »Du kennst den Weg ... Über die Märtyrerbrücke ... zum Krankenhaus.«

Wegen allen beantrage ich in Ihrem Land Asyl. Sie alle sind Mörder und Verschwörer, meine Frau und meine Kinder, meine Nachbarn und meine Kollegen, Gott, sein Prophet, die Regierung und die Presse, auch der Prof, den ich für einen Engel hielt, obwohl ich mich jetzt frage, ob er nicht sogar der Fotograf dieser terroristischen Gruppierungen war. Seine mysteriösen Sentenzen waren vielleicht nichts als ein Hinweis auf seine dreckige Zusammenarbeit. Alle behaupteten, ich wäre keine anderthalb Jahre von meiner Arbeit weg gewesen, sondern am Tag nach dieser regnerischen Nachtschicht zur Arbeit zurückgekehrt. »Die Welt ist nur eine virtuelle blutige Geschichte. Wir sind darin alle Mörder und Helden«, dozierte der Prof, »und diese sechs Köpfe da sind kein ausreichender Beweis für das, was du erzählst, und auch nicht dafür, dass sich die Nacht nicht am Abend herniedersenkt.«

Drei Tage nachdem diese Geschichte im Archiv des Migrationsamtes deponiert worden war, brachte man ihren Erzähler in die psychiatrische Klinik, und noch bevor der Arzt beginnen konnte, ihn nach Erinnerungen aus seiner Kindheit zu befragen, fasste der Fahrer des Krankenwagens seine wirkliche Geschichte mit vier Worten zusammen:

»Ich möchte gern schlafen.«

Er sagte es bittend, ja demütig flehend.

Truppenzeitung

Den Toten des irakisch-iranischen Krieges (1980–1988)

Wir werden auf den Friedhof gehen, ins Leichenschauhaus. Wir werden die Hüter der Vergangenheit um Erlaubnis bitten. Wir werden den Toten nackt herausholen und ihn in einen öffentlichen Park bringen. Wir werden ihn auf eine Bank setzen unter eine satt orangerote Sonne. Wir werden versuchen, seinen Kopf zu stabilisieren. Eine Fliege oder ein anderes Insekt summt um ihn herum. Doch Fliegen umsummen gerecht und gleichermaßen Lebendige und Tote. Wir werden ihn inständig bitten, uns nochmals die Geschichte zu erzählen. Man muss ihm nicht in die Eier treten, damit er ehrlich und anständig erzählt. Tote sind im Allgemeinen anständig, sogar die Schurken unter ihnen.

Danke, lieber Autor, dass Sie die Fliege von meiner Nase verscheuchen und mir diese sonnige Gelegenheit bieten. Ich bin mit Ihnen nicht einig, wenn Sie mich einen Schurken nennen und so den Lesern Furcht vor mir einflößen. Lassen Sie sie selbst entscheiden, ich bitte Sie, und werden Sie nicht zum räudigen Hund. Herzlichen Glückwunsch, dass Sie noch leben. Nur, mischen Sie sich nicht ins Wesen des Tieres, zu dessen Gattung sie gehören.

Euer Ehren, vor zehn Jahren, also bevor ich mein Leben abschloss, arbeitete ich für eine Truppenzeitung. Ich war verantwortlich für die Kulturseite, deren besonderes Interesse den Kriegsgeschichten und der Kriegspoesie galt. Ich führte ein solides Leben, hatte ein Töchterchen und eine treue Ehefrau, die hervorragend kochte und sich schließlich sogar bereit erklärt hatte, mir vor jedem Beischlaf den Schwanz zu lutschen. Meine Arbeit brachte mir zahlreiche Belohnungen und Geschenke ein, die insgesamt mehr wert waren als mein Monatssalär. Mein Chef meinte, ich wäre genial und als Einziger imstande, durch eine unermüdliche und nie erlahmende Kampffantasie die Kulturseite zu beleben. Ich erwarb mir sogar den Respekt und die Wertschätzung des Kulturministers, der mir insgeheim versprach, den Chefredakteur abzuservieren und mich an seine Stelle zu setzen. Ich war weder so genial noch so schurkisch, wie mich der Autor dieser Geschichte darstellen möchte. Ich war ein zielbewusster und ehrgeiziger Mann, der davon träumte, einmal den Posten des Kulturministers innezuhaben. Deshalb widmete ich mich in jenen Tagen voll und ganz meiner Arbeit. Im Schweiße meines Angesichts edierte, redigierte und korrigierte ich, geduldig wie ein Bäcker, meine Kulturseite. Aber nicht doch, Euer Ehren, ich habe nie Texte zensiert, wie Sie vielleicht glauben. Die schreibenden Soldaten waren immer strenger und disziplinierter als jedweder mir je bekannt gewordene Zensor. Sie haben jedes Wort präzisiert, alle seine Buchstaben unters Mikroskop gelegt. Sie waren natürlich nicht so blöd, mir weinerliches Geschreibsel zu schicken, Sätze voller Heulen und Zähneklappern. Manche schrieben, um nicht glauben zu müssen, sie könnten getötet werden, und der Krieg sei sowieso nur ein Machwerk der Presse. Andere waren an materiellen und ideellen Vorteilen interessiert. Und dann gab es welche, die zum Schreiben gezwungen wurden. All das interessiert mich jetzt nicht mehr. Jetzt bin ich reue- und sogar furchtlos. Die Toten, Euer Ehren, leiden nicht mehr an ihren Verbrechen und sehnen sich, wie Sie wissen, nicht mehr nach dem Glück. Wenn wir hin und wieder das Gegenteil hören, so sind das nur törichte, religiöse, poetische Übertreibungen, lächerliche Parolen ohne Bezug zu den einfachen Tatsachen der Toten.

Ich gebe ja zu, dass ich häufig in die Struktur eingriff, in Bau und Gestaltung der Erzählungen und der Gedichte, und dass ich nach

Möglichkeit versuchte, die verwendeten Bilder auszugestalten, die von der Front immer mit zu viel schwarzer Fantasie kamen. Was um Himmels willen sollte es heißen, wenn einer, während wir in einem Dichterkrieg versanken, formulierte: »Ich hatte das Gefühl, dass der Artilleriebeschuss heftig wie ein Regen niederprasselte, doch wir waren furchtlos … « Ich strich das und ersetzte es durch: »Ich hatte im Artilleriefeuer das Gefühl, einem Sternenregen beizuwohnen, wir taumelten wie Liebende über die Heimaterde.« Das nur als kleines Beispiel für meine bescheidenen Eingriffe.

Die Wende kam, Euer Ehren, als in der Redaktion fünf Erzählungen eintrafen, angeblich verfasst von einem Soldaten innerhalb eines einzigen Monats, jede in ein dickes, buntes Schulheft geschrieben. Auf dem Umschlag jedes dieser Hefte waren Name, Klasse und Schule im vorgesehenen Karo ordentlich eingetragen. Dabei ging keine Klasse über die Grundschulstufe hinaus. Außerdem trug jedes Heft einen anderen Namen. Jede Erzählung bot die Geschichte eines Soldaten, der den auf dem Umschlag genannten Namen trug, und alle diese Texte waren in einer erstaunlich kunstvollen, gehobenen Sprache verfasst. Ja, ich würde behaupten, dass die internationale Romanliteratur vor diesen Erzählungen aus nichts als leerem Gefasel bestand, zwergenhaft angesichts des Grandiosen, was jener Soldat verfasst hatte. Nur, vom Krieg war darin nicht die Rede. Die Helden waren einfach friedliebende Soldaten, die Geschichten lieferten, brutal und glasklar, Einsichten in geschlechtliche Wesen aus einem Blickwinkel, der gleichzeitig kindlich und satanisch war. Man konnte darin von Soldaten lesen, die in voller Militärmontur mit ihren Schätzchen in öffentlichen Parks und am Flussufer rummachen und scherzen; von Soldaten, die die Schenkel der Huren als Marmorbögen sehen, an denen sich milchweiße, traurige Pflanzen emporranken; von Soldaten, die, den Kopf an weiche Frauenbrüste gelehnt, den Himmel in kurzen, lasziven Sätzen beschreiben. Es waren zauberhafte Hymnen an Körper, die Wasserrosen emporsickern ließen.

Ich erkundigte mich sofort und gierig nach dem Frontabschnitt, an dem dieser Soldat kämpfte, und nach der Einheit, in der er Dienst tat, und erfuhr, dass sein Bataillon, wenige Tage bevor die Erzählungen weggeschickt worden waren, einem verheerenden feindlichen Angriff ausgesetzt war und dabei schreckliche Verluste an Mannschaft und Material erlitten hatte. »Du hast ein Panzerhirn, lieber Kollege!«, meinte ein Kollege, Herausgeber der Seite »Mut und Medaillen«, bei unserer Zeitung, sooft er mich sah. Und an diesen Ausdruck erinnerte ich mich, als ich spürte, dass in den goldenen Drähten meines Gehirns eine Idee aufschien, während ich diese Wunderhefte durchblätterte. Ich beschloss, an den Soldaten zu schreiben und ihm klar und unmissverständlich zu drohen: Er stelle sich gegen die Partei und müsse dafür möglicherweise bald vor Gericht erscheinen und werde vielleicht sogar zum Tode verurteilt; seine Erzählungen wichen vorsätzlich und eindeutig von der Parteilinie über den gerechten Krieg ab. Ich wollte ihm die übliche, wohlbekannte Soldatenangst einjagen und riet ihm, die Sache mit den Erzählungen zu vergessen, sich bei mir zu entschuldigen und mich reuevoll zu bitten, das Geschreibsel zu vernichten und ihm sein schändliches Tun zu verzeihen, das nicht wieder vorkommen sollte. Ich wüsste dann schon, was mit diesen bemerkenswerten Menschenepen zu machen sei. Ich bezweifle, dass selbst ein großer Romancier von mehr als fünf Romanen dieses Kalibers, dieser Originalität auch nur träumen kann, dieser Sprache aus Traum und Wirklichkeit, die den zehnten Rang der Sprache erreicht, den Rang des Feuers, dem der Teufel entspringt.

Der Himmel war nicht fern, er trat mir rasch zur Seite. Schon nach einer Woche erhielt ich vom angeschriebenen Bataillon eine Depesche, in der mir mitgeteilt wurde, Soldat X sei bei dem jüngsten Angriff gefallen, aus seinem Trupp habe niemand überlebt. Vor Glück wäre ich fast in Tränen ausgebrochen. Was für ein Geschenk des Schicksals! In einem unbeschreiblichen Taumel las ich den Namen des gefallenen Soldaten wieder und wieder.

Euer Ehren, fünf Monate nach der Publikation der ersten Erzählung unter meinem Namen – ich hatte ihr einen neuen Titel gegeben – reiste ich durch die Länder dieser Welt, um meinen neuen Roman vorzustellen, in Studienzirkeln, wo mich die berühmtesten Kritiker und Denker einführten. Die größten internationalen Zeitungen und Kulturjournale beschäftigten sich mit mir. Ich fand nicht einmal mehr genug Zeit, alle Fernseh- und Radiotermine wahrzunehmen. Die Kritiker hierzulande schrieben lange Studien über unseren gerechten Krieg, der im Menschen eine solche schöpferische Kraft, eine solche Liebe und einen solchen poetischen Elan freisetzen könne. An verschiedenen Universitäten des Landes wurden zahlreiche Master- und Doktorarbeiten verfasst, in denen Forscher allen poetischen und menschlichen Windungen in meinem Text nachspürten. Sie sprachen über den Einklang von Munition und Sperma, vom Dröhnen der Flugzeuge und den Erschütterungen des Bettes, vom Kuss und dem Granatsplitter, vom Geruch des Pulverdampfs und dem des weiblichen Geschlechtsteils. Dies alles, obwohl im Text nirgends von Krieg die Rede war. Nach meiner Rückkehr nach Hause wurde mir im Rahmen einer prächtigen Zeremonie das Amt des Kulturministers übertragen, einfach so. Ich ließ mir Zeit mit der Publikation der vier noch verbliebenen Romane. Der erste hatte noch längst nicht ausgedient. Ich besorgte mir eine neue Ehefrau, eine neue Wohnung und ein neues Auto und beschaffte mir all die Dinge, die ich mir schon immer gewünscht hatte. Man kann durchaus sagen, dass ich mich vor dem Krieg in Ehrfurcht verneigte und dankbar meine Hände zum Himmel erhob ob der Wohltat und der unschätzbaren Gaben. Ich war überzeugt, der Nobelpreis für Literatur werde nach der Veröffentlichung der fünften Erzählung hier auf meinem Ministerschreibtisch liegen. Das Glück hatte seine Tore geöffnet, wie man so sagt.

Bis eines Tages drei große Pakete eintrafen – von der Front an meine Adresse im Ministerium. Sie enthielten zwanzig Erzählungen, und der Absender war jener selbe Soldat. Alles war wie gehabt: Schulhefte, Namen von Soldaten auf Grundschulniveau, Geschichten von Liebe und Schicksal. Im ersten Augenblick war ich völlig fassungslos, doch diese Fassungslosigkeit verwandelte sich gleich darauf in eiskaltes Entsetzen. Ich packte die Texte und verlangte vom Verantwortlichen für das Magazin des Ministeriums die Schlüssel für einen der Lagerräume, wo ich die Erzählungen klammheimlich versteckte. Danach unternahm ich verschiedene Schritte, um den Soldaten ausfindig zu machen. Alle Meldungen kamen direkt in mein Büro im Ministerium, und alle bestätigten den Tod des Mannes. Es waren schreckliche Tage. Und gleich am nächsten trafen weitere Pakete mit weiteren, noch zahlreicheren Geschichten ein. Wiederum die gleiche Art Paket, und wiederum vom selben Soldaten. Auch diese Romane deponierte ich in dem Lagerraum, an dessen Tür ich zusätzliche Schlösser anbringen ließ. Erbarmungslose Monate gingen ins Land, Euer Ehren, während derer ich vollauf damit beschäftigt war, die Hefte zu verstecken, die auf seltsame Weise unablässig hereinfluteten, und nach dem Soldaten Ausschau zu halten, von dem es frontauf, frontab keine Spur gab. Inzwischen war die zweite Erzählung erschienen, und ich erhielt sogar Anrufe vom Präsidenten, vom Verteidigungsminister und anderen hohen Politikern, die meine Aufrichtigkeit und meine Genialität in den höchsten Tönen priesen. Einladungen regneten aus dem Ausland auf das Ministerium hernieder, aber dieses Mal lehnte ich alle ab und brachte als Erklärung vor, das Land sei teurer und wichtiger als alle Preise und Kongresse dieser Welt. Unter den schwierigen gegenwärtigen Umständen bedürfe das Land aller seiner rechtschaffenen Söhne. In Wirklichkeit wollte ich nur eine Lösung für die Geschichten finden, die jeden Morgen in schwindelerregender Zahl wie ein Heuschreckenschwarm über das Büro hereinbrachen: Heute hundert, morgen zweihundert, und so fort.

Euer Ehren, fast hätte mich mein Panzerhirn verlassen. Schließlich erhielt ich die Adresse vom Zuhause des Soldaten. Ich besuchte seine Familie und überzeugte mich von seinem Ableben. Die Mutter erzählte mir, sie habe gar nicht glauben können, dass er tot war. Er habe nur ein winziges Loch in der Stirn gehabt. Die Kugel eines Scharfschützen. Von seiner Frau erhielt ich die Angaben über sein Grab und ließ der Familie etwas Geld da. Weitere Lagerräume des Ministeriums füllten sich mit Heften. Wie sollte ich der Partei und der Regierung je plausibel machen, ich hätte alle diese Texte geschrieben? Und warum in Schulhefte? Und warum mit Namen von Soldaten in der Grundschule? Und warum bewahrte ich sie auf diese Weise auf? Es gab Dutzende von Fragen und keine einzige einleuchtende Antwort.

Irgendwo am Rand der Stadt kaufte ich mir alte Mehlspeicher, in der Annahme, der Zustrom von Heften werde andauern. Ich bezahlte drei Arbeitern des Ministeriums horrende Summen, damit sie mir halfen, das Grab des Soldaten zu öffnen. Er lag da, verwesend und mit einem Loch in der Stirn. Ich schüttelte ihn mehrfach, um ganz sicherzugehen, dass er tot war. Ich flüsterte ihm etwas ins Ohr, dann schrie ich ihn an und beschimpfte ihn unflätig, damit er endlich den Mund aufmachte oder wenigstens den kleinen Finger rührte. Aber er war tot, mausetot. Aus seinem Nacken kroch eine Made, verfolgt von einer zweiten. Beide verschwanden rasch wieder an seiner Schulter.

Euer Ehren, vielleicht glauben Sie ja diese Geschichte nicht. Aber ich schwöre Ihnen bei Ihrer Allmacht, dass sich die Mehlspeicher und die Lagerräume des Kulturministeriums im Lauf eines Jahres mit den Texten des Soldaten füllten. Natürlich konnte ich unmöglich alle lesen. Ich fischte mir lediglich ein Spezimen aus jedem Packen heraus, und ich schwöre Ihnen, dass sie nicht nur zahlenmäßig mehr wurden, sondern auch immer brillanter und origineller. Aber ich zitterte und spürte, dass das Ende nahte, wenn diese Geschichtenflut nicht innehielt. Gewiss, ich ließ keinen möglichen oder unmöglichen Weg aus, Auskünfte einzuholen und Nachforschungen anzustellen. Ich erkundigte mich nach den Poststellen, an denen die Pakete aufgegeben wurden. Es waren, unter Verwendung des immer gleichen Namens, verschiedene Orte an der Front. Von der Person aber gab es keine Spur. Irgendwann einmal musste ich aber meine Ermittlungen einstellen, damit die Sache nicht aufflog.

Nochmals ging ich zum Grab des Soldaten und verbrannte seine Leiche. Dann trennte ich mich von meiner zweiten Frau und gab meine Arbeit auf. Ein Psychiater hatte mir attestiert, dass mein Gesundheitszustand immer mehr zu wünschen übrig lasse. Ich packte alle Hefte mit den Geschichten aus den Lagerräumen des Kulturministeriums und den ehemaligen Mehlspeichern zusammen und kaufte mir ein abgelegenes Grundstück. Dort errichtete ich mir einen privaten Verbrennungsofen, einen großen Speicher, ein Zimmer und einen Abort. Das Ganze umgab ich mit einer hohen Mauer. Ich war überzeugt, die Hefte würden weiterhin, auch an meine neue Adresse, hereinfluten. Aber diesmal war ich vorbereitet. Es geschah wie erwartet, vom ersten Morgen auf meiner »Farm« an arbeitete ich Tag und Nacht hart und intensiv daran, die Geschichten und Namen der Soldaten in den bunten Schulheften zu verbrennen, immer in der Hoffnung, einmal werde der Krieg enden und mit ihm dieser Wahnsinn aus kakifarbenem Sperma.

Nach langen, schrecklichen Jahren hörte der Krieg auf, Euer Ehren, aber ein neuer begann, und mir blieb keine andere Wahl, als weiter zu verbrennen. Seien Sie gnädig und nachsichtig.

Euer Ehren.

Jetzt, bevor man mich in das Leichenschauhaus zurückbringt. Ich weiß, dass Sie fähig und weise und wissend und großmütig sind, aber haben Sie auch bei einer Truppenzeitung gearbeitet? Warum haben Sie einen Brennofen für ihre Romanmenschen?

Alis Tasche

Als in Bagdad das Denkmal des Diktators stürzte, kam es im Fernsehraum zu einer bösartigen Auseinandersetzung. Sechs junge Sudanesen begannen eine Prügelei mit einer Gruppe Iraker, die den Sturz des Diktators feierten. »Die Amisoldaten werden eure Frauen vögeln. Warum freut ihr euch darüber?« Diese Äußerung eines Sudanesen namens Jûssuf hatte den Funken entzündet. Die Afghanen und ein paar Nigerianer versuchten, die Streithähne zu trennen. Die Iraner verließen den Raum und schauten lieber durchs Fenster zu. Es floss viel Blut. Einer der Sudanesen musste bewusstlos ins Krankenhaus gebracht werden, nachdem ihm jemand den Schädel eingeschlagen hatte. Als die Ordnungshüter eintrafen, stank es im Raum bestialisch und das Mobiliar war zertrümmert. Ich betrachtete, kalt und distanziert, von der Tür aus die Schlägerei. Seit über drei Jahren war ich nun schon im Aufnahmezentrum für Flüchtlinge in der kleinen italienischen Stadt und hatte schon so manche böse Streiterei miterlebt. Solche Streitereien brachen aus wegen Waschpulver oder wegen Frauenunterwäsche. Letzteres geschah beispielsweise, als die Kurdin Barwên ihren kurdischen Mitflüchtlingen erzählte, einen jungen Pakistaner dabei beobachtet zu haben, wie er ihre Unterwäsche von der Leine klaute. Das löste einen Ehrenhändel zwischen den Pakistanern und den Kurden aus, der erst nach drei Tagen zu Ende ging, nachdem der Chef des Zentrums die Polizei zu Hilfe gerufen hatte, da das Wachpersonal der Lage nicht Herr wurde.

Was bei dieser Schlägerei im Fernsehraum meine Neugier weckte, war Ali Basrâwi. Er saß, seine Tasche fest an sich gedrückt, mit einem irren Grinsen in einer Ecke des Zimmers. Dieser sanfte junge Mann hatte sich seit seiner Ankunft sehr verändert. Ich lud ihn am Abend zu einem Kaffee in mein Zimmer ein, um mehr über ihn zu erfahren und mich von ihm zu verabschieden. Er hatte beschlossen, nach Finnland weiterzuziehen, eine Entscheidung, die mich nicht so recht überzeugte. Ich riet ihm, doch lieber nach Deutschland oder in ein anderes Land zu gehen, wo die Chancen vielleicht besser wären, Arbeit zu finden. Wir unterhielten uns lange: über seine Träume, seine Ängste, seine Pläne. Er erzählte mir, er könne die Stimme seiner Mutter hören. Sie habe liebevoll zu ihm gesprochen und ihm Ratschläge erteilt, aber sie habe ihn auch dafür getadelt, was im Wald in Griechenland mit ihrem Kopf passiert sei. Auch er war glücklich, als der Diktator stürzte, doch ihn ängstigte der Gedanke, die europäischen Länder würden aufhören, irakische Flüchtlinge aufzunehmen. Ich tröstete ihn, die Verhältnisse im Land könnten sich verändern und wir alle vielleicht bald wieder nach Hause und zu unseren Familien zurückkehren. Doch dann erinnerte er mich an seine bleigraue Tasche. »Ich habe weder Familie noch Freunde, noch Hoffnung. Alles, was ich besitze, trage ich in dieser Tasche mit mir herum. Ich wünsche mir nur, meine Mutter an einen sicheren und ruhigen Ort zu bringen. Die Arme hat lange genug gelitten.«

Ich habe mir oft vorgestellt, mein Leben damit zu verbringen, all die skurrilen Geschichten niederzuschreiben, die ich auf den geheimen Pfaden der Emigration erlebt hatte. Das ist mein Krebs, von dem ich nicht weiß, wie ich von ihm geheilt werden kann. Ich fürchte, ich könnte ein so seltsames Ende finden wie der irakische Schriftsteller Châlid Hamrâwi, der sein ganzes Leben lang über die Leute des einfachen Markts unweit seines Hauses geschrieben und, als der Markt abgerissen und an seiner Stelle ein großer Wohnblock errichtet wurde, Selbstmord begangen hatte. Er hinterließ sechs Bände mit Geschichten, die alle vom Weben und Leben auf diesem Markt erzählen. Einmal unterhielt ich mich mit einem jungen deutschen

Romanautor über meine persönlichen Erfahrungen als klandestiner Emigrant und meine Vorstellungen darüber, wie das Erlebte fiktional zu gestalten sei. Als dann der junge Deutsche von sich zu reden begann, gab er zu, noch nie etwas Substanzielles geschrieben zu haben. Der Grund dafür, glaubte er, liege in seinem jugendlichen Alter und seinem geringen Erfahrungsschatz. Ich hatte fast das Gefühl, er beneide mich um all meine seltsamen und schmerzhaften Lebenserfahrungen. Doch statt mir darauf etwas einzubilden, schämte ich mich. Seine Bemerkungen hatten mir wieder einmal gezeigt, was für ein zerstörtes und orientierungsloses Etwas ich war. Bittere Scham ergriff von mir Besitz, die Scham jenes Mannes, von dem Andrej Tarkowskij erzählt: Ein Mann hat auf der Straße einen Unfall, bei dem ihm ein Arm abgetrennt wird. Als sich Passanten versammeln und auf den Krankenwagen warten, zieht er ein Taschentuch hervor, um seinen Arm vor den Blicken der anderen zu verbergen.

Doch Ali Basrâwis Geschichte niederzuschreiben lockte mich die ganze Zeit, obwohl sie voller Elend und Tristesse war und auch noch einige wenige Drittweltelemente enthielt, die sich an die Gefühlswelt westlicher Leser richten. Seine Geschichte hat mir immer die Poesie des menschlichen Gesichts verdeutlicht, das wie ein Juwel unter Millionen Tonnen von Trivialmüll dieses Lebens verborgen ist. Vielleicht weil ich ein Dichter bin und als Flüchtling an einem solchen Ort wohne, einem Kuhstall, habe ich ein verhärtetes Herz oder vielleicht ein Gehirn, das nicht ohne die albernen Weisheiten des Nihilismus auskommt, ein Gehirn, das versucht, mit dürftigen Worten gleichzeitig seinen Zorn über und seine Leidenschaft für die menschliche Angst auszudrücken. Aber jedes Mal, wenn ich einen Baum anschaue oder über eine Nacht voller Wölfe des Zweifels nachdenke, reißt in meinem Herzen eine Quelle aus simpler, kindlicher Traurigkeit auf. Ich bin überzeugt, dass das Schreiben sich nicht behindern lassen darf durch das demütige Gefühl Massen von Menschen gegenüber, aus deren Hemden der Schweiß dampft und die sich ähneln wie die Klos in einer Toilette. Doch Alis Geschichte sickerte in mein Blut und drängte mir viele Nächte lang Tränen in die Augen. Ich weinte über mein verhärtetes Herz. Ich weinte, weil die Welt um vieles reiner und schöner sein könnte.

Als Ali Basrâwi im vergangenen Jahr ins Aufnahmezentrum kam, gab es viel Unruhe. Die anderen Bewohner machten einen Riesentumult. Es wurde viel gelacht und gewitzelt, was wohl in seiner bleigrauen Tasche war, einer Reisetasche im Stil der 1950er-Jahre. Gleich nach seiner Ankunft wurde Ali von der Polizei vorgeladen und drei Tage einbehalten. Danach ließ man ihn gehen, gab ihm aber seine Tasche erst drei Monate später zurück. Während dieser Zeit wurde sie in den Labors der Hauptstadt untersucht. Und der Direktor des Aufnahmezentrums war schockiert, als Ali schließlich seine Tasche mit dem gesamten Inhalt zurückerhielt.

In den Neunzigerjahren des vergangenen Jahrhunderts lebte Ali mit seinen sieben Brüdern, alle älter als er, in einem elenden Viertel in Bagdad. Sein Vater arbeitete als Nachtwächter für mehrere Läden in der Stadtmitte. Seine Mutter war, wie die meisten irakischen Mütter, ein Wesen, über das man den Morast der Traurigkeit, der Ungerechtigkeit und der Einsamkeit ausschüttete. Man könnte leicht die Existenz Gottes leugnen, wenn man auch nur einen Tag im Leben einer irakischen Mutter erlebt hat. Natürlich könnten Regungen dieser Art als simple, romantische Gefühlsaufwallungen abgetan werden, doch wenn es geheime Kameras gäbe, die der Welt zeigten, was eine Frau in irakischen Häusern zu ertragen hat, würden Steine reden und die Verhältnisse und ihre Verursacher anprangern. Alis Brüder hatten von ihrem Vater die zwanghafte Neigung geerbt, die Mutter für alles Unheil und alle Probleme, für Armut und Schicksalsschläge verantwortlich zu machen. Beim trivialsten Anlass wurde sie geschlagen, und die Mutter haderte mit ihrem Herrn, dass er ihr keine Tochter geschenkt hatte, dir ihr im Haushalt beistehen und Sympathie für sie haben könnte. Ali konnte nie den Tag vergessen, an dem sein ältester Bruder die arme Frau mit Händen und Füßen traktierte, bis sie ohnmächtig zusammenbrach, und das nur, weil sie ihn nicht geweckt hatte, damit er auf dem Markt Arbeit suchen konnte. Die Reaktion der Mutter auf all die Gewalt und Demütigung war immer dieselbe: Sie setzte sich neben den alten Kleiderschrank und weinte; sie beschwor die Gott wohlgefälligen Heiligen, sie aus ihrer Lage zu erlösen. Ali war damals noch ein kleiner Junge. Die Mutter schloss ihn in die Arme und drückte ihn schluchzend an die Brust. Und vielleicht umarmte sie ja einen Sohn, der, einmal erwachsen, sie auch schlagen würde.

Wenn sie ausgeweint hatte, erzählte Ali, holte sie ihre kleine Tasche aus dem Kleiderschrank, das Einzige, was sie besaß: eine alte Reisetasche, darin ein Holzkamm, ein Spiegel und ein Bild von Imam Ali, außerdem ein Koranexemplar, das in ein grünes Tuch gewickelt war, und ein Schwarz-Weiß-Foto von ihr selbst als junges Mädchen mit ihrem Vater am Flussufer. Sie löste ihr schwarzes Kopftuch und kämmte eine volle Stunde völlig stumpfsinnig ihr Haar. Dazu summte sie ein altes Lied, in dem es um die Liebe zur Mutter ging. Vielleicht fand ja die ständig wiederholte Bitte der Frau um Erlösung aus diesem Leben bei den Satanen des Himmels schließlich Gehör. Sie starb völlig überraschend an einem Gehirnschlag. Ali musste nach ihrem Tod noch Jahre warten, bis er sich an seinen Brüdern und seinem Vater rächen konnte, der wie ein Stück Dreck gelähmt auf seinem Rollstuhl saß.

Ein Jahr lang bereitete Ali alles aufs Genaueste vor. Er hatte beschlossen, zuerst nach Iran zu fliehen. In der Nacht, in der er aufbrechen wollte, ging er ins Zimmer seiner Mutter und nahm ihre Tasche, danach schlich er sich aus dem Haus. Sein Freund Adnân erwartete ihn am Ende der Gasse mit Hacke und Schaufel, in einem Sack versteckt. Die beiden Freunde zündeten sich eine Zigarette an und marschierten zum Friedhof. Der Himmel war klar, und der Mond, groß wie Alis Schmerz, erleuchtete das Grab, das die Freunde öffneten. Mit einem orangen Tuch säuberten sie die Knochen seiner Mutter und legten sie in die Tasche.

Ali nahm seine Mutter in der Tasche mit auf seine Flucht nach

Iran, glücklich über seine Rache. Er stellte sich die leichenblassen Gesichter von Vater und Brüdern vor, wenn sie die Sache entdeckten. Die Knochentasche verließ ihn auch während seiner zweiten Etappe über das Gebirge in die Türkei nie. Er schlief in Tälern mit anderen Flüchtlingen, die Tasche fest an sich gedrückt wie etwas Geliebtes, etwas Geheiligtes. Diese seltsame Tasche und Alis übertriebene Aufmerksamkeit dafür wurden Anlass zu Spott und Belustigung, was ihn aber nicht kümmerte. Und nie offenbarte er irgendjemandem ihr Geheimnis. Ein Jahr lang arbeitete er in Istanbul in einer Ballonfabrik, um seine Reise auf den geheimen Pfaden der Emigration fortsetzen zu können. Und während dieses Jahres unterhielt sich Ali bei Nacht mit seiner Mutter über das ferne Land, in dem er in Frieden wohnen wollte, auch über seinen Wunsch, ein neues Leben zu beginnen und die Pein zu vergessen. Doch immer schmerzte es ihn, dass er seine Mutter in eine Tasche hatte stopfen müssen.

Als es in Istanbul bitterkalt wurde, vereinbarte Ali mit einem Schlepper, sich von ihm über die türkisch-griechische Grenze bringen zu lassen. Der Winter ist die geeignetste Jahreszeit für solche Unternehmungen, weil die Grenzwächter ihre täglichen Patrouillen etwas weniger ernst nehmen. Ali hatte zwar Angst vor der Flussüberquerung, doch der Schlepper beruhigte ihn und versicherte ihm, diese erfolge in einem Boot mit genügend Platz für alle. Im kalten Wasser könne man sowieso nicht hinüberschwimmen. Trotzdem besorgte sich Ali Plastiktüten, um die Gebeine seiner Mutter darin zu verstauen.

Kaum hatte sich die Gruppe hinter dem Schlepper im Wald in Bewegung gesetzt, tauchten auch schon griechische Grenzsoldaten auf. Sie sollten stehen bleiben, wurde ihnen befohlen. Doch der Schlepper forderte sie auf, ihm durch den dichten, dunklen Wald zu folgen. Sie rannten los. Äste zerschrammten ihnen die Gesichter und zerrissen ihnen die Wintermäntel. Die Tasche fest an die Brust gedrückt, rannte Ali, so schnell er konnte, dicht hinter dem Schlepper her, um sich nicht zu verirren. Doch dann stieß er gegen einen Baumstamm, prallte zurück und fiel zu Boden. Die Gebeine seiner Mutter flogen in alle Richtungen und verteilten sich im Dunkeln auf dem Waldboden, er selbst blutete an der Stirn. Entsetzt und verwirrt sammelte er die Knochen ein, tastete sie sorgsam ab und legte sie zurück in die Tasche. Dann wischte er das Blut von seinen Augen und nahm torkelnd seine Flucht wieder auf. Von Zeit zu Zeit war in der Ferne noch das Rufen der Grenzpolizisten zu hören.

Wie durch ein Wunder und dank ihres intelligenten Schleppers, der den Weg durch den Wald kannte, gelang es der Gruppe, sich in Sicherheit zu bringen. Nur ein junger Iraner und ein junger Kurde verloren den Anschluss und wurden möglicherweise festgenommen. Die Übrigen erreichten wohlbehalten Athen und wurden einem alten griechischen Schlepper übergeben, der sie übers Meer nach Italien bringen sollte.

Während seines Aufenthalts in einem Versteck für Flüchtlinge in Athen untersuchte Ali den Inhalt seiner Tasche. Die Gebeine seiner Mutter, der Spiegel und der hölzerne Kamm, das Bild von Imam Ali und das Koranexemplar – alles war da. Es fehlte einzig der Kopf, der einst seinen Kopf berührt und sich zärtlich über ihn geneigt hatte.

Gewiss wird Ali seine Tasche an einen sicheren Ort bringen und für die Gebeine ein Grab finden, zu dem kein anderer den Weg kennt. Und vielleicht wird er dort, allein, eines der Lieder seiner Mutter hören, deren Kopf in jenem Wald verloren ging.

Die Jungfrau und der Soldat

Im After der Leiche steckte eine Schnapsflasche, von der rechten Hand waren drei Finger abgeschnitten, und es gab weitere, bestialische Verunstaltungen, als ob Wölfe, nicht Menschen am Werk gewesen wären. Es war die Leiche eines Mannes Mitte dreißig. Er gehörte aber nicht zu den Opfern der konfessionellen Auseinandersetzungen, die in Bagdad im Jahr 2006 an Heftigkeit zugenommen hatten. Obwohl die Leiche damals auftauchte. Offenbar hatte irgendein Fuß die Flasche in den After des Mannes geschoben oder sie war sorgfältig eingeführt worden. Der Mann war weder ein Polizist noch ein Übersetzer, ein Verräter, der mit der amerikanischen Armee kollaborierte. Er war auch weder Journalist noch Milizenboss. Er war nicht einmal ein unbeteiligter Bürger. Er war einfach ein Mann, Opfer einer gruseligen Geschichte. Die Leiche war diejenige von Hamîd al-Sajjid, einem Mann, der entlassen worden war, als die Regierung kurz vor der Besetzung Bagdads im Jahr 2003 die meisten Gefängnisse leerte.

Hamîd al-Sajjid wäre berühmt geworden, wenn die Zeitungen zehn Jahre zuvor berichtet hätten, was ihm in der Uniformenschneiderei geschehen war, die dem Amt für Militärproduktion unterstellt war. Doch damals verdunkelten alle betroffenen Stellen die Vorkommnisse, und jede Seite hatte einen Grund dafür. Die Regierung des Diktators betrachtete alles außerhalb der großen nationalen Fragen als bedeutungslos und trivial. Und es galt nicht als nützlich, dass sich das Volk für Dinge und Fragen interessierte, die vom wahren Kampf gegen die Mächte des niederträchtigen Kolonialismus und des Zionismus ablenkten, besonders wenn man im Kampf gegen den brutalen Wirtschaftsboykott stand, den die Vereinten Nationen nach dem zweiten Golfkrieg verordnet hatten. Auch Hamîds Familie verhielt sich stumm, zunächst aus Furcht, dann aus Scheu. Die anderen Wölfe waren Hamîd al-Sajjids Spur während der vergangenen zehn Jahre gefolgt, und als seine ältere Schwester seinen Leichnam zu Gesicht bekam, wusste sie sofort, wer ihren Bruder ermordet hatte. Die drei abgeschnittenen Finger waren ein Hinweis auf die Identität des Mörders.

Die Geschichte begann im Jahr 1996 in der Karâma-Schneiderei, wo Uniformen hergestellt wurden. In einem Raum dort stießen die Inspektoren der Vereinten Nationen auf Hamîd und ein totes Mädchen. Die eigentliche Geschichte hatte am letzten Tag vor den unheilvollen Ferien der Werkstatt begonnen. Vielleicht hatte sich Gott ja direkt in die Ereignisse jenes Tages eingeschaltet, oder das, was geschah, war Machwerk der Satane aus dem Reich des Zufalls. Vielleicht war aber alles bloß das schmutzige Wirken von Menschen.

Eine freundliche, kleine, aber vorsichtige Geste: Fâtin zwinkert einem Soldaten zu, der, mit einem Packen Papier beladen, verängstigt und besorgt vorbeigeht. Dann beugt sie sich wieder über ihre Nähmaschine, um auf die Tasche einer Soldatenhose ein militärisches Abzeichen in Form eines roten Dreiecks zu nähen. Kurz darauf kommt der Soldat, Hamîd al-Sajjid, zurück. Er durchquert die Halle der Schneiderinnen in der Mitte zu der kleinen Eisentreppe, die zum zweiten Stock hinaufführt. Doch dieses Mal erhält er von Fâtin kein Zwinkern, denn die Augen aller sind scharf wie Kameralinsen. Ein Fehler in einer Werkstatt wie dieser kann teuer zu stehen kommen. Das war der kleine Krieg des Hamîd al-Sajjid. In seinem Büro stellte er die Rechnungen für die Werkstatt aus und lauschte dem Geräusch der Nadeln an den Nähmaschinen. Er war in Fâtin verliebt oder »tödlich verliebt«, wie er seiner Lieblingsschwester Sâhira erzählte. Doch bisher hatte er noch keinen geeigneten Weg gefunden, um sie außerhalb der Werkstatt zu sehen. Hamîd lebte in einem einfachen Viertel auf der Russâfa-Seite von Bagdad, Fâtin zusammen mit ihren drei Brüdern und

deren Ehefrauen weit weg im Polizeiviertel. Sie dürfte etwa zwei-
undzwanzig Jahre alt gewesen sein, und ich bin nicht sicher, ob sie
die einzige Unverheiratete in der Werkstatt war. Sainab behauptete,
es gebe in der Werkstatt wohl nur etwa fünf noch nicht Verheirate-
te. Übrigens hatte der Inhaber der Werkstatt vorgeschlagen, diese in
Führer-Uniform-Schneiderei umzubenennen. Er hatte sich diesbe-
züglich schriftlich an das Amt für Militärproduktion gewandt. Die Karâma-Fabrik sollte ab dem nächsten Tag für zwei Wochen urlaubs-
halber schließen, eine Gunst, so erzählte man den Arbeiterinnen, sei-
tens seiner Exzellenz, des Herrn Ministers. Für Hamîd wären diese
Urlaubstage grässlich und lang wie ein Jahrhundert gewesen. Fâtin
erinnerte ihn in ihren Briefchen immer wieder an ihre Brüder, wenn
er versucht hatte, sie zu einem Rendezvous außerhalb der Fabrik-
mauern zu überreden: Hamîd, wenn meine Brüder davon Wind bekommen, schlachten sie mich ab wie eine Henne. Du bist wahnsinnig. Ich gehe nicht einmal an die Haustür. Hamîd wusste nicht, wie
er diese Ferien ohne Fâtins Lächeln ertragen sollte, das er jeden Tag
mit sich nach Hause nahm und lange Stunden betrachtete und dann
küsste. Danach schlief er ein.

An jenem Tag hatte der Direktor der Werkstatt telefonisch nach
Abu Fâdil verlangt. Dieser hatte rasch die Zeitung, auf der er seine
Mahlzeit, Auberginen und Zwiebeln, zu sich nahm, zusammengefal-
tet und sich den Mund mit dem Ärmel abgewischt. Ein Mann Ende
fünfzig, der so furchterregend hager war, dass er gerade dem Grab
entstiegen zu sein schien. Er war Herr über den »ersten Schlüssel«,
auf den sich der Verdacht richtete. Niemand hatte Abu Fâdil, den
Türhüter der Werkstatt, je mit einer anderen als einer grauen Stoff-
hose gesehen. Seine aschgraue und zu weite Uniform sah so elend
aus wie die alten Stadtteiltore. Abu Fâdil kannte die Namen aller
Frauen, die in der Werkstatt arbeiteten. Das war eine bemerkenswerte Leistung. Die Namen der Soldaten waren leicht zu behalten.
Es gab in der Werkstatt nur sieben davon. Außer dem Direktor,
Oberst Sahrân, und dem Türhüter Abu Fâdil waren das: Hamîd und

Rachmân bei der Buchführung und Sâdik und Umar, die beiden Lkw-Verantwortlichen, die am Hinterausgang des Gebäudes die fertigen Uniformen in Empfang nahmen. Dann gab es noch Unteroffizier Dschâssim Chudair samt seinen beiden Assistenten Chalaf und Marwân. Dieser Unteroffizier war verantwortlich für die Instandhaltung der Nähmaschinen. Die restlichen Angelegenheiten lagen in der Hand von Arbeiterinnen. Doch Oberst Sahrân war der einzige Mann in der Fabrik, der die Frauen die ganze Zeit betrachten konnte. Er saß in einem Zimmer mit Glaswänden im ersten Stock und mit Blick direkt auf die Produktionshalle. Im zweiten Stock befanden sich das Buchführungszimmer und drei weitere kleine Räume, in denen Nähbedarf gelagert war, daneben die Treppe, die hinunterführte. Die Fabrik war klein, aber produktiv, spezialisiert ausschließlich auf die Herstellung von Uniformen für hohe Offiziere. Heute liegt das Gebäude in Trümmern, zerbombt von amerikanischen Flugzeugen noch vor der Besetzung Bagdads.

Im Zimmer des Direktors erklomm Abu Fâdil einen Stuhl, um das Bild des Präsidenten von der Wand hinter dem Schreibtisch zu nehmen. Der Oberst gab ihm ein neues Bild desselben Präsidenten. Auf dem alten trägt der Präsident arabische Kleidung, auf dem neuen eine Uniform. Der Oberst dankte Abu Fâdil. Dann holte er aus einer Schreibtischschublade einen Bund Schlüssel, löste einen kleinen daraus und gab ihn Abu Fâdil, der ihn mit einer ehrerbietigen Verbeugung entgegennahm und an seine Schlüsselkette hängte und danach den Raum verließ.

Würden wir jetzt hinaus in die Arbeitshalle der Schneiderinnen gehen, könnten wir den »zweiten Schlüssel«, denjenigen von Sabrîja, der verantwortlichen Aufseherin über die Schneiderinnen, sehen. Sabrîja schritt unablässig zwischen den Nähmaschinen umher und spielte dabei mit dem Schlüsselring. Gleichzeitig beobachtete sie jegliche Bewegung in der Werkstatt. Niemand konnte diese »fruchtlostrockene Sabrîja«, wie die Mädchen ihre Aufseherin nannten, leiden. Ohne ihr langes, schwarzes Haar hätte nichts darauf hingedeutet, dass sie eine Frau war. Das jedenfalls war die Einschätzung des Soldaten Rachmân. Und es stimmte. Die Frau glich einem Schwergewichtsringer. Übrigens, Sabrîja und eine Minderheit unter den Mädchen trugen ihr Haar in der Werkstatt offen, die große Mehrheit trug ein Kopftuch und dunkelblaue Arbeitskleidung. Sabrîja gehörte zur Generation der Siebzigerjahre und hatte sich noch nicht mit der Rückkehr des Kopftuchs und dem Bedeutungsgewinn des Religiösen abgefunden. Doch sie war auf widerliche Art eifersüchtig und neidisch. Sie beobachtete jede Bewegung, jedes Lachen, jedes Tuscheln der Mädchen mit Argusaugen.

Im zweiten Stock würden wir auf den »dritten Schlüssel« stoßen, denjenigen des Soldaten Rachmân. Doch seine Rolle verstehen wir nicht ganz. Vielleicht war es ja einfach ein privater Schlüssel. Rachmân arbeitete mit Hamîd al-Sajjid im Buchführungsbüro zusammen. Hamîd fürchtete die Zunge Rachmâns, dem durchaus einmal ein Wort über seine Beziehung zu Fâtin entschlüpfen könnte. Vor dem Gefängnis hatte Hamîd keine große Angst, was ihn aber beunruhigte, war die Furcht davor, der Fabrikdirektor, Oberst Sahrân, der Hamîd für einen vorbildlichen, aufrechten Soldaten und einen anständigen Menschen hielt, könnte ein schlechtes Bild von ihm bekommen. Schon einmal hatte der Oberst Hamîd geraten, er solle ernsthaft über das Heiraten nachdenken und damit »seine Religion vollenden«. Er forderte ihn auch auf, ab sofort der Pflicht des Gebets nachzukommen und sich Gott zuzuwenden. Diese Welt sei vergänglich. Hamîd verschaffte sich das Schweigen seines Kollegen, indem er ein Auge zudrückte, wenn jener jede halbe Stunde aufs Klo ging. Rachmân nutzte die Tatsache, dass die Klos im ersten Stock gleich neben der Treppe waren. Rechts das für die Frauen, links das für die Männer. Rachmân weidete gern seine Blicke an den Gesichtern der Mädchen und atmete den Geruch ein, der ihren verschwitzten Körpern entströmte, für ihn paradiesischer Duft. Dann ging er ins Klo, um jedes Mal die gleiche Bewegungskombination durchzuführen: Er kramte in seinen Taschen und holte, schon eine Zigarette zwischen den

Lippen, aus seiner hinteren Hosentasche eine Schachtel Streichhölzer. Aus einer anderen Tasche holte er ein Bild. Dabei fiel ein kleiner Schlüssel zu Boden, den er wieder aufhob und sich seine Zigarette anzündete. Es war das Nacktfoto einer berühmten türkischen Schauspielerin, mit der Rachmân jetzt seinen imaginären Beischlaf vollzog. Er schürzte seine Lippen und starrte auf das Poloch der Türkin, bis sich das Sperma über seine Hand ergoss.

Sainab Mansûr bewegte ihre Hand am Reißverschluss der Militärhose auf und ab wie ein Mann, der onaniert, dann verpasste sie dem Hintern der Hose einen theatralischen Fußtritt. Die Mädchen brachen in schallendes Gelächter aus. Sainab ist die Inhaberin des »vierten Schlüssels« und Assistentin der fruchtlos-trockenen Sabrija und durfte sich als solche überall in der Werkstatt frei bewegen. Sie war die engste Freundin von Rachmâns älterer Schwester Sâhira. Während der Arbeit fungierte sie als Briefträgerin zwischen Fâtin und Hamîd. Wenn sie in den zweiten Stock hinaufging, um Nähutensilien zu holen, überbrachte sie schriftliche Botschaften. Sie war ein heiteres, intelligentes Mädchen, einige der Kolleginnen hielten sie für lesbisch. Eines Tages lachte Sainab lange, als sie Unteroffizier Chudair zuhörte, der allen Ernstes von der Störung bei Nähmaschinen sprach, als wäre er ein Biologieprofessor. Er erklärte ruhig, gravitätisch und ein wenig gelangweilt: »Die Nadel kann bei der Arbeit aus verschiedenen Gründen brechen. Der Fuß steht vielleicht nicht fest an seiner Stelle, das Schiffchen ist vielleicht nicht solide eingelegt, oder der Stoff wird zu heftig gezogen. Der Faden reißt an der Nadel, wenn er nicht gut läuft oder nicht genügend gezogen wird oder weil die Zähne des Kammes unsauber und schadhaft oder weil die Stiche ungleichmäßig sind. Obwohl sie durchaus professionelle Schneiderinnen sind, machen die Mädchen doch häufig Anfängerinnenfehler.« Sainab lauschte Unteroffizier Chudair heiter, während er ihr drei Schlüssel reichte, die sie in der Tasche ihres Arbeitsanzugs versenkte, ohne dass sein Redefluss stoppte.

Es könnte noch andere Schlüssel geben, aber ich habe nur diese gewählt, um den Rhythmus der Geschichte zu erhalten, die Sainab erzählte.

Am Morgen des ersten Tags der Ferien der Karâma-Fabrik tourte am Himmel droben ein amerikanischer Spionagesatellit, um Bilder unterschiedlicher Größe von der kleinen Fabrik aufzunehmen, die der Inspektionskommission der Vereinten Nationen, die überall nach verbotenen Waffen suchte, Kopfzerbrechen bereiteten. Die Regierung führte die Inspektoren bewusst an der Nase herum und erlaubte ihnen den Besuch der Fabrik nur ein Mal. Dahinter stand die Absicht, bei den Inspektoren den Argwohn zu wecken, die Fabrik könnte zu verbotenen militärischen Zwecken verwendet werden. Der Lage der Fabrik in den Außenbezirken von Bagdad auf einem verlassenen, kahlen Stück Land kam dabei eine besondere Rolle zu. Vielleicht wurde die Anlage früher wirklich einmal für geheime militärische Zwecke gebraucht. Ihre ursprüngliche Ausgestaltung deutete nicht darauf hin, dass bei der Errichtung an eine Näherei gedacht war. Die schweren Eisentüren an den kleinen fensterlosen Räumen im zweiten Stock machten einen verdächtigen Eindruck. Von den Bodenplatten im Nähsaal hätte man auf eine Verwendung als Labor schließen können, jedenfalls eine Aktivität, bei der viel Wasser zum Einsatz kam. Die nächste asphaltierte öffentliche Straße war fünf Kilometer entfernt. Die Fabrik besaß zwei Hauptportale: ein hinteres, durch das die Lastwagen fuhren, und ein vorderes, durch das die Arbeiter ein und aus gingen. Dort stand auch das Wächterhäuschen des Türhüters Abu Fâdil, der nach Arbeitsschluss das Tor verschloss.

An jenem Morgen zeigten die amerikanischen Aufklärungsbilder natürlich nicht das Schreien im zweiten Stock. Es war gedämpft und verzweifelt und kam vom Ende einer Welt in Todesangst. Es erreichte den leeren Nähsaal, der so trist wirkte wie eine Geisterstadt bei Sonnenuntergang. Fâtin schrie und weinte die ganze Nacht wie ein Tier auf der Schlachtbank. Sie weinte und greinte und entfachte mit ihrem Geschrei das Feuer in der Kammer für Nähutensilien, während Hamîd in einer Ecke hockte und versuchte, seine Hände unter Kontrolle zu bekommen, die zitterten wie ein Ast im Sturm. Auch meine Tante Sainab weinte bitterlich, jedes Mal, wenn sie die Ereignisse jenes Tages wiedererzählte. Sie beschuldigte alle, dann bat sie Gott um Verzeihung für ihren Argwohn. »Wir hatten unsere Arbeit abgeschlossen«, erzählte sie. »Die Mädchen waren im Umkleideraum. Einige zogen sich rasch um und verschwanden. Ich hatte während der letzten Arbeitsstunde Fâtin einen Brief von Hamîd gebracht, in dem er sie zu einem Gespräch im zweiten Stock bat, während sich die anderen umzogen. Fâtin war, mit der Entschuldigung, sie leide an Durchfall, aufs Klo gegangen. Ich hatte angenommen, Hamîd wollte sich mit ihr nur ein paar Minuten lang unterhalten. Fâtin musste einen der Busse erreichen, die uns in die Stadt brachten. Natürlich ging es an jenem Tag in den Bussen besonders laut, lustig und lachend zu. Schließlich hatte es überraschend Ferien gegeben. Warum Fâtins Kolleginnen nicht merkten, dass sie nicht da war? Gott allein weiß es. Ich habe dir gesagt, dass ich einen anderen Bus genommen habe. Glaubst du etwa, Rachmân hätte dieses Verbrechen begangen? Nein, nein und nochmals nein, nicht Rachmân. Er war zu feige. Aber was, wenn der Oberst selbst sich an den beiden rächen wollte? Abu Fâdil behauptete, er habe wegen der Ferien die Türen im Oberstock nicht geschlossen, und Sabrîja bestätigte das. Die Türen zu den Räumen mit den Nähutensilien blieben im Allgemeinen offen. Außerdem dauerten die Ferien nur zwei Wochen. Warum, mein Gott nochmal, sind die Inspektoren nicht schon am zweiten oder dritten Tag gekommen? Was für ein finsteres Schicksal die geliebte Fâtin getroffen hat. Die Inspektoren kamen erst zwei Wochen nach Beginn der Ferien in die Fabrik. So ist die Welt. Begreif's, wer's begreift! Die Leute haben Angst.«

»Warum hast du ihnen nicht die Wahrheit gesagt?«

»Welche Wahrheit?«

»Von dem Brief. Vielleicht hätte dann jemand vermutet, Fâtin und Hamîd wären noch in der Fabrik.«

»Als Fâtins drei Brüder zu uns kamen und mit meinem Mann

sprachen, habe ich ihnen die ganze Geschichte zwischen den beiden erzählt. Und da glaubten alle, sie wären in eine andere Stadt geflohen. Es gab sogar das Gerücht, sie hätten das Land verlassen.« Hamîd nahm Fâtin, die an der Wand lehnte, bei der Hand. Er versuchte, sie zu einem Rendezvous während der Ferien zu überreden. Aus dem Umkleideraum waren die Stimmen der Mädchen zu hören. Hamîd öffnete die Tür zur dritten Kammer mit Nähutensilien, zog Fâtin hinein und schloss leise die Tür. Mitten im Raum lag ein großer Haufen Uniformen, die wegen irgendwelcher Schnittfehler nicht zu gebrauchen waren. Sonst gab es nur noch ein paar Schachteln mit Nähutensilien: Fäden, große Stoffscheren und verschiedene Kleinigkeiten. Fâtin ließ sich auf die Uniformen fallen und Hamîd bedeckte ihr Gesicht mit leidenschaftlichen Küssen, deren Genuss Fâtin sich hingab, immer darauf bedacht, ihre Seufzer zu unterdrücken. Plötzlich hörte sie Schritte, die sich auf dem Gang näherten.

Auch er habe die Schritte gehört, erzählte Soldat Hamîd al-Sajjid dem Militärgericht, und sich gemeinsam mit Fâtin unter dem Uniformenhaufen versteckt. Dann hätten die Schritte innegehalten, die Tür habe sich ein wenig geöffnet, eine Hand habe sich hereingeschoben, ohne dass jemand hereingekommen sei. Sie habe das Licht im finsteren Zimmer angemacht und danach gleich wieder gelöscht.

»Haben Sie die Hand gesehen? War es die Hand eines Mannes?«

»Das weiß ich nicht, ich habe die Hand nicht gesehen.«

»Woher wissen Sie dann, dass niemand ins Zimmer kam?«

»Ich habe das angenommen wegen dem Licht, das vom Flur hereinkam.«

»Und was geschah dann?«

»Jemand drehte den Schlüssel im Schloss und ging.«

»Und nun sagen Sie mir in Gottes Namen, wenn Sie denn einen Gott haben, haben Sie sie vergewaltigt?«

»Ich schwöre bei Gott, meinem allmächtigen Herrn, dass ich sie nicht vergewaltigt habe. Am dritten Tag waren wir am Verdursten. Ich hatte die Hoffnung aufgegeben, die Tür aufzubrechen. Und sie sagte, den Raum zu verlassen würde für uns ebenso den Tod bedeuten, wie darin zu bleiben. Wir müssten so oder so sterben. Dann bat sie mich, mit ihr zu schlafen.«

»Wussten Sie, dass sie noch Jungfrau war?«

»Ja, das wusste ich.«

»Hören Sie! Sie sind ein Satan, ein Mörder, ein Hund, ein Hurensohn. Sie hätten dort, in diesem Raum da, verdursten und verhungern sollen. Aber Satane wie Sie haben Glück. Ich könnte Ihnen hier und jetzt eine Kugel durch den Kopf jagen, und niemand würde mich zur Rechenschaft ziehen. Sie haben vom Fleisch und Blut einer Toten gelebt. War sie noch am Leben, als Sie Ihr zweites ekelerregendes Verbrechen begingen?«

»Ich schwöre Ihnen, Herr Richter, ich war nicht bei Bewusstsein. Sieben Tage waren wir schon in dem Zimmer eingesperrt. Und Fâtin lag tot da, mitten im Raum.«

»Aber der medizinische Bericht sagt, dass sie noch nicht tot war, als Sie ihr die Finger abgeschnitten haben.«

»Ich schwöre Ihnen, sie war tot. Ich war zu jenem Zeitpunkt vor Hunger, Durst und Erschöpfung nicht mehr in der Lage, die Augen zu öffnen. Ich habe versucht, etwas Urin zu trinken, aber ...«

»Aber was? Sie haben von ihrem Blut getrunken. Nehmen wir an, Sie wären ein Mensch aus Fleisch und Blut, warum in Gottes Namen haben Sie dann gerade drei Finger von ihr gegessen? Warum nicht irgendeinen anderen Teil ihres Körpers?«

»Ich habe gedacht, vielleicht empfindet eine Tote ja auch noch Schmerz, dann aber vielleicht noch am wenigsten an den Fingern.«

»Hamîd al-Sajjid, haben Sie Fâtin Kâssim drei Finger von ihrer Hand abgeschnitten?«

»Ja, Herr Richter.«

»Haben Sie diese drei Finger mit einer Stoffschere abgeschnitten?«

»Ja, Herr Richter.«

»Haben Sie diese drei Finger gegessen?«

»Ja, Herr Richter.«

Der Verrückte vom Freiheitsplatz

In jenen unvergesslichen Tagen bevor das Wunder geschah und ich die Wahrheit entdeckte, die jetzt alle leugnen und vergessen haben wollen, bewachten wir das Podest mit den beiden Statuen. Wir hatten ein paar leichte Waffen zur Verfügung, außerdem drei Haubitzen und sieben RPG-Granatwerfer. Die leitenden Köpfe und die Meinungsmacher im Viertel weigerten sich, entsprechend der Anordnung der neuen Regierung, die beiden Statuen zu entfernen, und uns lagen Informationen vor, wonach die Armee in der Nacht ins Viertel einzudringen beabsichtigte. Eigentlich dachte ich, diese ganze Geschichte sei nicht mein Kampfplatz. Aber der Selbstbetrug war leichter zu ertragen als die Schande der »Fahnenflucht«. Vielleicht würde es zum Kampf kommen. Sollte ich etwa mein Leben hingeben für diese beiden steingewordenen jungen Männer, die da in einer albernen Stellung auf dem Podest standen, als könnten sie jeden Augenblick von oben herab und auf die Nase fallen. Der Bildhauer, der das Werk geschaffen hatte, war eindeutig nur ein einfacher Bauarbeiter ohne allzu viel Kenntnis von der Bildhauerei gewesen. Nun hatten die extremistischen Islamisten eine Fatwa erlassen, wonach alle Standbilder im Land zu entfernen seien, weil es sich um Götzenbilder handle, die dem heiligen Gesetz zuwiderliefen. Die neue Regierung ihrerseits hatte beschlossen, jeglichen Hinweis auf die ehemalige diktatorische Herrschaft zu tilgen. Die leitenden Köpfe und viele Leute im Viertel waren jedoch der Meinung, dass die beiden Standbilder weder mit dem früheren Regime noch mit der Verbotsfatwa etwas zu tun hatten. Ich selbst glaubte nicht an solchen

Unsinn, und für meinen Vater war das Ganze ein symbolischer Streit, der sich eigentlich um die Zukunft des Viertels drehte. Wie mein Vater an solche Märchen glauben konnte, weiß ich nicht, schließlich unterrichtete er Naturwissenschaften an der Oberschule. Natürlich gab es Dutzende von Versionen der Geschichte der beiden Standbildmänner. Aber vielleicht kam die Version, die ihm mein Großvater erzählt hatte, der Wahrheit am nächsten. Die realistische Färbung in der Variante meines Großvaters ließ die Bewohner des Viertels ziemlich naiv erscheinen, ganz entgegen seiner Absicht, sie gutherzig, intelligent und großzügig darzustellen. Das war es, was mir durch den Kopf ging, damals, bevor sich mein Leben für immer veränderte.

Vielleicht ist es das Beste, wenn ich Ihnen die Geschichte zunächst in der Version meines Großvaters vortrage, bevor ich Ihnen erzähle, was mir in der Nacht des Kampfes geschah.

»Niemand weiß genau, wann die beiden jungen Männer aufgetaucht sind«, so begann er immer seine Erzählung. »Sie waren etwa gleich alt und auch ähnlich groß. Sie hätten Zwillinge sein können. Die Leute im Viertel glaubten, sie stammten aus jenen fernen, reichen Vierteln, es blieb ihnen aber ein Rätsel, wohin sie wollten. Beide hatten einen Rucksack und waren schick gekleidet, was auf einen gewissen Reichtum und Stil schließen ließ. Am meisten fiel den Leuten aber das blonde Haar und die helle Haut der beiden auf. Das Finsternis-Viertel gehörte zu den elendesten der Stadt. Die Menschen dort waren mager und hatten von ihren bäuerlichen Ahnen eine dunkle Haut geerbt. Es waren die Bewohner der umliegenden Viertel, die ihm den finsteren Namen gaben, da es als einziges noch nicht an das Stromnetz angeschlossen war. Ich vermute, dass die Leute hier Besucher dieser Art zum ersten Mal sahen.

Jeden Morgen durchquerten die beiden das Viertel und gingen Richtung Fluss, der etwas entfernt lag. Sie kamen von dem kahlen Stück Land zwischen unserem Finsternis-Viertel und dem Arbanadschîja-Viertel, lächelten freundlich und zärtlich den halb nackten Kindern zu und grüßten die Erwachsenen mit einem leichten, respektvollen Kopfnicken. Sie umgingen ohne Aufheben die zahlreichen Matschpfützen in den Gassen, schienen aber weder angeekelt noch überheblich. Die Leute im Viertel sahen in ihnen Engel, die vom Himmel herabgestiegen waren. Niemand sprach sie an, um neugierige Fragen zu stellen, oder versperrte ihnen gar aus irgendeinem Grund den Weg. Das Viertel war überwältigt von dem Licht, das die beiden jungen Männer ausstrahlten. Sie gingen mit festem, ruhigem Schritt, als hätten sie das Gehen in einer Privatschule gelernt. Ihre Schweigsamkeit verstärkte noch ihre Rätselhaftigkeit. Sie waren ausgesprochen höflich und zurückhaltend, eingehüllt in einen Hauch von Heiterkeit. Die Leute im Viertel mochten die beiden und gewöhnten sich an ihr strahlendes morgendliches Auftauchen. Tag für Tag wuchs die Sympathie für die gut aussehenden Männer. Ihr Kommen und Gehen wurde wie der Aufgang und der Untergang der Sonne. Die Kinder entwickelten zuerst diese Neigung für sie. Schon früh am Morgen versammelten sie sich am Rand des Viertels und warteten darauf, dass die beiden auftauchten, und wetteten um ihre Sindbad-Bilder, welche Gasse sie an diesem Tag nehmen würden. Wenn »die Blonden« dann kamen, war die Welt für sie in Ordnung. Sie begleiteten sie durch das ganze Viertel bis zur anderen Seite, sprangen lachend um sie herum, berührten schüchtern mit den Fingerspitzen ihre Kleidung. Und wenn sich die beiden im Gehen geschwind herabbeugten, damit die Kinder ihre blonden Haare berühren konnten, waren diese außer sich vor Glückseligkeit. Auch die Mädchen im Viertel entwickelten eine Schwäche für die Blonden. Und so schien es, als ob da ein geheimnisvoller, heiliger Pakt zwischen den beiden jungen Männern und den Bewohnern des Viertels geschlossen worden wäre.

Die Zeit verging, ohne dass eine der beiden Seiten den Mut hatte, die Barriere der Schweigsamkeit oder der Rätselhaftigkeit zu durchbrechen. Bevor die Blonden aufgetaucht waren, war es für einen Fremden selbstmörderisch, ins Finsternis-Viertel zu gehen. Nun aber reckten die Mädchen die Hälse und schauten von Balkonen und Fenstern herab, um sich am Anblick der hübschen jungen Männer zu weiden, begleitet von heißen Seufzern, die sich ihren lieslodernden Brüsten entrangen. Und kaum waren die beiden wieder verschwunden, da schwelgten die Mädchen in ihren Tagträumen und lauschten den Liebesschnulzen im Radio. Manche trugen gar das Radio auf den Balkon hinaus, wenn die Blonden im Anzug waren, in der Hoffnung, es werde im rechten Augenblick ein Liebeslied ausgestrahlt. Und wenn ein solches ertönte, drehten sie die Lautstärke auf Maximum, als wäre das Lied eine persönliche Botschaft der Besitzerin des Radios. Die beiden Blonden begegneten all dem mit unerschütterlichem Respekt, Bescheidenheit und Sympathie.«

»Und so vergingen die Tage.« Mein Großvater stieß einen tiefen Seufzer aus und zog das A in die Länge: Taaaaage.

»Eine alte Frau starb«, erzählte mein Großvater. »Fünfzig Kinder sind im Viertel ausgemergelten Müttern und arbeitslosen Vätern geboren worden. Der Sommer ging vorbei, und die Situation der Gemüsehändler verbesserte sich. Die Frauen im Viertel führten die Lohnerhöhungen ihrer Männer, die als Straßenkehrer oder als Hausmeister in Schulen im Stadtzentrum arbeiteten, auf den segensreichen Einfluss der Blonden zurück. Und sehr rasch hörten auch die Männer, die diesen Einfluss immer bezweifelt hatten, zu spotten auf: Die Regierung hatte beschlossen, zu Beginn des Winters das Viertel ans Stromnetz anzuschließen. In der Folge all dieser Segnungen unternahmen die Frauen eine Blumenpflanzkampagne vor ihren Häusern, damit die Blonden bei ihrem segensreichen Gang durch das Finsternis-Viertel von Wohlgerüchen begleitet wären. Und die Männer flickten die Schlaglöcher, um den Blonden ungehindertes Gehen zu ermöglichen.

Es gab da auf den Gesichtern ein hoffnungsvolles Leuchten, das das klare Braun zum Vorschein brachte, das so lange durch die Traurigkeit und Hoffnungslosigkeit verdeckt war. Alle begannen, sich um die Sauberkeit der Kinder zu kümmern. Man nähte ihnen neue Kleider und hielt sie den Blonden gegenüber zu höflicherem Verhalten an. Man lehrte sie hübsche Lieder von Vögeln und vom Frühling, die sie schmetterten, während sie die Blonden begleiteten.

All dieses heilig-gläubige Verhalten wurde noch verstärkt durch die überraschende Ernennung eines Mannes aus dem Viertel auf einen wichtigen Regierungsposten. Dieser versprach, die Straßen zu pflastern und Wasserleitungen zu legen. Die Jüngeren baten den Mann, von der Regierung zu verlangen, das Finsternis-Viertel ans Telefonnetz anzuschließen. Außerdem erinnerten sie ihn daran, was die Bewohner taten, als sie Wind davon bekamen, dass ein paar Bösewichte planten, sich beim Fluss an den Blonden zu vergreifen. Sie besprachen sich im Haus des Schulzen und warnten daraufhin die Bösewichte, sie würden samt ihren Familien aus dem Viertel verwiesen, wenn sie den Blonden etwas antaten. Das reichte, sie zum Einlenken zu bewegen.

Zwei Jahre nach dem Auftauchen der Blonden hatten sich alle Wünsche wie die Wunder in Märchen und Legende erfüllt: Die alten Jungfern waren verheiratet, die schmutzigen Gassen asphaltiert und viele Menschen von unheilbaren Krankheiten geheilt; eigentlich alle Kinder bestanden ihre Schulprüfungen, während zuvor die Ergebnisse immer eher blamabel waren. Das größte Wunder aber, das war der Sturz der Monarchie durch einen Putsch heldenhafter Offiziere, die sich der Unterstützung des Volkes erfreuten. Es war offensichtlich, dass all diese Wohltat, all dieses freudige Geschehen den Bewohnern des Finsternis-Viertels dank der Blonden zuteilwurde. Nach jener Zeit herrschten unter den Menschen im Viertel Harmonie und Zuneigung. Feindseligkeit und Gewalttätigkeit verschwanden praktisch ganz. Neu war auch, dass die Schulen gemischt wurden, für Mädchen und Jungen. Außerdem ließ die Regierung in der Nähe des Viertels eine Klinik errichten, vor deren Eingang ich heiße Kichererbsen zu verkaufen begann. Es war dann ein logischer Schritt der Regierung, das Finsternis-Viertel in Blumen-Viertel umzubenennen. Sie wählte diesen Namen, nachdem ihr Vertreter nach einem Besuch im Viertel in seinem Bericht die große Menge Blumen und die Sauberkeit im Viertel hervorgehoben hatte. Praktisch alle Häuser erhielten einen Telefonanschluss, und eine bemerkenswerte Anzahl von Bewohnern wurde Autobesitzer. Ebenfalls neu war, dass die Alten sich an der Alphabetisierungskampagne beteiligten. Sie gingen regelmäßig in den Unterricht und entdeckten die Geheimnisse der Sprache und der Schrift. Kurz gesagt, der Leib des Viertels, durch den die Medizin geflossen war, zeigte neue Vitalität. Doch die Glückseligkeit zerstob an jenem unheilvollen Morgen, als die Kinder zum Eingang des Viertels gingen und vergeblich auf das Erscheinen der Blonden warteten. Das war am Tag nach dem Militärputsch. Die Kinder warteten lang, doch die Blonden kamen nicht. Die Mütter eilten ihnen hinterher und setzten sich zu ihnen auf den kahlen Boden, über den die Regierung eine breite Straße gelegt hatte, auf der an jenem Morgen Panzer und Truppentransportfahrzeuge rollten. Immer mehr Bewohner des Viertels kamen, und alle schauten auf die schwarzen Rauch speienden Panzer auf der Hauptstraße – Bitterkeit im Herzen, ein Würgen in der Kehle, heiße Tränen in den Augen.«

»Die Sonne war verschwunden, die Finsternis hatte sich wieder gesenkt«, sagte mein Großvater zum Schluss, löschte die Lampe und stieß einen langen, bitteren Seufzer aus.

Nach Mitternacht brachen die Panzer der neuen Regierung ins Viertel ein, um das Podest mit dem Denkmal der beiden Blonden zu entfernen. Alle Männer des Viertels hatten auf den Hausdächern und in den Gassen Position bezogen. Ein grimmiger Kampf begann, an dem sich sogar die Frauen beteiligten. Zusammen mit drei mit Panzerfäusten bewaffneten Freunden hatte ich mich herangeschlichen, um den Panzer zu zerstören, der die Hauptstraße entlangfuhr, aber von oben feuerten Hubschrauber auf uns und schränkten unsere Bewegungsfreiheit ein. Wir versteckten uns hinter einem auf dem Gehsteig geparkten Taxi. Dann brach in einigen Gebäuden und Läden Feuer aus. Es sah schlecht für uns aus. Wegen des ständigen Beschusses durch die Hubschrauber waren wir dabei, den Kampf zu verlieren. Wir schlugen das Fenster des Taxis ein und versteckten uns darin. Eigentlich hatten wir vor, mit dem Auto die Flucht zu ergreifen, doch plötzlich ging einer der Hubschrauber in Flammen auf und stürzte auf die Hausdächer. Dann trafen unsere Kämpfer einen Panzer mit Granaten, und wir sahen die Regierungssoldaten sich fluchtartig zurückziehen. Kurz darauf stürzten sich junge Männer des Viertels wie wild vorwärts, *Allâhu akbar* rufend und planlos um sich schießend, jubelnd und ohne sich um den Kampf zu kümmern. Als sie an uns vorbeizogen, verließen wir das Taxi wieder. Gott habe ein Wunder gewirkt, erfuhren wir von ihnen. Die Blonden seien ins Viertel zurückgekehrt, erzählten sie, und kämpften jetzt heldenhaft gegen die Truppen der Regierung. Sie seien es gewesen, niemand anderes, die die Panzer in Brand schossen und den Hubschrauber vom Himmel holten. Auch meine Kameraden begannen, Gott zu preisen und mit den anderen *Allâhu akbar* zu jubeln. Sie rannten den Regierungssoldaten hinterher, in alle Richtungen ballernd. Dieses Viertel war wirklich nichts als eine riesige Klapsmühle. In mir kamen Wut und Abscheu hoch, während ich wie festgenagelt neben dem Taxi stand und die Menge betrachtete, die den wunderbaren Sieg feierte. Ich zündete mir eine Zigarette an und dachte darüber nach, dass es, um meine Qual zu beenden, die beste Lösung sei, diese Höhle namens Finsternis-Viertel zu verlassen. Gerade hatte ich mich gedreht, um nach Hause zu gehen, da ging ein Granatenhagel auf das ganze Viertel nieder. Eine davon schleuderte mich und das lädierte Taxi gegen die nächste Wand. Ich war völlig von Flammen umgeben. Ich spürte keinen Schmerz mehr. Die plötzliche Stille um mich herum gab mir ein seltsames Gefühl von Frieden. Doch als mich die Blonden unter den Taxitrümmern hervorzogen, sah ich am Hemd des einen Blutflecken. Mein Vater behauptete damals, sie hätten mich bewusstlos vor dem Haus gefunden. Ich bin aber überzeugt, dass die Blonden mich auf einer weißen Ambulanzbahre trugen. Den ganzen Weg über lächelten sie mich an, und ich streckte die Hand aus, um ihr schönes blondes Haar zu berühren.

Manche jungen Männer der neuen Generation im Viertel nennen mich heute den Verrückten vom Freiheitsplatz. Die Regierung ließ an der Stelle, wo früher das Denkmal stand, einige Bäume pflanzen und ein paar Bänke aufstellen. Man brachte auch eine große Tafel an, auf die der neue Name des Viertels geschrieben war: Freiheitsviertel. Ich weiß, was diese Deppen sagen. Sie behaupten, der Splitter, der mir in den Kopf drang, habe mein Gehirn beschädigt. Aber das sind nur Bauerntölpel, die noch immer im Zeitalter der Finsternis leben. Ich habe schon mehrfach die leitenden Köpfe und die Bevölkerung des Viertels gebeten, Geld zu spenden, um das Denkmal der Blonden wieder aufzubauen und die Geschichte des Viertels zu bewahren. Das ist das Geringste, was ich tun kann, um ihnen meine Rettung zu vergelten. Doch es macht mich wütend, dass sogar mein Vater die Geschichte mit den Blonden nicht mehr glauben will, nachdem die Soldaten das Denkmal zerstört und in derselben Nacht zahlreiche junge Männer umgebracht haben. Heute behaupten die Leute, das wunderbare Auftauchen der Blonden in jener Nacht und ihr Einsatz auf unserer Seite sei nichts anderes als billige Propaganda, die einige junge Männer ausgelöst hätten, um die Moral der kämpfenden Bevölkerung zu heben. Das Militär der Regierung habe jedoch den Widerstand kurz vor Tagesanbruch gebrochen. Aber ich bin zutiefst davon überzeugt, dass diese beiden Blonden mich auf einer weißen Bahre wegtrugen und ich mit meinen eigenen Fingern ihr engelsgleiches Haar berührte.

Vor einigen Tagen machte ich die Bekanntschaft eines seltsamen Mannes. Ich hielt ihn für einen aufrichtigen Menschen, keinen Lügner, wie die meisten Leute im Viertel. Er setzte sich zu mir auf die Bank auf dem Freiheitsplatz und erzählte mir, er glaube mir meine Geschichte vom Auftauchen der Blonden in jener Nacht. Er sprach lange vom Verlust unserer Geschichte und unseres Erbes durch westliche Agenten und die Vergesslichkeit bei uns selbst. Die wahre Freiheit sei es, sich nicht in der Hand der Ungläubigen in Monster zu verwandeln. Was ich aber nicht recht verstehe, ist der Zweck jenes dicken Gürtels, den der Mann mir heute Morgen bei sich zu Hause um die Hüfte legte. Der Gürtel ist sehr schwer, und mir ist heiß. Ich werde mich ein wenig in den Schatten des Baums setzen ... Verflucht nochmal! Nun haben doch die Frauen und die Kinder schon alle Bänke besetzt.

Ein Lkw nach Berlin

D iese Geschichte spielte sich im Dunkeln ab, und wenn es mir vergönnt wäre, sie ein weiteres Mal niederzuschreiben, schriebe ich nur die Entsetzensschreie nieder, die damals ausgestoßen wurden, und diese anderen, rätselhaften Geräusche, die das Gemetzel begleiteten.

Ein nicht geringer Teil der Geschichte wäre bestens geeignet für ein experimentelles Hörspiel. Sicher sieht die Mehrheit der Leser in dieser Geschichte nichts als die Flickschusterei eines Geschichtenerzählers oder die dürftige Metapher für den Schrecken. Ich finde aber nicht, dass ich einen Schwur ablegen muss, damit sie mir glaubt, wie höchst seltsam diese Welt ist. Ich muss lediglich diese Geschichte niederschreiben – ein Kackfleck auf einem Nachthemd, vielleicht auch ein Fleck in Form einer wilden Blume.

Im Sommer 2000 arbeitete ich in einer Bar im Zentrum von Istanbul. Meine eher bescheidenen Englischkenntnisse kamen mir dabei zu Hilfe, da die Gäste Touristen waren, meist Deutsche mit ebenfalls lachhaften Englischkenntnissen. Ich war damals auf der Flucht vor der Hölle von Jahren der Wirtschaftsblockade, nicht aus Furcht vor Hunger oder vor der Diktatur. Es war vielmehr eine Flucht vor mir selbst und vor anderen Untieren. Die Furcht vor dem Unbekannten ließ in jenen erbarmungslosen Jahren das Gefühl der Zugehörigkeit zu einer vertrauten Wirklichkeit schwinden und eine Monstrosität an die Oberfläche dringen, die von den einfachen, täglichen menschlichen Bedürfnissen zugedeckt gewesen war. In jenen Jahren breitete sich eine niedrige Bestialität aus, geboren aus der

Furcht vor dem Verhungern. Ich selbst hatte das bedrohliche Gefühl, zu einer Ratte zu mutieren.

Ich hielt das verdiente Geld zusammen und zahlte es den Männern, die das menschliche Vieh aus dem Orient auf die Farmen des Abendlands brachten. Die Wege dorthin unterschieden sich im Preis: Am teuersten war der Flug mit gefälschtem Pass, am billigsten der Fußmarsch mit einem Schlepper durch Grenzwälder und Grenzflüsse. Außerdem gab es die Schiffsreise oder die Fahrt in einem Lastwagen. Ich erwog die Letztere, obwohl mir die Geschichte von dem Gerät Sorgen machte, mit dem die Polizei das Kohlendioxid der Lastwagen misst, um den Atem von möglicherweise darin versteckten Personen festzustellen. Doch schließlich war es nicht dieses Gerät, das mich den Gedanken an die Lastwagenfahrt aufgeben ließ, sondern die Geschichte von Ali, dem Afghanen, und dem Massaker in einem Lkw nach Berlin. Ali war eine wandelnde Schatztruhe voller Flucht- und Schleppergeschichten. Er lebte schon zehn Jahre als Illegaler in Istanbul, fälschte Pässe, verkaufte Drogen und gab alle seine Einkünfte für russische Nutten und korrupte Polizisten aus. Einige Leute haben sich über mich lustig gemacht, weil ich die Geschichte vom Lkw nach Berlin glaubte. Tatsächlich hatte ich mehr als nur einen Grund, derlei Geschichten zu glauben. Für mich ist die Welt äußerst fragil, furchterregend und unmenschlich. Sie braucht nur eine kleine Erschütterung, und schon zeigt sie ihre hässliche Fratze und ihre Urtierhauer. Natürlich kennen Sie aus den Medien schon viele tragische Geschichten über diese Art Flucht mit all ihren Schrecken. Der Schwerpunkt liegt dabei ja im Allgemeinen auf Flüchtlingen, die ertrunken sind. Ich finde, dass diese kollektive Ertrinkerei einen ausgesprochen unterhaltenden Filmeffekt bietet, so etwas wie eine neue Titanic für alle. Denn beispielsweise erzählen die Medien nichts von den Geschichten der schwarzen Komödie, außerdem hören Sie nichts davon, was die demokratischen europäischen Armeen mit verängstigten Menschen tun, die sie bei Nacht in einem riesigen Wald, völlig durchnässt, halb verhungert und halb erfroren aufgreifen. Ich war Zeuge, wie bulgarische Soldaten einen jungen Pakistaner mit einer Schaufel bewusstlos prügelten. Dann verlangten sie von uns allen, in einen eiskalten Fluss zu steigen. Danach übergaben sie uns dem türkischen Militär.

Fünfunddreißig junge Iraker seien sie gewesen, erzählte mir Ali, junge Männer voller Träume, die sich mit dem Schlepper auf einen Transport im geschlossenen Früchte-Lkw von Istanbul nach Berlin geeinigt hätten. Die Abmachung sah vor: Viertausend Dollar pro Person für eine Fahrt von nur sieben Tagen. Der Lastwagen würde bei Nacht fahren und bei Tag in kleinen Grenzstädten warten. Wer kacken wollte, müsste das bei Tag tun. Pinkeln könnte man auch bei Nacht im Lkw in die leeren Wasserflaschen. Mobiltelefone seien während der Fahrt verboten. Alle müssten sich ruhig verhalten und beim Stopp an Grenzübergängen oder bei Verkehrskontrollen die Luft anhalten. Jeglicher Streit sei strikt verboten. Doch wirklich beunruhigt war die Gruppe für den Lkw nach Berlin durch die Geschichte, die einige Tage zuvor in türkischen Zeitungen veröffentlicht worden war und wonach eine Gruppe Afghanen einem iranischen Schlepper deftige Geldbeträge für eine Lkw-Fahrt nach Berlin gezahlt hatte, der Lkw daraufhin mit ihnen auch eine ganze Nacht herumgefahren war. Als er dann noch vor Tagesanbruch anhielt, hieß der Fahrer die Leute leise aussteigen und behauptete, sie hätten eine griechische Grenzstadt erreicht. Mit einer Mischung aus Freude und Furcht, ihr Gepäck fest an sich gedrückt, stiegen die Afghanen aus. Sie setzten sich unter einen großen Baum. Das sei ein griechisches Wäldchen, erklärte der Schlepper. Sie müssten jetzt nur noch bis zum Morgen warten, und wenn die Polizei käme, sollten sie sofort einen Asylantrag stellen. Am nächsten Morgen brachten die Zeitungen ein Bild der Afghanen, die in einem öffentlichen Park saßen, mitten in Istanbul. Der Lkw war die ganze Nacht über mit ihnen kreuz und quer durch die Stadt gefahren, nicht einmal bis an den Stadtrand. Und wie bei all diesen Geschichten von Lug und Trug waren Schlepper und Lkw verschwunden, und die Afghanen wanderten in Auslieferungshaft.

Doch die Gruppe für den Lkw nach Berlin hatte gar keine andere Wahl, als sich auf das Abenteuer einzulassen. Furcht vor den Betrugsgeschichten hätte Lähmung, Hoffnungslosigkeit und Rückkehr in ein von Hunger und Unterdrückung gewürgtes Land bedeutet. Sie hatten sich auch auf den guten Ruf des Schleppers verlassen. Er sei der beste und der sauberste in der ganzen Türkei, hatte man ihnen versichert. Bei ihm sei noch nie etwas schiefgegangen, und er habe noch nie jemanden betrogen. Schließlich sei er ein frommer Mensch und habe schon drei Mal die Pilgerfahrt gemacht. Deshalb nenne man ihn Hadsch Ibrahîm.

Hadsch Ibrahîms Lkw verließ eines Nachts Istanbul. Die Fahrgäste hatten sich mit Wasser in Flaschen und mit Nahrungsmitteln versorgt. Im Lkw war es drückend heiß und stockdunkel. Nur durch kleine unsichtbare Löcher kam Luft herein. Aus Angst vor Luftmangel atmeten die jungen Männer hastig, wie jemand, der in einen Fluss tauchen will. Schon nach fünf Stunden Fahrt war es durch den Gestank der Körper, der Strümpfe und der scharfen Speisen, die sie im Dunkeln verschlangen, unerträglich stickig geworden. Doch in der ersten Nacht ging alles glatt. Am Morgen hielt der Lkw in einer kleinen Garage in einem Grenzdorf. Die hintere Tür ging auf, und die Männer konnten aufatmen und neue Hoffnung schöpfen. Die Garage war einmal ein Stall gewesen. Über die Kackerei wachten zwei junge Männer. Es war nicht einmal erlaubt, den Lkw zu verlassen und in den Stall zu treten, auch nicht, nach dem Namen des Dorfes oder des Landes zu fragen, in dem es lag. Einer der beiden jungen Männer brachte sie der Reihe nach zu einem ungeheuer verdreckten, kleinen Abort in einer Ecke des Stalls. Der andere ging, um Wasser und Nahrungsmittel für sie zu kaufen. Gegen Ende des Tages kam er zurück.

In der zweiten Nacht fuhr dem Lkw in großem Abstand ein Mercedes voraus, um den Weg zu erkunden und den Lkw-Fahrer mit Informationen zu versorgen. Der Lkw fuhr auch ohne Zwischenfall und hielt nur drei Mal sehr kurz an. Bei Tagesanbruch fuhr man in eine diesmal große Garage, in der schon andere Lkws standen und wo man mühelos das Getöse einer Stadt hören konnte. In der dritten Nacht fuhr ihnen zur Wegsicherung ein Militärjeep voraus. Doch diesmal rollte der Berlin-Lkw nur fünf Stunden. Dann stoppte er abrupt, machte kehrt und raste mit völlig überhöhter Geschwindigkeit zurück. Die Herzen der jungen Männer verkrampften sich im finsteren Lkw, und der irrsinnige Fahrstil zeigte ihnen die Angst des Fahrers. Insgeheim für sich oder mit gedämpfter Stimme begannen sie, Gebete und Koranverse zu murmeln. Ein noch sehr junger Bursche sprach laut hörbar den Thronvers. Er hatte eine angenehme Stimme, die aber immer wieder brach, was die anderen erschreckte. Fast eine Stunde lang fuhr der Lkw mit dieser Geschwindigkeit. Dann hielt er ein weiteres Mal an. Eine Viertelstunde später nahm er, in mäßigerer Geschwindigkeit, seine Fahrt wieder auf. Aber über die Fahrtrichtung waren sich die jungen Männer uneinig. Die einen vertraten die Ansicht, dass der Lkw nochmals kehrtgemacht habe, andere glaubten, dass er seine Reise fortsetzte. Sie gingen davon aus, dass die Schleppermafia den Fahrer per Handy, je nach Verhältnissen und Gefahren der Straße, zum Beispiel Polizeipatrouillen, leitete. Dann spürten die Fahrgäste, dass der Lkw auf einem gewundenen Feldweg fuhr. Plötzlich blieb er wieder stehen, und der Fahrer stellte den Motor ab. Im Lkw nach Berlin herrschte eine geheimnisvolle, gespenstische Stille, eine satanische Ruhe, die ein Wunder oder doch etwas Unwahrscheinliches erwarten ließ.

Über drei Stunden warteten die fünfunddreißig jungen Männer in dem finsteren Lkw. Sie unterhielten sich flüsternd. Einige versuchten, durch winzige Ritzen an der Hintertür des Lkws zu spähen. Ihre Armbanduhren zeigten zehn Minuten nach sieben am Morgen, eigentlich die Zeit zum Wasserholen. Zum Essen war noch genug da, das Wasser aber ging rasch zur Neige. Außerdem mussten einige aufs Klo. Die Stimmung wurde ungehalten. Einige klopften an die Lkw-Wand und begannen zu rufen. Dagegen stellten sich drei junge Männer und verlangten von den Übrigen, sich ruhig zu verhalten. Der Geruch von Streit hing in der spärlichen, geladenen Luft. Dabei diskutierten sie immer nur mit der Quelle der Stimme. Im tiefen Dunkel sahen sie sich nur schemenhaft. Als es Mittag geworden war, klopften praktisch alle an die Wände und an die hintere Tür des Lkws und riefen um Hilfe. Einige verrichteten ihre Notdurft in Essenstüten. Der Gestank war fürchterlich und türmte sich wie Gesteinsschichten im Innern des Lkws auf. Der Atem der jungen Männer vereinigte sich im Dunkeln zum brüllenden Schnauben eines wilden Tiers. Und über die Nerven aller trugen Gestank und Angst den Sieg davon. Streitereien und Handgreiflichkeiten brachen im Dunkeln aus, nahmen zu und ließen erst nach einer Stunde nach: Der Durst beruhigte die Gemüter. Man setzte sich und flüsterte und debattierte mit gedämpfter Stimme; es klang wie im Bienenstock. Nur von Zeit zu Zeit stieß jemand eine Beschimpfung aus oder trat gegen die Wand. Und in diesen Augenblicken bemühten sich die meisten jungen Männer, was sie noch an Wasser oder Lebensmitteln übrig hatten, in ihren Taschen verschwinden zu lassen.

Trotz der tiefen Finsternis, die ein Gesicht nicht von einem Fuß unterscheiden ließ, tat der eine oder andere Dinge, die die Umstände nicht erforderten. Einer band sich die Schuhe, ein anderer zog die Armbanduhr aus und versteckte sie in der Tasche, ein Dritter wechselte im Dunkeln das Hemd. So ist die Fantasie der Menschen. Sie wird in derlei Situationen seltsam aktiv und wirkt dann wie eine Alarmklingel oder wie halluzinogene Pillen.

Am folgenden Morgen war das Chaos perfekt. Die Jüngsten in der Gruppe mit genügend Energie zum Überleben wollten die Tür des Lkws zertrümmern, andere schrien weiter und klopften an die Wände. Einer flehte und bettelte um einen Schluck Wasser. Fürze und Flüche waren zu hören. Koranverse und Gebete wurden gesprochen. Manche waren verzweifelt, saßen da und dachten wie todgeweihte Kranke über ihr Leben nach. Der Gestank war unerträglich geworden und hätte genügt, mehr als den einen Schwarm Vögel zu vernichten, der über ihren Köpfen kreiste. Ich will jetzt nicht über diese Stimmen und Gerüche schreiben, die auf den geheimen Pfaden der Emigration kommen und gehen, sondern über jenen tierischen Schrei, der plötzlich mitten im Getöse erklang. Wie eine unbekannte Macht, die aus dem Lärm und dem Getöse des Lkws eine erbarmungslose Eisschicht machte. Dann senkte sich eine dichte, klebrige Stille, die den Herzschlag eines jeden von ihnen zu hören erlaubte. Ein Schrei, hervorbrechend aus Höhlen, deren Geheimnisse unentdeckt sind. Als sie diesen Schrei hörten, hätten sie gern die Quelle dieser unmenschlichen und untierischen Stimme gekannt, die die Finsternis des Lkws erschütterte.

Der Lkw begann zu wackeln. Ein weiterer Entsetzensschrei war zu hören. Sie schienen wie Riesenmäuler, aus denen Feuer loderte. Die Hilfe- und Schmerzensrufe schienen dieses Mal wie die Lohe der Vulkane. Alles, die Brutalität des Menschen, des Tieres und der Märchenmonster, schien sich zu verdichten und begann gemeinsam, eine Höllenmelodie zu spielen.

Vier Tage später stieß die serbische Polizei am Rand einer kleinen, völlig von Wald umschlossenen Grenzstadt auf den Lkw. Er stand auf einem verlassenen Hühnerhof. Was mit den Schleppern geschah, ist jetzt nicht mehr wichtig. Diese Geschichten gleichen einander. Vielleicht merkten sie, dass die Polizei ihre Bewegungen überwachte, und wollten für ein paar Tage abtauchen; vielleicht gab es auch einen anderen trivialen Grund, zum Beispiel Zwist um das Geld.

Als die Polizisten die hintere Tür des Lkws aufmachten, sprang ein blutbefleckter junger Mann heraus und rannte wie besessen davon. Man verfolgte ihn, aber er verschwand in diesem unendlichen Wald. Im Lastwagen lagen vierunddreißig Leichen, nicht von einem Messer oder einer anderen Waffe zerfetzt, sondern von den Schnäbeln und den Krallen von Geiern bearbeitet und von den Zähnen von Krokodilen und anderen, unbekannten Instrumenten verunstaltet. Der ganze Lkw war voller Kot, Urin, Blut, zerfetzter Leiber, ausgerissener Augen und Gedärm, als wären da hungrige Wölfe am

Werk gewesen. Vierunddreißig junge Männer waren zu einem Matsch aus Fleisch, Blut und Kacke geworden.

Niemand glaubte Jankowić, dem alten serbischen Polizisten. Man lachte ihn aus. Selbst diejenigen, die bei ihm waren, bestätigten seinen Bericht nicht. Nur bezüglich jenes blutverschmierten jungen Mannes, der in den Wald floh, waren sich alle einig. Die serbische Presse erkundigte sich nach den Gründen für sein Verschwinden, doch die Polizei behauptete, er sei über die Grenze nach Ungarn geflohen.

Zu Hause im Bett starrt Jankowić zur Decke und sagt zu seiner Frau: »Ich bin doch nicht verrückt, meine Liebe. Ich sage dir zum tausendsten Mal: Kaum im Wald, begann der junge Mann, auf allen vieren weiterzurennen. Und noch bevor er verschwand, war er zum Wolf geworden.«

Die Leichenschau

Bevor er das Messer herausholte, erklärte er mir: »Nach dem Studium der Kundenakte bist du verpflichtet, in aller Kürze deine Vorstellungen darüber zu präsentieren, auf welche Weise du deinen ersten Kunden töten möchtest und auf welche Art du seine Leiche vorzuführen gedenkst. Deinem Vorschlag wird nicht zwangsläufig zugestimmt. Einer von unseren Experten wird das vorgelegte Projekt überprüfen und es entweder akzeptieren oder etwas anderes vorschlagen. So läuft das für alle Professionellen auf allen Stufen. Und daran ändert sich auch nichts nach Abschluss der Trainingsperiode und bestandener Prüfungen. Keine Sorge, egal wie's läuft, du kriegst deinen vollen Lohn. Ich möchte hier nicht gleich auf alle Einzelheiten eingehen. Ich werde dich schrittweise einführen. Wenn du die Akte des Kunden einmal erhalten hast, sind keine direkten Fragen mehr zugelassen. Dann musst du eventuelle Fragen schriftlich formulieren. Und alle diese Fragen, außerdem deine Vorschläge und deine Anträge werden in einer extra für dich angelegten Personalakte dokumentiert. Du darfst mich unter keinen Umständen per E-Mail kontaktieren oder mich gar anrufen. Du wirst deine Fragen auf ein dafür vorgesehenes Formular schreiben, das du nachher von mir erhalten wirst. Jetzt geht es darum, dass du dich voll auf das gründliche und gewissenhafte Studium der Akte des Kunden konzentrierst. Ich hoffe, es wird dich beruhigen, dass wir die Zusammenarbeit mit dir nicht aufkündigen, selbst wenn deine erste Aufgabe in die Binsen geht. In diesem Fall würdest du, mit demselben Lohn, in eine andere Abteilung versetzt. Ich muss aber nochmals daran erinnern: der Gedanke, die Arbeit aufzugeben, ist nach dem Empfang des ersten Salärs nicht mehr möglich. Das wird nicht gestattet, hier sind die Bedingungen strikt. Sollte andererseits die Führung der Auflösung der Zusammenarbeit mit dir zustimmen, wirst du zahlreichen Tests unterworfen, die lange dauern können. Wir haben im Archiv ein paar Musterakten von Kollaborateuren und anderen Agenten, die beschlossen, ihre Verträge von sich aus zu beenden. Sollte es dir je einfallen, so etwas zu tun, stellen wir dir gern einige davon zur Lektüre zur Verfügung, damit du die Erfahrungen anderer kennenlernen kannst. Ich bin aber zuversichtlich, dass du die Arbeit freudig angehst und ihr treu bleibst. Du wirst sehen, wie sich dein ganzes Leben verändert. Und das hier ist dein erstes Geschenk. Mach es nicht jetzt auf! Es ist dein voller Lohn. Die Dokumentarfilme über das Leben der Raubtiere kannst du selbst kaufen; wir werden dir deine Auslagen später zurückerstatten. Konzentrier dich beim Anschauen besonders auf die Knochen der Beutetiere. Und denk immer daran, mein Lieber, dass wir weder Terroristen sind, die mit der größtmöglichen Opferzahl andere Menschen in Angst und Schrecken versetzen wollen, noch schamlose Schlächter, die für Geld arbeiten. Wir haben keinerlei Verbindung zu den extremistischen islamistischen Gruppen oder zu den Geheimdiensten irgendeines dubiosen Staats. Nein, nichts dergleichen. Ich weiß, dass dir jetzt Fragen durch den Kopf schießen, aber du wirst nach und nach entdecken, dass die Welt aus mehreren Stockwerken besteht, es aber nicht zwingend ist, dass alle zu allen Stockwerken und allen Kellergewölben Zugang haben. Vergiss nicht die Aufstiegsmöglichkeiten, die dich im System der Organisation erwarten, wenn du eine außergewöhnliche, frische, ja wilde Fantasie an den Tag legst. Jede Leiche, die du richtest, ist ein Kunstwerk, an das du letzte Hand anlegst, damit es in den Trümmern dieses Landes strahle wie ein wertvolles Juwel. Die Präsentation zur Betrachtung durch andere, das ist der schöpferische Höhepunkt, nach dem wir streben, den wir zu studieren und zu vervollkommnen trachten. Ich persönlich ertrage fantasielose, sterile Agenten nicht. Wir haben beispielsweise einen Mitarbeiter mit dem Decknamen Satansmesser, den ich lieber heute als morgen entlassen sähe. Er glaubt doch tatsächlich, es sei das Höchste an Kreativität und Originalität, wenn er einen Körper zerstückelt und die Einzelteile in ärmlichen Vierteln an Stromdrähten aufhängt. Das ist doch nur ein eingebildeter Dummkopf. Ich verabscheue seine konventionellen Methoden, auch wenn er von einer »neuen Konventionalität« spricht. Alles was dieser Kasper tut: Er malt die Körperteile des Kunden farbig an und hängt sie an dünne Schnüre. Das Herz dunkelblau, den Magen grün, die Leber und die Hoden gelb, und immer so weiter, ohne jegliches Verständnis für die Poesie der Einfachheit. Übrigens erkenne ich, während ich hier erzähle, einen unsicheren Blick in deinen Augen. Beruhige dich, atme tief durch und lausche ruhig und geduldig dem geheimnisvollen Rhythmus deiner Seele. Ich will dir noch ein paar Sachen genauer erklären. Vielleicht hilft dir das, dich von falschen Vorstellungen zu trennen, die dir durch den Kopf gehen. Ich will gern ein wenig Zeit für dich opfern. Was ich dir erzähle, mögen nur persönliche Eindrücke sein, und ein anderes Mitglied der Gruppe mag das völlig anders sehen. Ich persönlich schätze Knappheit und Schlichtheit, auch in schockierender Form. Nimm beispielsweise unseren Mitarbeiter ›der Taube‹. Das ist ein ruhiger Mensch mit einem klugen, klaren Auge. Von seinen Werken hat mir das mit der stillenden Frau immer am besten gefallen. An einem regnerischen Wintermorgen gab es einen Auflauf von Passanten und Autofahrern, die diese fette, nackte Frau betrachteten, an deren linken Brust ein ebenfalls nackter Säugling lag. Der Taube hatte die Frau unter eine abgestorbene Palme auf dem Mittelstreifen einer befahrenen Straße gesetzt. Nirgends auch nur die Spur einer Verletzung oder einer Schusswunde, weder am Körper der Frau noch am Körper des Kindes. Sie und ihr Kind schienen so lebendig wie ein plätschernder Bach. Das ist die Genialität, die unserem Jahrhundert so fehlt! Du hättest die gewaltigen Brüste der Frau sehen sollen und das magere Kind, das nur aus Knochen und hellweißer Haut zu bestehen schien. Man konnte nicht feststellen, wie die Frau und ihr Kind ums Leben gekommen waren. Die meisten tippten auf ein geheimnisvolles, noch nicht klassifiziertes Gift. Aber du müsstest einmal den im Archiv unserer Bibliothek gelagerten Bericht lesen, kurz und höchst poetisch, den der Taube zu seiner großartigen künstlerischen Arbeit verfasst hat. Heute hat er in der Gruppe eine wichtige Position inne, und er verdient noch viel mehr. Du musst das richtig verstehen: dieses Land bietet eine für dieses Jahrhundert unschätzbare Gelegenheit. Vielleicht sind unsere Tage hier ja gezählt. Denn sobald sich die Verhältnisse stabilisieren, werden wir nolens volens in ein anderes Land weiterziehen müssen. Aber keine Sorge, es gibt zahlreiche Orte, die infrage kommen. Weißt du, in der Vergangenheit erteilten wir an Novizen wie dich klassische Lektionen. Doch die Verhältnisse haben sich grundlegend verändert. Heute verlässt man sich auf das Demokratische und das Spontane bei der Fantasie, nicht mehr auf Indoktrination. Bevor ich imstande war, professionell zu arbeiten, musste ich lange lernen und viele langweilige Bücher voller Rechtfertigungen für unsere Tätigkeit lesen. Wir haben Studien durchgearbeitet, in denen es um den Frieden ging und die mit einer abstoßenden Eloquenz formuliert waren. Sie verwendeten zahlreiche simple und völlig überflüssige Exempel. In einem stand zu lesen, dass alle in der Apotheke erhältlichen Medikamente, ja sogar einfache Zahnpasta, erst nach Labortests an Mäusen und anderen Tieren produziert werden. Also könne man auch keinen Frieden auf dieser Erde schaffen, ohne dafür Menschen in Labors zu opfern. Altbackene Lektionen wie diese waren schon immer die Quelle von Langeweile und Frustration. Eure Generation hat ungemein Glück. Ihr lebt in einer Zeit goldener Gelegenheiten. Eine Filmschauspielerin, die an einem Eis schleckt, ist Dutzende von Bildern und Nachrichten wert, die ins hinterste Kaff gelangen, wo die Leute vor Hunger krepieren, und das auf dieser Erde, dieser Mühle von Geschrei und Tanz. Ich nenne das >die Gerechtigkeit, die Fadheit und die Doppelzüngigkeit der Welt kennenlernen<. Da ist doch ein mitten in der Stadt kunstvoll ausgestellter Leichnam etwas ganz anderes. Ich hoffe, ich bin nicht allzu lang geworden, aber ich muss gestehen, dass ich mich um dich sorge. Denn entweder bist du bauernschlau oder genial, und diese Art Mitarbeiter regen meine Neugier an. Wenn du genial bist, wäre das erfreulich. Ich glaube noch immer an die Genialität, obwohl in der Gruppe die meisten Mitglieder lieber von Erfahrung und Kenntnis reden. Für den Fall aber, dass du bauernschlau bist, werde ich dir, bevor wir uns trennen, eine kurze, nützliche Geschichte von einem Bauernschlauen erzählen, der versucht hat, uns für blöd zu verkaufen. Nicht einmal seinen Decknamen, >der Nagel<, mochte ich. Nachdem das Komitee zu dem von ihm vorgeschlagenen Projekt zur Tötung des Kunden und zur Zurschaustellung seiner Leiche in einem großen Restaurant seine Zustimmung gegeben hatte, warteten wir auf Resultate. Doch der Kerl brauchte sehr lange, bis er etwas unternahm. Ich habe ihn mehrfach getroffen und nach dem Grund der Verzögerung gefragt. Er wolle nicht machen, was andere schon vor ihm getan hätten, so seine Antwort. Er denke daran, etwas Neues, Originelles zu tun. Doch in Wirklichkeit ging es um etwas anderes. Der Nagel war ein Feigling, den triviale menschliche Gefühle beschlichen und der sich wie eine sieche Kreatur Gedanken über den Nutzen machte, andere umzubringen, und darüber, ob es wohl einen Schöpfer gibt, der all unser Tun beobachtet. Das war der Anfang vom Ende. Schließlich ist jedes Kind, das auf diese Welt kommt, eine Möglichkeit. Es kann entweder gut oder schlecht werden, entsprechend der Klassifizierungen religiöser Erziehung auf dieser närrischen Erde. Doch für uns liegt die Sache anders. Jedes Kind, das geboren wird, ist nur eine weitere Belastung des Boots, das schon drauf und dran ist unterzugehen. Wie dem auch sei, der Nagel stürzte sich höchstselbst ins Verderben: Er hatte einen Verwandten, der als Wächter in einem Krankenhaus im Zentrum arbeitete, und er plante, sich in den Obduktionsraum zu schleichen und sich dort eine Leiche zu beschaffen, statt eine eigene zu produzieren. Das schaffte er auch mühelos, indem er seinem Verwandten die Hälfte des Lohns gab, den er von der Gruppe erhalten hatte. Im Obduktionsraum türmten sich die Leichen, Opfer dieser primitiven terroristischen Anschläge: Körper, die von Autobomben zerfetzt worden waren, andere, denen man im Rahmen konfessioneller Liquidierung die Köpfe abgeschnitten hatte, aufgequollene Wasserleichen oder schließlich die zahlreichen Törichten, Ergebnis planloser, kunstferner Tötungsarbeit. Der Nagel schlich sich also eines Nachts in den Obduktionsraum und suchte nach einer Leiche, die für eine öffentliche Zurschaustellung geeignet schien. Er interessierte sich hauptsächlich für Kinder, da er in seinem ersten Bericht eine Idee vom Ende eines sechsjährigen Kindes vorgetragen hatte.

Im Obduktionsraum gab es jede Menge Schulkinder, zerfetzt von Autobomben, verbrannt auf irgendeinem Straßenmarkt oder zerstückelt durch einen Granatenangriff aus der Luft. Schließlich wählte er einen Kinderleichnam, dem man, wie den anderen Familienmitgliedern, aus konfessionellen Gründen den Kopf abgetrennt hatte. Der Körper war sauber, der Schnitt am Nacken sah aus wie ein sauber abgerissenes Stück Papier. Der Nagel hatte vor, das tote Kind in einem Restaurant zur Schau zu stellen. Auf dem Tisch wollte er in Suppentellern voller Blut die Augen anderer Familienmitglieder drapieren. Vielleicht eine hübsche Idee. Aber die Arbeit war von Beginn an durch Lug und Trug verhunzt. Hätte er selbst dem Kind den Kopf abgetrennt, hätte das Ganze als eigenständige künstlerische Arbeit gelten können. Aber Tote aus einem Obduktionsraum zu klauen und auf diese dummdreiste Art zu arbeiten, ist gleichzeitig schändlich und feige. Zu seinem Pech hatte dieser Mensch auch nicht begriffen, dass die Welt von heute durch allerhand Kanäle vernetzt und verbunden ist. Es war der Leichenrestaurator, der den Nagel festnahm, noch bevor er die bedauernswerte Bevölkerung betrügen konnte. Dieser Leichenrestaurator war Anfang sechzig, ein Koloss. Seine Arbeit im Obduktionsraum florierte, mit all den zerfetzten Leichen im Land. Die Leute drängten ihn, die Leichen ihrer Kinder und Angehörigen wiederherzustellen, die von Explosionen zerfetzt oder einfach so umgebracht worden waren. Sie entlohnten ihn großzügig, damit ihre Angehörigen wieder so aussahen, wie sie sie gekannt hatten. Dieser Mann war ein wirklich großer Künstler. Er arbeitete mit Geduld und enormer Hingabe. Er führte den Nagel in ein Nebenzimmer des Obduktionsraums und schloss die Tür, dann gab er ihm eine Beruhigungsspritze, die ihn bei vollem Bewusstsein lähmte, legte ihn auf den Obduktionstisch, band ihm Arme und Beine fest und schob ihm einen Knebel in den Mund. Während er seinen Arbeitstisch richtete, trällerte er mit seiner seltsam weiblichen Stimme ein hübsches Liedchen, das von einem Kind erzählt, das in einem Bluttümpel einen Frosch fängt. Hin und wieder strich er dem Nagel zärtlich übers Haar und flüsterte ihm ins Ohr: ›Ach, mein lieber, guter Freund. Es gibt Dinge, die sind seltsamer als der Tod: die Welt anzuschauen, wie sie dich anschaut, aber ohne Zeichen, Verständnis oder Absicht. Du und die Welt, ihr scheint eins zu sein in Blindheit, wie das Schweigen und die Einsamkeit. Und dann gibt es da etwas, das noch ein wenig seltsamer ist als der Tod: ein Mann und eine Frau, die im Bett miteinander tändeln, und dann kommst du und kein anderer, du, der ständig Fehler bei der Abfassung seiner Lebensgeschichte macht.‹

In der frühen Morgenstunde hatte der Leichenrestaurator seine Arbeit abgeschlossen.

Am nächsten Tag stand vor dem Tor des Justizministeriums ein Sockel, einer wie unter den Statuen der Stadt, aber bestehend aus einer Fleisch- und Knochenmasse. Auf dem Podest erhob sich eine Bronzesäule, an der die Haut des Nagels hing, die mit großem Geschick abgelöst worden war. Sie flatterte wie eine Siegesfahne. An der Vorderseite des Podests war deutlich das rechte Auge des Nagels zu sehen, fest in den Fleischmatsch eingedrückt. Es hatte den gleichen blöden Blick wie deine Augen jetzt. Und weißt du, wer der Leichenrestaurator war? Er ist der Verantwortliche für den wichtigsten Sektor der Organisation, die Abteilung für Wahrheit und Kreativität.«

Dann stieß er mir das Messer in den Leib und kommentierte: »Du zitterst ja.«

Der Geschichtenmarkt

Zu Hause lernst du die Welt kennen, auf Reisen dich selbst.« Mit diesem Satz des ungarischen Romanciers Béla Hamvas antwortete er auf Einladungen seiner wenigen befreundeten Kritiker. Châlid Hamrâni, inzwischen siebenundfünfzig Jahre alt, hatte seine Stadt noch nie verlassen. Er hatte auch noch keine einzige Geschichte geschrieben, die nicht auf dem Straßenmarkt unweit seiner Wohnung spielte. Bisher hatte er drei Erzählbände publiziert, und zwar auf eigene Kosten.

In einem hübschen Interview mit einer der lokalen Zeitungen erklärte er: »Sie können aus einer Fischverkäuferin auf dem Markt ein im Kosmos umherirrendes Raumschiff machen, oder Sie können Auberginen zum Gegenstand einer Philosophielektion machen. Wichtig ist allein, dass Sie lange genug hinschauen, wie jemand, der vom Balkon aus seinen eigenen Selbstmord reflektiert. Außerdem brauchen Sie eine nicht showhafte, dafür aber boshafte und tiefernste Fantasie. Schließlich die Seele eines sterbenden Eremiten. Dieser einfache Markt, über den ich schreibe, ist für mich eine immense Umgebung. Ich bin nur eine Blase, die unzweifelhaft existiert, aber nicht klar zu sehen ist.« Als ihm einer der Großen seines Fachs sagte, seine Geschichten seien monoton und langweilig, weil der Markt allein ihre Wunderdose sei, antwortete er ohne Umschweife, er finde es widerlich, ständig nach neuen Erfahrungen und neuen Orten zu suchen, um das immer Gleiche zu erzählen. »Die ganze Welt spiegelt sich in den Augen eines einzigen Kindes, oder etwa nicht? Sogar im Blut eines auf dem Markt geschlachteten Huhns.« Er lachte und fuhr dann spöttisch fort. »Ich suche nicht nach mir selbst. Ich will in einem Teich schwimmen und dabei überzeugt sein, dass dieser das gesamte Universum darstellt.«

Eines Tages erwachte Châlid Hamrâni, als entstiege er einem morastigen Brunnen. Er griff sofort nach dem Stift, der neben ihm lag, und schrieb, noch bevor er das Bett verließ, hastig ein paar Ziffern an die Wand. Seine Frau schnarchte noch friedlich und auch die Kinder waren noch nicht wach. Seit in Bagdad die Detonationen und das blinde Morden zunahmen, verlangte man von niemandem im Haus mehr, früh aufzustehen. Die Kinder gingen nicht mehr zur Schule und spielten nur noch selten vor dem Haus. Auch Hamrânis Frau ging nicht mehr ihre Angehörigen besuchen und nicht einmal mehr einkaufen. Es gab nur wenig Geld, das Hamrâni mit seiner Arbeit als Traubensaftverkäufer in der Raschîd-Straße verdiente.

Hamrâni setzte sich auf den Bettrand und betrachtete nachdenklich und argwöhnisch die fünf Ziffern. Es war das erste Mal, dass er im Traum Zahlen gesehen hatte. Er glaubte, sie würden verschwinden, sobald er aus dem Bett stieg. Doch als er Tee machte, spürte er sie wie fünf glühende Kohlen in seinem Gehirn. Er nahm einen leichten, aber lästigen morgendlichen Luftzug wahr, der das kleine Küchenfenster öffnen wollte. Mit ausgestreckten Beinen setzte er sich auf ein Kissen und schlürfte seinen Tee. Dabei versuchte er, die Bilder des Traums wieder zusammenzubringen. Aber da war nichts als ein einziges Bild: er selbst vor einer gewaltigen, von Feuchtigkeit zerfressenen Wand, auf die leuchtend blau die Zahlen geschrieben waren. Und während er wie festgenagelt vor der Wand stand, spürte er einen stechenden Schmerz in seinen Knien. Was bedeuteten diese Zahlen? Hamrâni dachte darüber nach, ohne aber der Wand besondere Aufmerksamkeit zu schenken. Manche unserer Träume führen wir ja auf Erfahrungen und Erlebnisse zurück, die wir irgendwann gehabt haben. In seiner geheimen und unveröffentlichten Autobiografie hatte Hamrâni einmal über eine Wand in seiner Kindheit geschrieben. Eigentlich schämte er sich, eine Autobiografie zu schreiben, las aber süchtig, was andere über ihr Leben schrieben: »In meiner Kindheit fiel einmal, es war im Jahr 1983, der Flügel eines iranischen Jagdbombers unweit von uns in eine Gasse. Die Flugabwehr hatte ihn getroffen, einen von fünf Bombern, die die Ölfelder angriffen. Ein weiterer Teil des Flugzeugs fiel auf einen Acker mit Wassermelonen. Wir wohnten in der Erdölstadt Kirkuk in einem Viertel für Regierungsangestellte. Alle Häuser waren für Armeeangehörige nach dem gleichen, einfachen Plan gebaut: ein Schlafzimmer, ein Wohnzimmer, Bad und Klo und ein kleiner Garten hinterm Haus. Die Erwachsenen sprachen über ein Mädchen, dessen Gehirn an der Wand klebte, als Folge des herabgefallenen Flügels, der die Gasse versperrte und ein paar Hausfassaden zerstörte. Alle Kinder in der Gasse hörten vom Gehirn des Mädchens. In der Schule erzählte ein Junge, der Körper des Mädchens sei ohne den Kopf hochgeschleudert worden und nicht mehr herabgefallen. Nach diesem Vorfall änderte ich meinen Heimweg und begann, dort vorbeizugehen. Ich holte tief Luft und durchquerte die Gasse in Höchstgeschwindigkeit, um das Gehirn des Mädchens zu sehen. Doch es gelang mir nie. Ich erhöhte meine Geschwindigkeit, ohne mich zu der Wand zu drehen, an der das Gehirn des Mädchens kleben sollte. Doch wie ich hörte, hatte man es schon beseitigt. Die Furcht brachte mich dazu, mich ihrer Quelle zu nähern und sie gleichzeitig zu fliehen.«

Gab es eine Beziehung zwischen den Zahlen und dem Flügel des Flugzeugs oder dem Gehirn des Mädchens? Die Ziffern lauteten: 3, 14, 9, 2, 22. Vielleicht jemandes Telefonnummer? Nein, sicher nicht. Die Zahlenfolge passte weder zu Festnetzanschlüssen noch zu Handys. Die Summe der Zahlen war fünfzig, es konnte sich also auch nicht um eine Prophezeiung meines Todesjahrs handeln.

Er erzählte seiner Frau von seinem Zahlentraum, als sie gemeinsam mit den Kindern frühstückten. Sie lächelte und meinte: »Hoffentlich bedeutet es was Gutes. Zahlen in Träumen bedeuten, dass Geld im Anflug ist. Wollen wir das Beste hoffen. Richtig, Abu Fâtima, besorg doch unterwegs auf dem Markt ein halbes Kilo Fleisch und ein Kilo Zwiebeln, und ja, richtig, vergiss nicht die Schuhe für Hassan. Du weißt ja, in vier Tagen ist das Fest.«

Über den Markt schlendernd, betrachtete Hamrâni nachdenklich das Chaos, das selten irgendeiner Ordnung wich. Er musste die Erzählung von den Orangen, die er vor einer Woche abgeschlossen hatte, nochmals schreiben und durfte sich nicht den Kopf auf der Suche nach einer neuen Geschichte zermartern. Vielleicht hinderte ihn ja auch sein Nachdenken über die Zahlen daran, sich auf eine neue Erzählbeute zu konzentrieren. Ich sollte noch erwähnen, dass die meisten Leser seine Geschichten nicht anheimelnd fanden, nicht einmal diejenigen, die sich nach dem Sturz der Diktatur als literarische und künstlerische intellektuelle Elite verstanden. Die Literatur im Land folgt Etappen. Seit Saddam Husseins Sturz gibt es nicht enden wollende Aufforderungen, verständlich zu schreiben, realistisch, dokumentarisch, pragmatisch. Man flennt herum, weil die Leser fehlen, und behauptet, die Schriftsteller früherer Tage hätten die Leser vertrieben, obwohl es doch seit Hunderten von Jahren im Land keine Leser in des Wortes umfassender Bedeutung mehr gibt. Es gibt nur noch Hungrige, Mörder, Analphabeten, Soldaten, Dörfler, Beter, Verirrte und Unterdrückte. Es scheint, unsere Schriftsteller haben genug davon, füreinander zu schriftstellern. Und nun bürden sie auch noch der verflossenen Diktatur die Verantwortung für die Verbreitung hermetischer Literatur und für exzessive Praxis experimentellen Schreibens auf. Als ob Hermetisches und Experimentelles ein Vorwurf sein könnten oder eine baathistische Erfindung wären. Sie sind Angestellte, die in dieser Etappe nach einer neuen Rolle suchen. Sie sind die Literaten der Etappen, die sich heute auf alle Rollen stürzen wollen. Sie behaupten, am Wiederaufbau dessen mitzuarbeiten, was der Krieg zerstört hat; gebildete Politiker und Ökonomen zu sein, Chirurgen, Katastrophenorakler und Bilderstürmer, die die Symbole der Religion und des Aberglaubens zerstören. Hamrâni aber gehörte zu denen, die nicht verstehen, was Etappen sein sollen. Was ihn nach eigener Aussage interessiert, ist das Wesen des Menschen, etwas, das diese Etappen weder verfälschen noch auch nur verändern können. Also sind seine Erzählungen, in der Kategorisierung der Vertreter der neuen Etappe, experimentell und hermetisch. Nehmen wir beispielsweise die Geschichte »Der Name der Orangen«. Die Idee dazu kam Hamrâni, als er auf dem Markt ein junges Mädchen mit schwarzer Abâja sah, dem die Tüte mit Orangen, die es trug, zerriss, worauf die Früchte über den schmutzigen Boden rollten. Sicher, im ersten Augenblick hielt er das Mädchen für eine Terroristin, die sich mitten auf dem Markt in die Luft sprengen wollte. So fesselt er den Leser von Anfang an und weckt seine Neugier, zumal ja die Frau in der Fantasie und im Hirn der Männer nur aus Fotze, Arsch und Titten besteht – ein appetitliches Stück Fleisch, gedacht zum Bumsen und zum Kochen. Ein solcher Selbstmord könnte also als Demütigung der Männlichkeit verstanden werden, obwohl zerfetztes Frauenfleisch wiederum für Witze geeignet sein könnte, die den Männerschwanz kitzeln. Eines Tages hörte Hamrâni von einem Süßwarenverkäufer einen widerlichen Witz: Ein Freund von ihm, ein Fischverkäufer auf einem anderen Markt, so erzählte der Mann, fand unter seinen Fischen die Fotze einer Selbstmordattentäterin, die sich an jenem Tag mit einem Sprengstoffgürtel in die Luft gejagt hatte. Genau genommen war es die Frau des Fischverkäufers, die auf das Geschlechtsorgan stieß, nachdem der Mann mit seiner Ware nach Hause gekommen war. Sie verlangte von ihm eine einleuchtende Erklärung, warum sich die Fotze einer jungen Frau unter den Fischen befand. Diese Art Geschwafel ist das Resultat einer langen Geschichte von Gewalt, Unterdrückung und Zerstörung. Es ist nicht markanter Spott von Menschen, die in einer Stadt von heute wohnen. Es ist primitives, tribales Gesabber, das sich hinter geschmacklosem, irrwitzigem Gelächter versteckt.

Doch Hamrâni führte seine Leser rasch in eine andere Welt – durch die Bilder, die plötzlich in seinen Geschichten auftauchen und den Verlauf der Erzählung, ja sogar der Sprache verändern. Das verwirrte die Leser und brachte die Kritiker gegen ihn auf. In der Ge-

schichte von den Orangen erzählt er, die junge Selbstmordattentäterin mit dem schwarzen Umhang sei, bevor sie auf den Markt ging,
völlig nackt einen verlassenen Feldweg entlanggegangen, einen
Orangenbaum auf dem Rücken wie ein Kreuz, und auf ihrem Körper
die Spuren von Peitschenstriemen. Seltsamerweise beschreibt Hamrâni danach mit der minutiösen Sorgfalt eines impressionistischen
Malers die Finger dieser Frau, während sie ein paar Orangen vom
Boden aufhebt. Vielleicht haben Hamrânis Kritiker recht und er ist
auch nur ein schwafelnder Ventilator, der sich zu allen Jahreszeiten
dreht.

Hamrâni setzte sich neben den Teeverkäufer, dessen Kunden
vor ihm auf einer niedrigen, bogenförmigen Holzbank saßen. Zu
seinem Tee rauchte er drei Zigaretten. Die Zahlen drehten sich in
seinem Kopf und machten ihm Angst. Der Teeverkäufer erzählte seinen Kunden von der Polizeipatrouille, die am Tor der Friedensmo-
schee zwanzig abgeschlagene Köpfe gefunden habe. Dann betätigte
er sein kleines Kassettengerät, und es erklang ein bekanntes Lied, in
dem die Brüste einer jungen Frau besungen werden. Ein fetter Mann
in weißer Gallabîja erzählte von der letzten Lottoziehung, bei der ein
armer Mann aus einer Blechhütte gewonnen habe. »Im Himmel liegt
eure Versorgung«, deklamierte der Fette aus dem Koran, »ihr wisst
es bloß nicht.« Hamrâni lächelte, ihm war ein Gedanke gekommen.
Vielleicht hatte ihm ja der Himmel die Glückszahlen als Geschenk
ohne Gegenleistung herabgesandt. Möglicherweise waren sie ja Lot-
to-Trefferzahlen. Hamrâni kannte am Ende der Straße einen Laden,
wo Lottoscheine verkauft wurden. Das wäre doch was, unterhaltsam
und spannend. Aber was, wenn ein Wunder geschah und er das große Los zog? Sicher strengen sich die Leute an, nachts von den Zahlen zu träumen, und vielleicht schalten sich sogar Psychiater ein, um
den Träumenden auf die Sprünge zu helfen. Es war nicht unge-
wöhnlich für Hamrâni, solcherlei wirre Selbstgespräche zu führen.
Er wusste, dass wir alle, menschliche Lappen, herumfantasieren und
uns Tag und Nacht gemeine, ja erschreckende Dinge an den Kopf

werfen. Wichtig war nur, dass das Gefasel weiterging, dass die Schlange der Zeit die vergänglichen Besucher des Feldes biss, dass wir während unseres Lebens eine Geschichte oder ein Gedicht schrieben: »Dieser Markt, das ist meine Welt, mein Grab und mein Flügel. Ich bin den Würmern ein Haus, dem eine Zahl in einem Traum Angst einjagt.«

Vor dem Laden, in dem Lottoscheine verkauft werden, verflog die Illusion, mit der Hamrâni in seinem Gehirn gespielt hatte. Alle diese Scheine verlangten sechs oder sieben Ziffern, sein Traum hatte ihm aber nur fünf geliefert, für die er nun im Chaos dieser Welt einen Platz suchte. Fünf Zahlen, die nun, statt ein Tor zu öffnen, alles noch viel rätselhafter machten. Er bahnte sich einen Weg durch das Gedränge auf dem Markt, die Verkäufer grüßten ihn lautstark und riefen ihm Scherze zu. Alle standen mit ihm auf gutem Fuß, diesem Stammkunden, der Geschichten erwarb, um sie auf Papier zu verewigen. Danach waren die fünf Zahlen seinem Gehirn entschwunden. Er beobachtete einen alten Mann, der Bilder von religiösen Figuren verkaufte, deren einziges gemeinsames Merkmal der Turban auf ihrem Kopf war. Außerdem sah er einen jungen Mann in einem seltsamen roten Hemd, der einen Stapel Jeans herumtrug. Er hatte eine Zigarette im Mund. Der junge Mann bot ihm eine schwarze Hose an. Er könne sie um den halben Preis haben. Er wolle nur alle Hosen loswerden, auch wenn er nichts dabei verdiene. Er werde sich eine andere Arbeit suchen. Über zwei Jahre praktizierte der junge Mann nun schon diese bekannte Art der Kundenköderung. Es war die immergleiche Geschichte vom besonders niedrigen Hosenpreis. Wenn ihn dann jemand darauf aufmerksam machte, dass er diese Geschichte schon gehört habe, lächelte der junge Mann und fragte nur: »Kaufen Sie nun oder kaufen Sie nicht?«

Hamrâni kaufte neue Schuhe für Hassan, seinen jüngeren Sohn. Danach anderthalb Kilo Zwiebeln. Er schaute, wo er eine Tüte für die neuen Schuhe bekommen könnte. Der Himmel sandte ein paar Tropfen herab, Vorboten des kommenden Regens. Er blickte hinauf zum Himmel, als ein weicher Wassertropfen auf seine Nasenspitze fiel. Das Letzte, was er sah, war der bleigraue Himmel, bedeckt mit Wolken und drei Vögeln, die hoch oben schwebten. Dann detonierte die Autobombe in einem Lastwagen, der beim Markt abgestellt war, wie ein gigantischer Vulkan.

Sein Körper sei in drei Teile zerrissen worden, erzählte man. Die Beine und der Rumpf hätten an einer Stelle gelegen, der linke Arm auf einem Haufen verkohlter Tomaten, der Kopf, ein Teil der Schulter und der rechte Arm neben dem Jeansverkäufer, den der Wirbel aus Feuer und Eisen in ein Äffchen verwandelt hatte, ohne Gesichtszüge mit Kohle gezeichnet. Seltsamerweise, so versicherten Hamrâwis Brüder und andere Verwandte, kostete es ziemliche Mühe, die Finger von Hamrânis rechter Hand zu öffnen, um einen der Schuhe für seinen Sohn Hassan aus seinem Griff zu befreien. Der andere blieb unter den Trümmern des Marktes verschollen. Sicher, solche Einzelheiten sind erbärmlich und leer. Vielleicht sind sie es ebenso wie mein Versuch, eine Verbindung zwischen den fünf Zahlen und dem Tag des Lastwageninfernos herzustellen. Welche Botschaft war in diesen Ziffern verschlüsselt? Auf dem Markt wurden damals über siebzig Personen getötet. Eine weitere Zahl, auch sie ohne Beziehung zu Hamrânis Traum. Wenn sich vor einem Volk oder einer Gruppe über lange Jahre hinweg Kriege und Angst, Armut und Zerstörung auftürmen, wird die Suche nach abstrusen oder trivialen Einzelheiten etwas wie ein fauler Zauber. Doch es bleibt immer das Bedürfnis des Menschen, eine Erklärung für die Vorgänge zu finden, mithilfe einer Logik, die sich von der kalten Verstandeslogik unterscheidet, die Resultate auf angebliche Ursachen zurückführt. Ein edles menschliches Bedürfnis. Vielleicht sind ja der faule Zauber und die Abfassung von Geschichten auch ein trauriges menschliches Mittel, das Unbegreifliche in die Arme zu schließen.

Ich habe das Zimmer hellblau gestrichen, bis auf die Stelle mit den fünf mit Bleistift gekritzelten Zahlen. Die allgemeine Lage in Bagdad hat sich verbessert und ich sehe noch immer die weite Welt des Marktes als Material für meine Geschichten. Zwei Jahre sind vergangen seit dem Traum mit den Zahlen und dem Albtraum der Geschichte meines Todes auf dem Markt. Also gut, noch ein Pinselstrich und die fünf Zahlen verschwinden unter der Farbe. Was aber nicht verschwindet, das ist die große Furcht vor den Träumen und den Albträumen bei Nacht. Ich finde es schwer zu glauben, dass wir nachts sterben, jeden Morgen aber wieder aufwachen, ohne von einer geheimnisvollen Staubschicht bedeckt zu sein. Vergangene Nacht träumte ich von einem Schafskopf, der von der Sonne erzählt hat.

Die Albträume des Carlos Fuentes

Zu Hause im Irak hieß er Salîm Abdalhussain. Er arbeitete in der Stadtverwaltung, Abteilung für öffentliche Sauberkeit, und zwar in der Gruppe, die für die Beseitigung der Spuren nach Explosionen zuständig war. Er starb in Holland im Jahr 2009 unter einem anderen Namen.

Salîm fegte, wie an jedem düsteren Tag, zusammen mit seinen Kollegen lustlos und angeekelt einen Straßenmarkt, in dessen Nähe ein Benzinlaster durch eine Autobombe hochgegangen war und alles in Brand gesetzt hatte: Hühner und Gemüse, Obst und Menschen. Nun reinigten sie vorsichtig und langsam den Ort des Geschehens, fürchtend, mit den Trümmern auch Teile menschlicher Körper wegzuschaffen. Nebenher suchten sie nach einem noch erkennbaren Geldbeutel oder vielleicht einer Goldkette, einem Ring oder einer Armbanduhr, die noch immer die Zeit anzeigte. Doch beim Auffinden von wertvollen Rückständen des Todes war Salîm nicht so vom Glück begünstigt wie seine Kollegen. Dabei brauchte er unbedingt Geld, um das Visum zu bezahlen, mit dem er nach Holland reisen wollte, um sich aus dieser Hölle aus Feuer und Tod zu retten. Das Einzige, was er einmal fand, war der Finger eines Mannes mit einem ausnehmend hübschen und wertvollen silbernen Ring daran. Salîm klemmte den Finger unter seinem Schuh fest, beugte sich vorsichtig hinunter und zog angeekelt den silbernen Ring ab. Dann legte er den Finger in den schwarzen Sack, in dem sie die menschlichen Körperteile sammelten. Der Ring kam an Salîms Finger. Salîm betrachtete die Perle mit wohlgefälligem Erstaunen und trennte sich schließlich von dem Gedanken, ihn zu verkaufen. Hatte er etwa eine spirituelle Beziehung zu dem Ring entwickelt?

* * *

Gleichzeitig mit dem Asylantrag stellte er in Holland auch einen Antrag auf Namensänderung: von Salîm Abdalhussain zu Carlos Fuentes. Letzteren Antrag begründete er vor dem Angestellten im Migrationsamt damit, dass er sich vor extremistischen islamistischen Gruppierungen fürchte. Der Grund für seinen Asylantrag war nämlich seine Arbeit als Übersetzer bei der amerikanischen Armee und seine Angst, als Vaterlandsverräter ermordet zu werden. Da Salîm selbst jedoch keine klare Vorstellung von einem passenden ausländischen Namen besaß, hatte er seinen in Frankreich lebenden Cousin um Rat gefragt, per Handy vom Migrationsbüro aus. Sein Cousin zog dort in seiner Wohnung gerade kräftig an einem Joint. Er unterdrückte ein Lachen und sagte: »Du hast völlig recht. Aus Senegal oder aus China zu kommen ist hundert Mal besser, als in Europa einen arabischen Namen zu tragen. Aber du kannst unmöglich Jacques oder Stephen heißen. Du solltest wohl einen braunen Namen tragen, einen aus Kuba oder aus Argentinien, das würde zu deiner dunklen Haut passen, die ja aussieht wie ein verbranntes Gerstenbrot.« Er lachte laut und wühlte in einem Haufen Zeitungen in seiner Küche, ohne das Gespräch am Telefon abzubrechen. Ihm war eingefallen, dass er zwei Tage zuvor einen solchen Namen gelesen hatte. Wohl ein spanischer Name in einem Artikel über Literatur, wovon er nicht viel verstand. Salîm dankte seinem Cousin sehr herzlich für seine Unterstützung und wünschte ihm ein glückliches Leben in jenem großartigen Frankreich.

Carlos Fuentes war überglücklich über seinen neuen Namen. Auch die Schönheit der Stadt Amsterdam machte ihn glücklich. Er verlor keine Zeit, schrieb sich in einen Holländischkurs ein und gelobte, ab sofort nie mehr Arabisch zu sprechen und, egal was geschah, weder mit Irakern noch mit Arabern im Allgemeinen Umgang zu haben. »Aus jetzt mit Elend, Rückständigkeit, Tod, Scheiße, Pisse, Kamelen.« Im ersten Jahr seines neuen Lebens verglich Fuentes alles und jedes mit den Verhältnissen in seinem Herkunftsland, und er setzte dahinter jeweils ein Frage- oder ein Ausrufezeichen. Wenn er durch die Straßen ging, brummte er mürrisch und griesgrämig vor sich hin: »Man schaue sich bloß diese sauberen Straßen an! Man schaue sich diese Klobrille an, sie blinkt und blitzt! Warum essen wir dort nicht wie die hier? Wir schlingen das Essen runter, als gäbe es gleich nichts mehr. Wenn dieses Mädchen da mit seinem kurzen Rock, der seine Beine sehen lässt, jetzt über den Osttorplatz in Bagdad gehen würde, könnte es gleich sein Testament machen. Sie würde keine zehn Meter weit kommen, ehe die Erde sie verschluckt. Warum sind die Bäume hier grün und schön und sehen aus wie täglich frisch gewaschen? Warum sind wir nicht so friedfertig wie sie? Wir leben in Häusern wie Ställen, ihre Häuser dagegen sind warm, sicher und bunt. Warum bringen sie den Hunden ebenso viel Respekt entgegen wie den Menschen? Warum wichsen wir vierundzwanzig Stunden am Tag? Wo können wir eine anständige Regierung herbringen wie die Ihre?« Nichts konnte Carlos Fuentes sehen, ohne gleichzeitig überrascht und gedemütigt zu sein. Das reichte vom weichen Klopapier bis zum Parlamentsgebäude, das nur von ein paar Videokameras bewacht wurde.

Für Carlos Fuentes ging das Leben dahin, wie er es geplant hatte. Jeden Tag machte er einen weiteren Schritt bei der Bestattung seiner Identität und seiner Vergangenheit. Gleichzeitig mokierte er sich immer über die anderen Immigranten und Ausländer, die die holländischen Lebensregeln nicht respektierten und dauernd herumnörgelten. Sie, die in Restaurants schwarz arbeiteten, keine Steuern zahlten und sich an kein Gesetz hielten, nannte er ungebildetes Gesindel. Halbwilde aus der Steinzeit, die die Holländer verabscheuten, obwohl sie ihnen Brot und Obdach gewährten. Er hatte den Eindruck, der Einzige zu sein, der es verdiente, von diesem barmherzigen und toleranten Land akzeptiert zu werden. Eigentlich sollte die holländische Regierung alle rausschmeißen, die die Sprache nicht anständig lernten, und jeden, der sich auch nur die einfachste Gesetzesübertretung zuschulden kommen lässt, und wäre es nur die Überquerung der Straße bei Rot. Sollen sie doch gehen und in ihre Scheißländer kacken!

Nachdem er zur Überraschung aller, die ihn kannten, in Rekordzeit Holländisch gelernt hatte, arbeitete Carlos Fuentes regelmäßig, bezahlte seine Steuern und weigerte sich, Sozialhilfe in Anspruch zu nehmen. Seine Bemühungen, sich mit Leib und Seele in die holländische Gesellschaft zu integrieren, wurden durch eine nette holländische Freundin gekrönt, die ihn liebte und respektierte. Sie wog neunzig Kilo und hatte kindliche Züge, vergleichbar denen von Cartoon-Figuren. Carlos Fuentes bemühte sich, sie wie ein emanzipierter, verständnisvoller Mann zu behandeln, wie ein westlicher Mann, ja noch ein bisschen mehr. Natürlich führte er sich bei anderen immer als Mexikaner ein. Sein Vater sei in den Irak ausgewandert und habe als Ingenieur für Erdölfirmen gearbeitet. Gern schilderte er dabei das irakische Volk als barbarisch und zurückgeblieben, ohne Kenntnisse davon, was Menschlichkeit bedeutet. »Das sind einfach wilde Stämme.«

Seine Heirat mit der Holländerin, seine Beherrschung der holländischen Sprache und seine Teilnahme an zahlreichen Kursen über holländische Geschichte und Kultur, außerdem seine regelmäßige Arbeit und die Tatsache, dass in seiner Akte keinerlei Problem und nicht die geringste Gesetzesübertretung vermerkt war – all das ermöglichte es ihm, innerhalb so kurzer Zeit die holländische Staatsbürgerschaft zu erhalten, wie es sich kein Immigrant sonst erträumen konnte. Deshalb beschloss Carlos Fuentes, jedes Jahr den Tag seiner Einbürgerung zu feiern. Er hatte das Gefühl, seine Haut und sein Blut hätten sich endgültig verwandelt und seine Lungen würden erst jetzt das wahre Leben atmen. Und um seine Entschlossenheit zu festigen, wiederholte er ständig: »Jawohl! Gebt mir ein Land, das mich respektiert, dann will ich ihm mein Leben lang dienen und es in mein Gebet einschließen.«

So ging das, bis die Sache mit den Träumen begann und alles durcheinander brachte. Oder, wie es heißt: Sprichwörter und alte Weisheiten rosten nicht, rosten tut nur der Mensch. Und so trugen die Winde das Schiff des Carlos Fuentes in unerwünschte Richtungen. Der erste dieser Träume war brutal und schockierend. Carlos Fuentes war darin nicht mehr in der Lage, Holländisch zu sprechen. Er stand vor seinem holländischen Chef und brabbelte einen irakischen Dialekt, was ihn schrecklich schmerzte und quälte. Er erwachte schweißgebadet und brach in Tränen aus. Zunächst glaubte er, es handle sich nur um ein paar vorübergehende und dann definitiv verschwindende Erscheinungen. Doch die Träume bombardierten ihn endlos und erbarmungslos. Einmal sah er eine Schar Kinder in dem einfachen Viertel, in dem er geboren war. Sie rannten hinter ihm her und machten sich über seinen neuen Namen lustig. Sie klatschten in die Hände und riefen:»Carlos, der Feigling, Carlos, die Schwuchtel, Carlos, der Depp!«. Diese lästige Träumerei wurde von Nacht zu Nacht grauenhafter. Eines Nachts träumte er, er habe mitten in Amsterdam eine Autobombe gezündet. Er stand im Gerichtssaal, zutiefst beschämt. Die strengen Richter erlaubten ihm nicht, Holländisch zu sprechen, um ihn zu demütigen und verächtlich zu machen. Man brachte ihm einen irakischen Übersetzer, der ihn aufforderte, nicht in seinem Bauerndialekt zu sprechen, den er nicht verstehe. Eine Situation, die ihn quälte und beschämte.

Carlos Fuentes begann, auf der Suche nach Büchern über Träume viele Stunden in der Bibliothek zu verbringen. Schon beim ersten Anlauf stieß er auf ein Buch mit dem Titel *Märchen, Mythen, Träume* von einem Autor namens Erich Fromm. Er verstand nicht viel von dem, was darin stand. Außerdem gefielen ihm die Ansichten des Autors nicht, soweit er sie überhaupt begriff. Schließlich besaß Carlos Fuentes nicht einmal eine Sekundarschulbildung. »Das ist doch bloß Gewäsch«, sagte er sich bei der Lektüre des Fromm'schen

Buchs: *Während wir schlafen ..., sind wir auch frei, freier als im Wachen ... Im Schlafe wären wir etwa ... zu vergleichen ... mit Engeln, die nicht den Gesetzen der »Wirklichkeit« unterstehen. Im Schlaf ist das Reich der Notwendigkeit dem der Freiheit gewichen, in dem das »Ich« die einzige Instanz ist, auf die Denken und Fühlen bezogen sind.*

Carlos Fuentes gab das Buch zurück. Ihm brummte der Schädel. Wie können wir frei sein, wenn wir unsere Träume nicht beherrschen? Was für ein törichtes Gerede! Carlos Fuentes fragte die Bibliothekarin, ob es auch einfachere Bücher über Träume gebe, eine Frage, die die Frau entweder nicht genau verstand oder mit deren Beantwortung sie ihren Bildungsstand und ihre Kenntnisse auf diesem Gebiet zeigen wollte. Sie erzählte ihm von einem Buch, in dem es um das Verhältnis von Essen, Schlafen und Träumen gehe. Sie machte sich daran, ihn mit Informationen zu versorgen, gab ihm noch ein paar Ratschläge mit und verwies ihn an eine Bibliothek, wo es Zeitschriften über die geheimnisvolle Welt der Träume gebe.

Carlos Fuentes' Ehefrau bemerkte das seltsame Gebaren ihres Mannes, seine neuen Ess- und Schlafgewohnheiten und seine veränderten Zeiten beim Aufsuchen des Bads. So aß Carlos Fuentes keine Kartoffeln mehr, die er zuvor sehr geschätzt hatte. Er kaufte unablässig Geflügelfleisch, das meist ziemlich teuer war. Natürlich wusste seine Ehefrau nicht, dass er gelesen hatte, der Genuss von Wurzelgemüse begünstigte Träume, die von den Wurzeln und der Vergangenheit eines Menschen handeln. Der Genuss von Pflanzenwurzeln hat eine andere Wirkung als der von Obst, das an Bäumen wächst, oder von Fischen, die im Wasser leben. Carlos Fuentes saß am Tisch und schob seinen Unterkiefer hin und her wie ein wiederkäuendes Kamel. Er hatte gelesen, gründliches Kauen von Speisen verhindere Albträume. Über Geflügelfleisch hatte er nichts Entsprechendes gefunden. Er hatte lediglich die Vermutung, der Verzehr von Vögeln, die ja durch die Luft fliegen, bringe glücklichere und befreiendere Träume.

Bei allen seinen Versuchen zur »Eingliederung der Träume«

verband er seine Fantasie und die Kenntnisse aus seiner Lektüre. Am Ende gelangte er – und hier ging sein Ehrgeiz über die einfache Befreiung von den verstörenden Träumen hinaus – zu dem Schluss, er müsse die Kontrolle über seine Träume gewinnen, um sie zurechtzustutzen, sie von aller schädlichen Luft zu reinigen und sie in die sauberen Gesetze des holländischen Lebens einzugliedern. Die Träume mussten die Sprache des neuen Landes erlernen, um sich neuer Bilder und neuer Ideen bedienen zu können. Alle jämmerlichen und grauen Gesichter von einst mussten verschwinden. Also intensivierte Carlos Fuentes seine Lektüre von Büchern und Zeitschriften, die sich von verschiedenen Blickwinkeln und Philosophien aus mit den Geheimnissen des Schlafs und der Träume beschäftigten. Er hörte auch auf, nackt zu schlafen und seine nackte Ehefrau zu berühren, und begann, mit einem dicken Wollmantel ins Bett zu gehen, was zu Streit mit seiner Frau führte. Also verließ er das gemeinsame Schlafzimmer und richtete sich im Wohnzimmer auf der Couch ein. Nacktheit, hatte er nämlich auch gelesen, zieht den Schläfer in die Gefilde seiner Kindheit zurück. Jeden Tag duschte er genau um fünf Minuten nach zwölf, und wenn er aus dem Bad kam, setzte er sich an den Küchentisch und schluckte ein paar Tropfen Jasminblütenöl. Bevor er schlafen ging, notierte er auf einem Zettel die wichtigsten beruhigenden Nahrungsmittel, die er am nächsten Tag einkaufen wollte. Aber auch noch nach einem Monat blieb das gewünschte Resultat aus. Doch Carlos Fuentes blieb standhaft und ließ sich nicht unterkriegen. Dann kamen Tage, an denen er mysteriöse, geheimnisvolle Rituale vollzog. Er färbte sich Haare und Fußnägel grün und schlief unter ständiger Wiederholung unverständlicher Worte auf dem Bauch. Eines Nachts bemalte er sich auch das Gesicht wie ein Indianer, schlief in einem orangefarbenen durchsichtigen Pyjama und legte sich Federn von unterschiedlichen Vögeln unters Kopfkissen.

Seine Ehre erlaubte Carlos Fuentes nicht, seiner Frau zu erklären, was mit ihm los war. Das sei sein ureigenes Problem, befand er, und er müsse es selbst lösen. Schließlich habe er auch zuvor schon arge Schwierigkeiten bewältigt. Seine Frau ihrerseits zeigte seinem exotischen Verhalten gegenüber große Nachsicht. Sie hatte seine Liebenswürdigkeit und seine Güte nicht vergessen und beschloss, ihm eine weitere Chance zu geben, bevor sie sich einmischte und der Sache ein Ende machte. In einer schönen Sommernacht schlief Carlos Fuentes bekleidet mit einer Uniform, ein Spielzeuggewehr aus Plastik an seiner Seite. Als sich der Schlaf zu einem Traum entwickelte, erfüllte sich zum ersten Mal ein Wunsch, den er schon lange gehegt hatte. Während er träumte, begriff er, dass er träumte. Genau das war es, was er erwartet hatte: sein Bewusstsein sollte im Traum allen unbewussten Müll wegkehren. Im Traum trat er vor die alte Tür eines Hauses, das aussah, als wäre es in einem früheren Leben Opfer einer Feuersbrunst gewesen. Es lag mitten in Bagdad. Etwas störend war für ihn dabei, dass er alles durch das Zielfernrohr des Gewehrs sah, das er in der Hand hielt. Carlos Fuentes brach in das Haus ein, stürmte in jede Wohnung und erledigte gnadenlos alle, die er vorfand. Seinen Salven entkam niemand, auch nicht das kleinste Kind. Es herrschte Entsetzen, Geschrei und Tumult. Doch er blieb kaltblütig und erlegte seine Opfer mit Geschick und Präzision, immer in der Angst, aufzuwachen, bevor die Aufgabe erfüllt war. »Wenn ich doch ein paar Handgranaten hätte, könnte ich meine Aufgabe in diesem Haus in kürzester Zeit erledigen und mich dem nächsten Ort zuwenden.« Doch im sechsten Stock erlebte er einen fürchterlichen Schock. Als er die erste Wohnungstür aufstieß, sah er sich plötzlich Salîm Abdalhussain gegenüber! Dieser stand, einen blutverschmierten Besen haltend, neben dem Fenster, und mit zitternder Hand zielte Carlos Fuentes auf ihn, der grinste und spöttisch bemerkte: »Na, wer sagt's denn? Salîm, der Holländer! Salîm, der Mexikaner! Salîm, der Iraker! Salîm, der Franzose! Salîm, der Inder! Salîm, der Pakistaner! Salîm, der Nigerianer!«

Carlos Fuentes brach zusammen und verlor die Kontrolle über sich. Er stieß einen schrillen Schrei aus und drückte ab. Doch Salîm

Abdalhussain sprang aus dem Fenster, ohne dass ihn eine Kugel der Salve getroffen hatte.

Als Carlos Fuentes' Frau, vom Lärm geweckt, zum Fenster hinausschaute, sah sie ihren Mann tot auf dem Gehsteig liegen. Die Blutlache um seinen Kopf wurde langsam größer. Vielleicht hätte Carlos Fuentes der holländischen Presse verziehen, die schrieb: »Ein Iraker«, nicht ein holländischer Staatsbürger »beging Selbstmord, indem er sich in der Nacht aus dem sechsten Stock stürzte.« Niemals wird Carlos Fuentes jedoch seinen Brüdern verzeihen, die ihn in den Irak überführten, um ihn auf dem Friedhof von Nadschaf zu bestatten.

Das Schönste aber an der Geschichte des Carlos Fuentes ist das Bild, das ein Hobbyfotograf, der in der Nähe des Unfallortes wohnte, aufgenommen hat. Der junge Mann machte die Aufnahme aus einem flachen Winkel. Die Polizei hatte den Leichnam schon zugedeckt. Unter der blauen Decke schaute nur noch die rechte Hand heraus. Es war ein Schwarz-Weiß-Bild, doch der Ring an Carlos Fuentes' Finger, vorne im Bild, strahlte rot wie eine Sonne in der Hölle.

Der Komponist

Dschaafar Mutallibi wurde in Ammâra geboren. Im Jahr 1973 trat er aus der Kommunistischen Partei aus und in die herrschende Partei ein. Im selben Jahr gebar ihm seine Frau den zweiten Sohn. Dschaafar war professioneller Lautenspieler und ein berühmter Komponist patriotischer Gesänge. Beim Aufstand von 1991 kam er in Kirkuk ums Leben. Heute kann ich Ihnen von seinem Ende erzählen. Sehen Sie die alte Frau da drüben, die Fisch anpreist? Das ist meine Mutter. Seit wir nach Bagdad zurückgekehrt sind, verkaufen wir Fisch. Erlauben Sie, dass ich ihr geschwind beim Leeren des Fischkratten helfe. Danach gehen wir in ein Café in der Nähe und unterhalten uns.

Nach dem irakisch-iranischen Krieg begann mein Vater, seinen Atheismus auf etwas peinliche Art hinauszuposaunen, was uns zahlreiche Schwierigkeiten einbrachte. Eines Abends kam er mit Blutflecken auf dem Hemd nach Hause. Offenbar hatte ihm Abu l-Alâ, ein Freund, die Nase blutig geschlagen. Während sie im Café Domino spielten, begann mein Vater, Gott und den Propheten aufs Übelste zu schmähen. Während des Spiels ließ er sich irgendwelche Sprüche einfallen und erfand auch gleich eine Melodie dazu. Sie wissen, er war ein berühmter Komponist. Zunächst pfiff er eine frisch geschaffene Melodie im Stil eines Soldatenlieds. Dann textete er eine neue Lästerung: einen Nagel in die Eier von Gottes Schwester!

Viele brachen zunächst in schallendes Gelächter aus, als sie die Früchte der Fantasie meines Vaters hörten. Doch dann distanzierten sie sich rasch von ihm und baten ihren Herrn um Verzeihung. Manche gingen ihm sogar auf der Straße aus dem Weg, einmal sagte ihm jemand im Scherz, er würde ihn gern von einem schwer beladenen Lastwagen überfahren sehen. Doch alle hatten auch Angst wegen seiner Beziehungen zur Regierung.

Am Tag nach dem Vorfall zeigte mein Vater diesen Abu l-Alâ beim Parteibüro an, und zwei Tage später war der Mann verschwunden. Wir lebten in Kadissîja II., einem Viertel, dessen Häuser die Regierung eigentlich niedrigen Armeeoffizieren, Personen, die aus den Städten im Süden und in der Mitte des Landes kamen, und Familien von Kurden zugeteilt hatte, die für die Regierung arbeiteten. Wir waren die einzige Familie, die in keine dieser Kategorien passte. Alle anderen Familien standen im Sold der Armee, der Partei oder der Staatssicherheit. Nur wir lebten von den patriotischen Gesängen, die mein Vater vertonte. Er galt mehr als der Bürgermeister oder irgendwelche Mitglieder der Parteisektion. Der Präsident selbst hatte ihm schon mehrmals Tapferkeitsorden für seine Hymnen auf den Krieg verliehen, Melodien, die bis heute im Gedächtnis des Volkes haften.

Hören Sie gut zu, mein Freund, ich werde Ihnen die ganze Geschichte kurz zusammenfassen. Ein Jahr nach Kriegsende sah sich mein Vater mit dem konfrontiert, was die Presse als »Blockade der Kreativität« bezeichnet. Es fielen ihm zu all den Gedichten, in denen berühmte Poeten die Herrlichkeit des Präsidenten priesen, keine Melodien mehr ein. Monate vergingen, ein Jahr, ohne dass er eine einzige neue Melodie dieser Art komponiert hätte. Und können Sie sich vorstellen, was er während dieser ganzen Zeit tat? Er begann, schäbige und gottlose Gedichtchen zu verfassen, die er dann selbst vertonte. Als wir an einem lauen Winterabend vor dem Fernseher saßen, hörten wir meinen Vater sein neuestes Lied über die lüsternen Frauen des Propheten singen. Plötzlich sprang mein Bruder auf, holte aus dem Kleiderschrank die Pistole meines Vaters, hockte sich ihm auf die Brust und schob ihm die Pistole in den Mund. Hätte meine Mutter nicht ihr Kleid zerrissen, ihre Brust entblößt und geschrien, er hätte ihn umgebracht. Einen Augenblick blieb mein Bruder wie erstarrt sitzen und gaffte auf die enormen Brüste meiner Mutter, die über ihren Bauch herabhingen wie ausgeweidete Tiere. Es war das erste Mal, dass wir, nicht mehr Babys, die Brust meiner Mutter sahen. Ich lief aufs Klo, mein Bruder flüchtete vor dem Anblick der Mutter aus dem Haus. Sie war Analphabetin, aber klüger als mein Vater, um den sie sich auf seltsame Weise sorgte. Sie verwöhnte ihn wie einen Sohn. Sie war amtliche Hebamme in unserem Viertel, und die Leute mochten sie sehr. Mein Vater beschloss, wieder einen Bericht an die Parteizentrale zu schicken, diesmal über seinen Sohn. Doch man reagierte nicht darauf. Mein Vater verbreitete einen unangenehmen Geruch im Viertel und bei seinen Künstlerkollegen. Jetzt ist Dschaafar Mutallibi endgültig übergeschnappt, hieß es, und auch seine Freunde mieden ihn. Er fuhr nach Bagdad und forderte Radio und Fernsehen auf, die von ihm vertonten Kriegslieder wieder zu senden, wenigstens eines einmal pro Woche. Doch man lehnte sein Begehren mit der Begründung ab, diese Art Gesänge seien nicht mehr zeitgemäß. Lieder dieser Art würden nur noch bei zwei Gelegenheiten gesendet: der Gedenkfeier zum Beginn und derjenigen zum Ende des Krieges. Mein Vater wollte um jeden Preis seine Vergangenheit und seinen Ruhm zurückgewinnen. Er versuchte, ein Gespräch mit dem Präsidenten zu erhalten, doch auch das ging schief. Er stellte beim Amt für Film und Theater einen Antrag, über seine Lieder und seine Melodien einen Dokfilm anzufertigen. Doch der Antrag wurde ignoriert.

Während all dieser Versuche komponierte mein Vater Melodien zu zehn Gedichten, in denen Gott und die Welt geschmäht wurden. Auch ein schönes Lied über die vier rechtgeleiteten Kalifen war darunter. Dass er wirklich übergeschnappt war, wurde uns klar, als er Tonstudios zu frequentieren begann, um dort seine gottlosen Lieder aufzunehmen, ein Wunsch, der natürlich mit aller Entschiedenheit abgelehnt wurde. Manche jagten ihn gar weg und drohten, ihn umzubringen. Am Ende beschloss mein Vater, seine Lieder zu Hause auf Tonband aufzunehmen. Er setzte sich vor das Gerät und sang und begleitete sich dabei selbst mit der Laute. Die Aufnahme war zwar miserabel, aber verständlich. Beim Frühstück spielte er sie uns vor. Wir hatten Angst, die Leute könnten von der Existenz dieses Bandes erfahren, und wollten es ihm wegnehmen, um es zu vernichten. Doch er behielt es ständig in seiner Manteltasche, und zum Schlafen schob er es in einen Beutel, den er an sein Kopfkissen genäht hatte. Heute besteht kein Anlass mehr, diese Aufnahme zu verstecken. Andere brauchen sie, und Gott ist inzwischen, gemeinsam mit Mördern und Dieben, weiter gekommen als wünschenswert. Vielleicht ist die Reaktion der Straße hysterisch, aber schießen wir doch eine Kugel in die Luft. Nur zu, Sie sind doch Journalist. Ihnen kann sie nur nützlich und profitabel sein. Ein junger Sänger bot an, in modernen Studioräumen eine Neuaufnahme zu produzieren, aber ich lehnte ab. Diese Lieder müssen bleiben, wie sie mein Vater aufgenommen hat. Man könnte sie höchstens kopieren. Die Leute vergessen diese Geschichten nur allzu rasch. Wenn man ihnen so etwas einige Zeit später erzählt, glauben sie, das wäre reine Erfindung. Nehmen Sie zum Beispiel unseren Nachbarn auf dem Markt, den Zwiebelverkäufer Abu Sâdik. Wenn er heute seine Geschichte vom Kampf mit den Iranern am Dschâssim-Fluss erzählt, glaubt man, es handle sich um eine Hollywood-Horrorgeschichte, die er selbst erfunden hat.

Die Regierungstruppen waren geflohen und die kurdischen Peschmerga-Milizen in Kirkuk eingedrungen. Die Bewohner der Stadt begrüßten höchsterfreut diesen Aufstand. Es gab wildes Getümmel, Freudenschüsse, Leichen und überall kurdische Tänze und Gesänge. An ein Entkommen war nicht zu denken. Die Aufständischen steckten in allen Vierteln, wo Regierungs- und Parteifunktionäre wohnten, Häuser in Brand. Sie mordeten und stellten die Leichen von Baathisten, Polizisten und Sicherheitsleuten zur Schau. Unser Haus war umzingelt, eine Gruppe junger Männer brach die Sicherheitstüre am Büro meines Vaters auf. Man zerrte uns auf die

Straße, um uns hinzurichten. Meine Mutter jammerte, bettelte und flehte, aber diesmal zerriss sie sich nicht das Kleid. Was? Mein Vater? Nein, nein, mein Vater war nicht bei uns. Schon Monate vor dem Aufstand war er zum stadtbekannten Narren geworden. Er streunte durch die Straßen und schmetterte Lieder gegen Gott und hielt dabei seine inzwischen völlig saitenlose Laute fest. Auch in unserem Haus brach Feuer aus. Meine Mutter war halb wahnsinnig zu Boden gefallen. Wir anderen standen gegen die Außenwand des Hauses gelehnt da. Im letzten Augenblick kam Umm Târik, unsere kurdische Nachbarin, gelaufen und schrie die jungen Männer an. Dann redete sie mit ihnen in ihrer Sprache und bat sie, uns freizulassen. Meine Mutter wäre eine großzügige und herzensgute Frau, erzählte sie. Sie hätte den kurdischen Frauen im Viertel bei der Geburt ihrer Kinder geholfen und hätte bei den Schwangeren gewacht. Sie hätte auch Brot zu Ehren von Abbâs an die Nachbarn verteilt. Meinen älteren Bruder lobte sie für seinen Mut. Er wäre der engste Freund ihres Sohnes gewesen, der beim Angriff der Anfâl mit den Peschmerga-Truppen gefallen war. Er hätte ihrem Sohn bei der Flucht aus Kirkuk geholfen (hier log sie) und ich wäre ein guter und friedlicher Junge, sagte sie noch, der keiner Fliege etwas zuleide tun konnte. Sie schloss ihr Plädoyer richtig wütend: »Sie haben keine Schuld an dem, was Dschaafar Mutallibi, dieses Schwein, getan hat.« Wir gingen in Umm Târiks Haus und verließen es erst wieder, als die Republikanische Garde in der Stadt angekommen war und die Peschmerga-Milizen und mit ihnen ein Großteil der Aufständischen sich zurückgezogen hatten.

Am Ende fanden wir meinen Vater ohne Kopf. Man hatte ihn mit einem soliden Strick an einen Bauerntraktor gebunden. Einen ganzen Tag lang war er durch die Stadt geschleift und danach sein Körper auf eine nicht zu beschreibende Weise zur Schau gestellt worden. Als man uns umbringen wollte, befand sich mein Vater gerade in der Nähe der örtlichen Parteizentrale, in deren Hof sich die Leichen der Parteimitglieder häuften. Er betrat das leere Gebäude und ging in den Informationsraum, den er gut kannte. Von dort hatte ein Lautsprecher auf dem Dach während unseres ersten Krieges seine Jubelgesänge verbreitet. Über diese Lautsprecher hatten sich auch Parteimitglieder an die Menge gewandt, wenn irgendein junger Deserteur oder ein der Kollaboration mit den Peschmerga-Milizen Beschuldigter hingerichtet wurde. Mein Vater legte seine Aufnahme in das Tonbandgerät ein, und da begannen die Lautsprecher seine Gesänge gegen Gott und die Welt hinauszuposaunen, den Aufständischen vernehmlich. Als diese ankamen, hielt er seine Laute fest umschlungen und lächelte. Man führte ihn hinaus. Entschuldigen Sie mich jetzt, guter Freund. Dort ist ein Fischverkäufer, der heute eine Ladung Karpfen bringt. Ich muss gehen. Morgen erzähle ich Ihnen, was es mit der Beziehung meines Vaters zu Umm Târik auf sich hat.

Die Grube

1.

Nachdem ich meine Taschen mit Schokolade gefüllt hatte, stopfte ich die letzten Stücke in die Tüte. Dann nahm ich ein paar Flaschen Wasser aus dem Vorratsschrank. Es waren jede Menge Dosen mit Lachs da. Ich versteckte sie in dem Stapel Klopapier. Gerade als ich zur Tür ging, stürmten drei vermummte und bewaffnete Männer herein. Ich eröffnete das Feuer, einer fiel zu Boden. Durch die Hintertür flüchtete ich auf die Hauptstraße, doch die anderen beiden nahmen meine Verfolgung auf. Ich kletterte über den Zaun des örtlichen Fußballplatzes und rannte Richtung Stadtpark. An dessen Rand, beim Naturhistorischen Museum, stürzte ich in eine Grube.

»He du, du brauchst keine Angst zu haben.«

Die raue Stimme erschreckte mich.

»Wer bist du?«, fragte ich angstgelähmt.

»Hast du Schmerzen?«

»Nein.«

»Das ist völlig normal, Teil der Kette.«

Als er eine Kerze anzündete, verflog die Dunkelheit.

»Atme tief und ruhig, und keine Angst!«

Dann ließ er ein hässliches Lachen hören, ganz Niedertracht und Spott.

Er hatte dunkle, grobe Haut, wie die Kruste eines Gerstenbrots. Ein uralter Mann, der mit nacktem Oberkörper auf einem kleinen Hocker saß. Auf seinen Knien lag ein schmuddeliges Laken, neben ihm standen Säcke und etwas billiger Krempel. Ohne diese Kopfbewegungen wie in einem Comicfilm hätte er ausgesehen wie ein ganz normaler Bettler. Er drehte den Kopf nach rechts und nach links, wie eine Schildkröte im Märchen.

»Wer bist du? Bin ich in eine Grube gefallen?«

»Ja, bist du. Du bist hier hereingefallen. Und ich wohne hier.«

»Hast du Wasser?«

»Das Wasser ist abgestellt. Es kommt bald zurück. Ich habe Marihuana.«

»Marihuana? Stehst du auf der Regierungs- oder der Oppositionsseite?«

»Ich stehe auf der Seite von der Fotze deiner Mutter.«

»Bitte, ist dieser Ort sicher?«

Er zündete sich einen Joint an und reichte ihn mir. Ich zog kräftig daran und schaute ihn an. Er war kein bisschen vertrauenerweckend. Er rauchte den Joint weiter und stellte das Radio auf einen Sender, der Lieder in einer fremden Sprache ausstrahlte. Es klang wie religiöse Rhythmen aus Afrika.

»Bist du Ausländer?«

»Erkennst du meinen Akzent nicht? Ich rede die gleiche Sprache wie du, Mann. Aber du kannst nicht in meiner Sprache reden, weil ich schon vor dir in der Grube war. Du wirst aber in der Sprache des Nächsten reden können, der hier hereinkommt.«

»Also wirklich, Mann, ich finde es scheußlich, wie du sprichst.«

Er drehte sich weg, neigte seinen Schildkrötennacken nach vorn und zündete eine weitere Kerze an. Es wurde heller. Da lag eine Leiche, die ich im Kerzenlicht ansah, einen bitteren Geschmack im Mund. Es war die Leiche eines Soldaten, daneben ein altes Gewehr. Die Beine waren zerfetzt, vielleicht hatte ihn ein scharfer Granatsplitter getroffen. Er sah aus wie ein Soldat aus längst vergangener Zeit.

»Stimmt, ein russischer Soldat.«

Mit einem gekünstelten Lächeln auf dem Gesicht hatte er meine Gedanken gelesen.

»Und was hatte er in unserem Land verloren? Hat er an der Botschaft gearbeitet?«

»Er fiel während des russisch-finnischen Krieges im Wald.«

»Du bist wirklich nicht ganz bei Trost.«

»Hör zu, ich habe mit Leuten wie dir keine Geduld. Ich wollte wirklich freundlich zu dir sein. Aber du beginnst mir auf die Nerven zu gehen. Und meine Laune heute ist beschissen.«

Ich schaute mich in der Grube um. Sie sah aus wie eine Zisterne. Die Wände waren aus Lehm und feucht, aber sie strömten einen angenehmen, ruhigen Geruch aus. Irgendwie ein Blumenduft. Ich hob die Kerze, um die Tiefe der Grube abschätzen zu können, durch die Öffnung waren die Lichter des Parks zu sehen.

»Glaubst du an Gott?«, fragte er mit seiner widerlichen Stimme.

»Wir stehen für immer unter seinem Schutz. Ich bete zu ihm, dass er uns aus unserem elenden Leben rettet.«

Er formte seine Hände zu einem Trompetentrichter und kreischte hysterisch: »O Herr der Wunder, du Mächtiger, du Sehender, Gott, Allmächtiger, lass eine Giraffe oder von mir aus einen Affen von einem Meter achtzig, lass jedenfalls etwas anderes als einen Menschen in die Grube fallen, einen dürren Baum zum Beispiel, wirf uns vier Schlangen herab, dass wir sie zu einem Strick machen.«

Das Gesabber dieses Schildkrötenalten hatte mir wirklich noch gefehlt! Ich ahmte sein Spottgebet nach. »Wenn noch jemand in die Grube fiele«, sagte ich, »käme man ohne Mühe hinaus. Sie ist ja nicht sehr tief.«

»Richtig! Und da ist ja ein dritter Mann.« Er zeigte auf den russischen Soldaten.

»Aber er ist tot.«

»Hier schon, aber nicht in einer anderen Grube.«

Plötzlich zückte der Alte ein Messer. Ich betrachtete ihn misstrauisch. Er könnte über mich herfallen wollen. Er kroch auf den Knien zum Leichnam des Soldaten und schnitt ein Stück Fleisch von ihm ab, das er verzehrte, ohne von mir die geringste Notiz zu nehmen.

2.

Eines Nachts nahm ich meine Pistole und ging zum Laden. Ich hatte ihn geschlossen, als sich die Kämpfe und die Entführungen überall in der Hauptstadt häuften. Nur wenn es schwieriger wurde, Nahrung und Wasser in den Läden in der Nähe unseres Hauses zu bekommen, ging ich noch hin. Die Wirtschaft brach rasch zusammen, und die Zustände wurden wegen der Streiks immer schwieriger. Es gab Anzeichen für einen Aufstand, und nach dem Rücktritt der Regierung wurde das Chaos allgegenwärtig. In der Hauptstadt fanden die ersten Demonstrationen statt, und innerhalb von nur wenigen Tagen fegten Angst und Schrecken über das Land. Irgendwelche Gruppen besetzten die Regierungsgebäude. Sie bildeten vorläufige Komitees und bemühten sich, das Leben der Menschen zu regeln. Doch plötzlich verschlechterte sich die allgemeine Situation. Angeblich unterstützten gewisse Magnaten die Organisation von Gangs, die die nördlichen Landesteile unter ihre Kontrolle brachten. Reiche und Anhänger der flüchtigen Regierung waren überzeugt, dass die neuen religiösen Gruppierungen die Macht übernehmen und das Land mit Tempeln der Finsternis überziehen würden. Das jedenfalls verkündete ein Sprecher der Nordregion und drohte mit Abspaltung. Doch die extremistischen religiösen Gruppierungen scherten sich nicht darum, was Politiker und Revolutionäre von sich gaben. Sie wirkten im Stillen und übernahmen dann in einem Überraschungscoup die Kontrolle über den Stützpunkt für atomar bestückte Raketen. Wir setzen keine Hoffnung mehr auf den Menschen und überlassen uns ganz der Weisheit des Schöpfers, so lautete ihr Slogan.

Die Armee musste an mehreren Fronten gleichzeitig kämpfen. In der Stadt mit dem großen Hafen starben mehr als fünfzig Personen im Maschinengewehrfeuer, als sie die städtische Zentralbank attackierten. Die Leute stellten sich der Armee entgegen, weil man glaubte, sie sei gegen Veränderungen. Waffen gab es massenweise. Es hieß, unser südlicher Nachbar habe die Zivilisten damit versorgt.

In der Hauptstadt gab es immer noch Besonnene, die zur Ruhe mahnten und vorschlugen, aus dem Sturm herauszutreten, der über das Land fegte. Die Truppen kreisten den Raketenstützpunkt ein und begannen, mit dem Extremistenführer zu verhandeln, der unter bewaffneten Stämmen in einem anderen Land lebte. Einst Oberst, war er wegen seiner extremistischen Gedanken aus der Armee ausgeschlossen worden. Angeblich trug er eine Tätowierung auf der Stirn: Säubert die Erde von den Satanen!

Der Alte kaute das Fleisch. Dann setzte er sich an seinen Platz zurück, als habe er ein Sandwich verzehrt. Er wischte sich den Mund mit seinem schmuddeligen Tuch, dann zog er ein Buch hervor und begann darin zu lesen. Ich kramte etwas Schokolade heraus und mampfte nervös. Der Alte war wirklich widerlich und ekelhaft.

»Hör zu«, sagte er, von seinem Buch aufschauend, »um das gleich klarzustellen: In bin ein Dschinn.« Er streckte mir seine Hand hin, die ich schütteln sollte.

Ich starrte ihn scharf an.

Was sagte nicht mein Opa, als er im Sterben lag? Angesichts des Granatapfelbaums faselte er: Alles, was man in dieser Welt tun kann: einen Granatapfel aussaugen und den Baum anstarren.

Wie gern wäre ich aufgestanden und hätte dem Alten ein paar Fußtritte verpasst. Ich bemerkte seinen abweisenden Blick und sein geringschätziges Lächeln.

»Offenbar bist du mutiger als jener Russe und weniger ekelhaft«, sagte er. »Aber hör zu, du bist mir ebenso egal wie die anderen Besucher der Grube. Eure Geschichten interessieren mich nur als Abwechslung. Wenn du dein Leben in dieser nie endenden Kette verbringst, ist das vergnügliche Spiel die einzige Art weiterzumachen. Kreaturen wie dieser törichte Russe hier führen mir die Vergeblichkeit des Spiels vor Augen, und die Romantik der Angst verwandelt die Kette in meinem Kopf in einen einfachen Galgen. Unser Freund, der Russe da, erschrak, in der Grube gelandet, darüber, mich darin vorzufinden. Er zielte mit seinem Gewehr auf meinen Kopf, und als ich ihm sagte, ich sei ein Dschinn, verlor er fast den Verstand. Er hatte nur noch eine einzige Kugel. Wenn er mich damit nicht erledigte, würde er sich zu Tode ängstigen. Und wenn er nicht schösse, würde er ständig in seinem Wahn gefangen gehalten.«

»Gut, und was geschah?«

Er lachte. »Ich habe ihm gesagt, ich kenne alle Geheimnisse seines Lebens. Und um ihm noch mehr Angst einzujagen, habe ich ihm auch verraten, dass ich Nikolai, seinen jüngsten Cousin, kenne. Als er diesen Namen hörte, geriet er völlig durcheinander. Und als ich ihn gar noch daran erinnerte, wie er und Nikolai einmal ein Mädchen aus dem Dorf vergewaltigten, verlor er die Nerven und schoss mir die Kugel durch den Kopf. Eine banale Kette menschlicher Geschichten. Glaubst du an so etwas wie: Wir sind nur exotische Schatten in dieser Welt. Ein dämliches Gewäsch, nicht wahr? Das Leben ist schön, guter Freund. Genieße es und mach dir keine Sorgen. Ich habe in Bagdad Poesie gelehrt. Ich glaube, es wird regnen. Vielleicht erfahren wir eines schönen Tags das Geheimnis, wie man da rauskommt. Hier ist das egal. Wichtig ist allein die Musik der Kette.«

»Aber du ernährst dich von der Leiche!«, schrie ich. »Du bist ein widerlicher alter Mann.«

Er lachte schrill. »Du wirst dich ja auch von mir ernähren. Und irgendjemand wird sich von dir ernähren, und man wird sich deiner als Material für Batterien oder Getränk bedienen.«

Ich schlug ihm ins Gesicht und schrie ihn nochmals an: »Wenn du nicht ein alter Mann wärst, würde ich dir den Schädel einschlagen, du gemeiner Hund!«

Mein Gebrüll ließ ihn völlig unbeeindruckt. Es gebe keinen Grund, sich aufzuregen, bemerkte er nur. Er werde bald die Grube verlassen, dann würde ich in eine andere fallen, eine aus einer anderen Zeit. Er werde mir sein Buch dalassen, sagte er, ein Buch voller Fantastereien. Es gebe detaillierte Erklärungen für geheime Energie, die man aus Insekten gewinnt zur Schaffung zusätzlicher Körperteile, die Leber, Bauchspeicheldrüse, Herz und alle Verdauungsorgane stärkten.

3.

Bevor der Alte die Grube verließ, erzählte er mir noch, er stamme aus Bagdad und habe zur Zeit des Abbasidenkalifats gelebt. Er sei Lehrer, Autor und Erfinder gewesen und habe dem Kalifen vorgeschlagen, die Gassen der Stadt mit Laternen zu erleuchten. Zuvor hatte er schon die Anbringung von Lampen in den Moscheen beaufsichtigt. Die Diebe in Bagdad haben sich über all das sehr geärgert. Sie verfolgten ihn nach dem Frühgebet, als er damit beschäftigt war, sein Projekt auf die Beleuchtung der Häuser in den neuen Straßen zu erweitern. In der Nähe seines Hauses stolperte der Lampenmeister über sein Kleid und fiel in die Grube.

»Alle Besucher hier«, so erklärte mir dieser Bagdader noch, »lernen rasch, vergangene, gegenwärtige und künftige Ereignisse zu lesen und zu erkennen. Die Erfinder dieses Spiels schöpfen aus ihren Erfahrungen, um den Zufall zu verstehen. Es gab Behauptungen, sie seien außerstande, dieses Spiel unter Kontrolle zu halten, das läuft und läuft durch die Windungen der Zeit. Weiterhin behauptete er: Wer hier nach einem Ausgang sucht, muss die Kunst des Spielens weiterentwickeln. Sonst bleibt er ein Gespenst wie ich, glücklich, zu spielen. Er lachte wieder. Irgendwann hatte ich den Versuch satt, die Symbole zu entschlüsseln. In jedem Spiel gibt es zwei Widersacher, und jeder hat seine eigene Chiffre. Es ist ein widerlicher, sich ständig wiederholender Kampf. Was bleibt, ist allein die Erinnerung, die man nicht so leicht tilgen kann. Zu deiner Zeit steckten die Erfahrungen mit der Erinnerung noch in den Kinderschuhen. Die Wissenschaftler haben nach den ersten Versuchen mehr als anderthalb Jahrhunderte mit dem Ziel weitergearbeitet, die Zentren der Erinnerung im Rattenhirn zu finden. Dabei stellte sich heraus, dass die Ratten sich an Gelerntes erinnern, auch nachdem man ihre Gehirne im Labor vollständig zerstört hatte. Auf den Menschen angewandt, wären das aufregende Einsichten. Ist das Gedächtnis die Gewinnkarte in diesem Spiel, das wir verbissen bis zum Ende spielen, oder geht es nur um den Spaß? Jeder, der hier hereinfällt, wird zum Mahl oder zur Quelle triebhafter Gespenster oder zur Energie anderer Ordnungen. Wir sind es, die ... Verdammt noch mal, wer sind wir eigentlich? Niemand weiß es.«

Der Alte starb, und ich blieb zutiefst ratlos zurück. Es wurde gerade Tag, leichter Schnee fiel durch die Öffnung der Grube. Der Körper des toten Russen wirkte gespenstisch. Ich wollte in die Zeiten meiner Existenz zurückgreifen, verteilt auf Orte, die ich für imaginär gehalten hatte. Mein Bewusstsein bewegte sich auf und nieder, hin und her wie ein Wagen auf der Achterbahn. Ich beobachtete die torkelnden Schneeflocken. Der Soldat und sein Bild waren verschwunden. Meine Augen waren offen, mein Gehirn schlief. Schlummerte ich schon Hunderte von Jahren? Ich stellte mir eine tote Zelle vor. Existierte ich wirklich nur in meinem Gehirn oder in jeder Zelle meines Körpers? Plötzlich roch es in der Grube kräftig nach Blumen. Ich schloss die Augen, aber da fiel ein junges Mädchen herein. Sie trug eine Elektroniktasche auf dem Rücken, die mit zahlreichen Riemen um ihre Brust festgemacht war. An ihren Beinen waren phosphoreszierende Metalltrauben angebracht. In der Hand hielt sie eine Art elektronisches Messgerät.

»Wer bist denn du?«, fragte sie keuchend. Mehrere Wunden entstellten ihr hübsches Gesicht.

»Ich bin ein Dschinn. Und was ist dir passiert?« Ich hatte das Gefühl, meine Stimme klinge wieder wie in alter Zeit.

»Mich hat ein Blutanalyseroboter verfolgt.« Sie saugte an einem ihrer Finger, der geschwollen war und aussah wie ein Pilz.

»Das ist völlig normal«, murmelte ich und kroch zum Leichnam des alten Mannes.

Dieses fatale Lächeln

Man muss den Körper schützen, nicht die Gedanken.« Dieser Spruch fiel ihm plötzlich wieder ein, während er auf dem Klo eines chinesischen Restaurants saß. Wollte sein Gehirn etwa die Frage nach dem Grund für dieses verfluchte Lächeln beantworten, das beim Aufwachen am Morgen auf seinem Gesicht lag. Zurück vom Klo, bestellte er ein Glas grünen Tee. Er hatte seine Wohnung schon früh verlassen, bevor seine Frau und seine Tochter aufgestanden waren. Vom Restaurant aus schickte er eine SMS an seine Frau, er gehe ein wenig spazieren und sei in einer Stunde zurück. Inzwischen war die Stunde vorbei, doch da fiel ihm ein, dass sie ihn am Vortag gebeten hatte, am Montag einen neuen Staubsauger zu kaufen. In einer Ecke des Restaurants saßen zwei alte Frauen, die gemeinsam das Kreuzworträtsel in einer Zeitung lösten. Die eine hielt einen Stift in der Hand, die andere dachte, einen Finger auf die Nase gelegt, nach. Gestern war der Staubsauger kaputtgegangen, während er das Zimmer der Kleinen gesaugt hatte. Jetzt bemerkte er die Spiegelung seines Lächelns im Teeglas; es war grünlich. Den Blick auf die beiden Frauen gerichtet, dachte er über die Beziehung zwischen Gedanken und Körper nach. Auf dem Weg ins Restaurant hatte er an einer Ampel eine Schar von Kindern gesehen, die auf Grün warteten. Zwei Reihen mit zwei Lehrerinnen, eine vorne, die andere hinten. Es mögen zwölf gewesen sein, Gattung Zukunftshoffnung. Sein Gehirn wedelte vor Freude mit dem Schwanz. Sie würden sicher einmal Ärzte, Ingenieure, Mörder, Dichter, Alkoholiker oder Arbeitslose werden. Zwölf Kinder als ein neuer Einband für eine alte Geschichte.

Sein Gehirn arbeitete sich langsam weiter, er roch Aas. Das sind die Kinder, die einst unsere Gräber besuchen werden, sagte er sich. Zwölf Ideen, die freudig und unternehmungslustig die Straße überqueren. Die Mühle der Zukunft. Er stand auf und ging ein weiteres Mal aufs Klo. Wusch sich zum zehnten Mal das Gesicht, aber das Lächeln ließ sich nicht entfernen. Hätte er nicht früher schon Fantasiepleiten erlebt, hätte er wie jeder vernünftige Mensch beim Blick in den Spiegel gesagt: »Ausgeschlossen!« Aber er war an Überraschungen gewöhnt, und seine Erfahrungen hatten ihn gelehrt, keine Zeit mit der Suche nach den Ursachen seiner Probleme zu verplempern, sondern nach einem Notausgang zu suchen. Sein Gehirn vermutete, das Lächeln könnte von einem Traum stammen, einem trivialen Kinotraum, ohne Verbindung zu seiner Erinnerung.

Er küsst sie auf den Mund, versucht, die Treppen hinaufzugehen, setzt sich aber auf die unterste Stufe. Lächelnd lehnt er den Kopf gegen die Wand. Sie putzt sich in der Küche die Zähne. Dann ruft sie ihm laut zu, er solle das Leintuch bringen, sie wolle es waschen. Doch da sinkt er wie eine Feder im Wind in einen Brunnen hinunter, weit weg vom Licht. Ein Toter, der ihren letzten Ruf nicht hört. Vier Jahre nach dem Treppenvorfall stirbt sie. Man findet sie schlafend über den Küchentisch geneigt, eine Zahnbürste in der Hand. Daran klebt ein ameisengroßes Stück Fleisch.

Sollen wir sagen, die Sonnenstrahlen seien durchs Fenster gedrungen oder der Regen habe an die Scheibe getrommelt, nachdem die Frau gründlich ihre Zähne geputzt hat? Dieser Traum kehrt Nacht für Nacht wieder. Man braucht etwas von dieser klassischen Musik. Wohin sind nur diese Todesgeschichten verschwunden? Welch ewige Simplizität sich in den Geschichten unseres schönen Todes findet. Diese kleinen Geschichten, spitz wie Zahnbürsten. Warum haben wir diese Todesgeschichten nur so kompliziert gemacht. Ein gigantischer Schatten stellt dem Mann im Traum diese Fragen.

Am Morgen erwacht der Mann lächelnd. Er sieht sein Lächeln im

Spiegel. Offenbar bleibt es hängen. Einmal sagte er in einem ungewöhnlichen Gespräch mit einem Mitglied der Vereinigung zur Verteidigung der Glücklosen:

»Ich habe nie gewollt, dass meine Frau und meine Tochter mich blöde und völlig grundlos lächeln sehen. Es war ein bescheuertes Lächeln, breit, aber ohne dass man meine schadhaften Zähne sah. Meine Lippen waren zusammengepresst wie die eines Clowns. Ich schrubbte mein Gesicht mit Wasser und Seife, doch das Lächeln blieb hängen. Ich putzte mir drei Mal die Zähne, doch das Lächeln klebte fest wie Tinte. Vielleicht geht es weg, wenn es Tag wird, dachte ich, vielleicht taut es wie Schnee an einem sonnigen Morgen. Was mich auf diesen Gedanken brachte, weiß ich nicht. Plötzlich war mir, obwohl wir Winter hatten, sehr heiß. Ich zog mir ein leichtes Polohemd an, auf dem Rücken ein schwarzer Rabe, der auf einem Basketball stand; auf den Basketball war eine Weltkarte gezeichnet. Außerdem zog ich saubere Jeans an und über alles meinen schwarzen Wintermantel. Ich war entschlossen, das Rätsel dieses Lächelns zu lösen. Meine Frau und meine Tochter hatten viel zu ertragen. Ich befürchtete, sie könnten wahnsinnig werden, denn die Serie meiner Katastrophen in dieser Welt riss nicht ab. Ich bin kein Glückloser, also hören Sie auf, mir dieses dämliche Etikett anzuhängen.

Der Schnee tanzte herab. Es war prächtig und schön. Zum ersten Mal war der Himmel so freigebig und überließ mir alle diese Juwelen. Solche Gefühle hatte ich schon früher gehabt. Aufzuwachen, den Morgen zu riechen und zu denken: Eigentlich passt mir das Leben immer noch. Es gibt Augenblicke der Trauer, versteckt in unterschiedlichen Kleidern und Gerüchen. Man betrinkt sich, man weint und glaubt, einen großen Stein beiseitegeschafft zu haben, der die Abläufe des Tages blockierte, der mit einem schmerzhaften Schlag zu Ende gegangen war. Ein Mann kam mir entgegen, den ich nicht kannte. Er trug einen dicken Wintermantel, hatte um den Hals einen Wollschal gewickelt und auf den Kopf einen schwarzen Hut gesetzt, auf dem die Schneeflocken liegen blieben. Er sah mich lächelnd an und drehte sogar den Kopf zu mir, während er an mir vorbeiging. Ich wollte sein Lächeln erwidern und strich mir mit dem Finger über die Lippen. Ich brauchte kein weiteres Lächeln. Ich begnügte mich damit, mich rasch nach ihm umzudrehen, um ihm mein Traumlächeln zu schenken.

Ich betrat ein chinesisches Restaurant, um einen Tee zu trinken und im Spiegel das Lächeln zu überprüfen. Ich sah zwei alte Lesben, die Kreuzworträtsel lösten, und schickte eine zweite SMS an meine Frau, ich würde mich etwas verspäten. Ich würde noch nach einem Staubsauger schauen. Ich musste unbedingt das Rätsel dieses verfluchten Lächelns lösen. Ich dachte sogar daran, ins Krankenhaus zu gehen. Vielleicht fehlte mir ja etwas und dieses Lächeln war nur ein Symtom. Doch stattdessen fand ich mich plötzlich an einer Kinokasse wieder, wo ich mir eine Eintrittskarte kaufte. In meinem Körper breitete sich eine unangenehme Hitze aus. Vor dem großen Plakat, auf dem der Film für die kommende Woche angezeigt wurde, standen Mädchen. Am auffallendsten waren die Dracula-Zähne und das Blut, das ihm aus den Mundwinkeln tropfte. Auf dem Gesicht des Monsters lag ein Lächeln. Die Mädchen setzten sich wie in der Schule. Sie warfen mir einen versteinerten Blick zu, ein Anflug von Furcht lag darin. Danach lächelten sie der Reihe nach von rechts nach links. Ich zog meinen Mantel aus und setzte mich vor sie mit dem Rücken zu ihnen, damit sie den Basketball und den Raben deutlich vor sich hatten. Fragen Sie mich nicht, warum ich das tat. Haben Sie eine Erklärung für dieses verfluchte Lächeln? Ich wollte freundlich zu den Mädchen sein und bewegte vor ihnen einfach nur meinen Kopf von links nach rechts. Dann vergewisserte ich mich in den Spiegeln des Foyers meiner Gesichtszüge. Und ich muss gestehen, ich war recht zufrieden mit meinem neuen Lächeln. Zumindest war ich nicht mehr wie alle anderen gezwungen, meine Gesichtsmuskeln zu verziehen, um eine Lächeln hervorzuzaubern. Ich vergaß ganz, Ihnen zu erzählen, dass eine der beiden alten Lesben mich ermunterte, mir dieses hübsche Lächeln zu bewahren. Die Finnen würden mit ihren finsteren, tristen Mienen den Winter noch dunkler und unwirtlicher machen.

Es war ein hektischer, abstoßender Tränendrüsenstreifen. Die >Heldin< fackelt über Mann und Kindern das Haus ab und steht dann schreiend und wie irre schluchzend vor dem Feuer. Die Nachbarn, die neben ihr stehen, halten sich die Hände vor den Mund, als müssten sie sich übergeben. Die feine Dame neben mir badete ihr Gesicht in Tränen. Sie schaute langsam zu mir herüber und murmelte: >Schwein!< Ich drehte mich zu ihr, als hätte ich nicht recht gehört. Da starrte sie mich an, diesmal dreist, noch immer in Tränen getaucht, die ihr Make-up verwüsteten. Wie geistesgestört ließ sie ihren Blick zwischen der Katastrophe der Filmheldin und meinem heiteren Gesicht hin- und herwandern. Offensichtlich angewidert, hätte sie mein Lächeln am liebsten mit einer Ohrfeige quittiert. Ich hätte ihr gern erklärt, dass ich nicht wegen des Unglücks der Frau und ihres Hauses lächle. >Obwohl sie eine Hexe ist wie Sie, Gnädigste! Ich bin einfach heute mit diesem Lächeln auf dem Gesicht aufgewacht.<

Ich ignorierte sie und versuchte, Mitleid mit der Frau im Film zu mimen, die aus ihrem Gürtel eine Pistole zog und sich eine Kugel durch den Kopf jagte, mitten in der Schar von Menschen, die sich erst auflöste, als die Feuerwehr eintraf.

Als das Licht im Kino wieder anging, erhob sich die elegante Dame und beschimpfte mich, diesmal hörbar: >Was für ein Viech! Hurensohn!<

Die anderen Kinobesucher drehten sich nach uns um. Niemand unternahm etwas. Sie gafften mich nur an und grinsten. Taten sie das wegen der Beschimpfung oder weil ich mit kaltem Lächeln darauf reagierte oder wegen des Raben auf dem Basketball? Ich musste wirklich möglichst rasch dieses Grinsen loswerden! Als meine Frau anrief, log ich ihr vor, ich sei nach wie vor auf der Suche nach einem geeigneten Staubsauger.

Es schneite noch immer. Der Schnee leuchtete, ein leichter Wind war aufgekommen und trieb ihn vor sich her. Ich fühlte mich verängstigt und verunsichert, weil ich mir vorstellte, dieses Lächeln könnte bemerkt werden, wenn irgendwo etwas Schlimmes geschah. Wenn jetzt ein Bus jemanden überfuhr und ihm das Gedärm aus dem Hintern drückte, gäbe es sicher eine entsetzte Menschenmenge. Was, wenn man mein Lächeln sah, während ich gemeinsam mit anderen das kostenlose Spektakel betrachtete? Sie würden mir zweifellos eine deftige Abreibung verpassen. Wie könnte ich erklären, dass es keinerlei Zusammenhang zwischen meinem Lächeln und dem Unfall gab? Oder wer könnte es ertragen, von jemandem angegrinst zu werden, während sein Baby in seinen Armen verhungert? Könnten Sie ihm in aller Ruhe erklären, Sie würden aus Spott über das Leben lächeln, das dieses Kind grundlos entstehen und dann mit einem Tritt in den Magen ebenfalls grundlos wieder sterben ließ? Würde nicht der Vater oder die Mutter des Babys Sie erdolchen und dieses hartherzige Viech zerreißen? Ich eilte in die nächste Bar. Der Körper muss geschützt werden, nicht die Gedanken. Was geschieht, wenn man die Kontrolle über die konventionellen kollektiven Gesten verliert, die uns in Glück und Grauen vereinen?

Mein Magen zog sich zusammen, als ich in die Bar trat, in der ein schreckliches Gedränge herrschte. Die Finnen fangen früh an, dem Alkohol zuzusprechen. Meine Ankunft löste in der Bar ein Fest des Lächelns aus, das jedoch bald verflog und zum Gelächter wurde. Es folgten vereinzelte Kommentare, die eigentlich eher Beleidigungen waren. Zunächst verstand ich nicht, warum der Kellner zögerte, als ich ein Bier bestellte. >Sie sollten Ihr Bier rasch trinken und verschwinden<, erklärte er. Nun schaute ich mich wütend um und fragte laut: >Warum dieser unliebenswürdige Empfang? Was ist das für eine Bar?< Und Sie wissen, ich lächelte, ob ich es wollte oder nicht. Vielleicht sahen sie in mir so etwas wie ein Haustier, das seine Grenzen nicht respektiert. Erst als ich die vier kahl rasierten jungen Männer in schwarzen Lederjacken sah, begriff ich, dass es sich um eine Neonazibar handelte. Sie spotteten über meine Dreistigkeit oder meine Torheit, und während sie Glas um Glas tranken, schauten sie zu mir herüber, witzelten und machten hässliche Bemerkungen. Dann stand einer auf, zog seinen Schwanz hervor und fuchtelte damit vor mir herum, worauf die ganze Schar, einschließlich des Kellners, in schallendes Gelächter ausbrach. Ich dachte, es sei das Beste, mich zu beherrschen, rasch mein Bier zu trinken und mich aus dieser schmutzigen Falle zu verziehen. Doch dann tat ich das Dümmste. Ich gab mich mutig und gleichgültig und setzte mich hin wie ein Kapitän, der über sein Schiff lächelt. Aber der Kellner, dieser Hurensohn, forderte mich auf, sofort zu verschwinden. Er befürchte Probleme. Natürlich freute ich mich über diesen Hinauswurf. Und so verließ ich die Nazibar wie ein verschrecktes Mäuschen. Es war Sonntag, und ich hatte gedacht, es wäre Montag. Wenigstens fiel es mir wieder ein, und ich dachte daran, wie verärgert meine Frau wohl war, als sie mich hörte und meine SMS las. Welcher Staubsaugerladen hätte sonntags geöffnet? Welche weitere Lüge konnte ich jetzt noch auftischen, um die frühere zu vertuschen. Ich dachte daran, nach Hause zu gehen und meiner Frau alles zu erzählen. Das Lächeln wäre das Zeichen für meine Aufrichtigkeit. Aber meine Gefühle waren widersprüchlich. Also ging ich in ein kleines Geschäft, besorgte mir sechs Flaschen Bier und begab mich in den öffentlichen Park. War ich wirklich vom Pech verfolgt? Oder war ich ein Fehlprodukt?

Der Wind blies lärmend durch die leeren Straßen, er versuchte, Dinge wegzublasen. Er warf eine Preistafel um, die vor einem geschlossenen Restaurant stand. Dann trieb er einen großen Karton hoch, der umherflog wie ein zerfetzter Körper. Leere Zigarettenschachteln tanzten über den Boden. Unbewusst summte ich eine Melodie. Ich hätte gern gesungen, kannte aber kein geeignetes Lied. In meinem Gehirn fand sich kein einziger Text. Ein Gefühl von Panik überkam mich. Waren wirklich alle Lieder aus meiner Erinnerung abgesaugt? Ich konnte nur irgendwelche kleinen Liedchen erfinden. Also summte ich weiter, in der Hoffnung, irgendein Text würde mir einfallen. Doch statt Texten kamen mir nur blödsinnige

Tränen. Der Wind trug eine leere, weiße Plastiktüte heran, die dicht an meinem Ohr vorbeisauste. Die Melodie war gelöscht. Ich erschrak. Bei der Kreuzung drehte sich die Tüte um sich selbst, als wollte sie die einzuschlagende Richtung neu bestimmen. Sie hob sich unschlüssig ein wenig und torkelte dann wieder herab auf den Asphalt. Der Wind schob sie weiter, diesmal gegen ihren Willen, und ließ sie neben Haufen von Abfall liegen, der sich bei einem Straßengully angehäuft hatte.

Ich ging in den Park und dachte darüber nach, wie ich meine Frau belogen hatte. Sicher war sie überzeugt, ich hätte ein Rendezvous mit einer anderen Frau, und stopfte gerade, kochend vor Zorn, meine Kleider in einen Koffer, entschlossen, mich hinauszuwerfen. Während ich so durch die dichten Bäume sah, glaubte ich, der Wind treibe auch schwarze Plastiktüten umher. Tatsächlich hatte er aber die vier kahl geschorenen jungen Männer herangetragen. Mit dem Instinkt eines Tieres spürte ich die Gefahr. Ich konnte sie riechen, wie sie näher kamen. Ohne Grund stellte ich mich hinter einen riesigen Baum, um zu pinkeln, worauf sich von ihnen je zwei rechts und zwei links von mir postierten. Sie sahen aus wie die Schutzengel. Sie holten ihre Pimmel heraus und pinkelten gemeinsam wie Esel, die sich seit Jahren nicht mehr erleichtert hatten. Dabei schauten sie mich unverwandt an, mit einem spöttischen Ausdruck, weil sich vor lauter Angst aus meinem Pimmel kein einziger Tropfen löste. Ich war eine ebenso leichte wie feige Beute. Allein ihr laut plätscherndes, wildes Gepinkel war zu hören, wie ein Wasserfall im Dunkeln. Der Wind legte sich etwas. Vielleicht gab er auch nur der Symphonie und den Gerüchen des Pinkelns Raum, die mir wie giftige Nervengase in den Kopf stiegen. Oder wollte der Wind gar dem Himmel einen Gratisblick ermöglichen.

Alles war in kürzester Zeit vorbei. Nur wenige Minuten lang ließen sie alle möglichen tierischen Instinkte an mir aus. Sie verprügelten mich. Dann rannten sie weg, als hätte der Wind sie aufgenommen, sie in die Falten seines würdigen Gewands gehüllt und wäre wieder an seine Arbeit gegangen, nachdem die Burschen ihre Aufgabe zur Zufriedenheit erledigt hatten. Ich blutete aus Ohren, Nase, Mund und Augen, außerdem aus den verstopften Nüstern meiner Seele. Ich versuchte aufzustehen. Ich wünschte mir, der Wind, dieser blind gehorsame und ergebene Diener des Himmels, würde auch mich aufnehmen. Aber nichts dergleichen geschah. Er nahm alles auf außer meinem leeren Körper, der neben dem Baum weiterblutete – ein triviales Geschehen aus einem komischen Roman voller lächerlicher Details. Leere Plastiktüten aller Farben und Formen glitten irre rasch über mir dahin, Sonderangebote von Restposten an Knochen, Zeiten und Orten. Doch sie schienen ebenso wenig zufrieden mit mir wie ihr Bläser. Eine bleigraue, zerrissene Tüte flog vorbei. Ich erkannte die Abâja meiner Mutter. Ein verbranntes Gehirn schwebte vorüber mit gigantischen Schwingen. Ein Schwarm Fische trieb vorbei, beladen mit Krümeln vom Fleisch eines kleinen Mädchens. Fliegend schlängelten sich die Schlangen der Wirtschaftssanktionen vorüber, gewickelt um ihren Fraß aus Menschen und Träumen. Alle Unterwäsche meiner Frau flatterte vorbei, von einem Stück tropfte Blut, von einem anderen Samen, dann Tinte. Und so ging es weiter und weiter. Meine alten Notizbücher glitten vorüber, mit den Einbanddeckeln flatternd. Skorpione in einer Flasche zogen vorbei, ebenso meine Sommerhemden, dann abgelaufene Medikamente und Tetrapaks mit Babymilch. Brot flog vorbei mit Flügeln aus Scheiße, Gedichte, die sich selbst bepinkelten wie behinderte Kinder. Mit ihren Hunden jagten auch die Wachsoldaten jener Grenzen dahin, die ich zu Fuß passiert hatte. Mein schielender Bruder mit einem Imamsturban auf dem Kopf. Und abgeschnitten und blutig sah ich meine Finger vorübergleiten, auch mein Töchterchen Marjam in ihrem Kinderwagen, entstellt von meiner übertriebenen Liebe. Meine Frau driftete vorüber, sie spielte auf einem Horn, krächzend wie eine Eule.

Mein ganzes Leben ging an mir vorüber: Schritt für Schritt, Seite um Seite. Es hörte auch nicht auf, als ich die Augen schloss. Schmerz und Schwindel hatten mich fest in ihren Klauen. Und die Seiten gingen dahin in die Dunkelheit, weiß, Seite für Seite.«

Am Abend lag der Mann auf einem Bett im Krankenhaus. Er lächelte seine Frau und sein Töchterchen an, die ihm einen hübschen Blumenstrauß mitgebracht hatten.

»Warum lächelst du denn so, Papa?«, fragte Marjam erstaunt.

Das Fenster im fünften Stock

B eide waren im fünften Lebensjahrzehnt, und beide litten an Rückenmarkkrebs. Bei mir selbst war es Lungenkrebs. Wir teilten im Klinikkomplex in Bagdad ein Zimmer. Am Tag zuvor hatte man Hadsch Sâbir hinausgetragen. Der Arme. Doch nun war er von seinen Qualen erlöst. Die Reinemachfrau kam und wechselte die Laken. Salwân und ich schauten ihr zu, wie sie das Bett sorgfältig herrichtete und das kleine Schränkchen inspizierte. Sie holte ein paar Handtücher heraus und eine Tüte mit Orangen, die ihm seine Tochter Fâtima am Tag vor seinem Tod noch gebracht hatte. Die Reinemachfrau bot sie uns an. Salwân sagte bloß, er esse nicht die Orangen eines Toten. Dann erkundigte er sich rasch, ob der Arzt noch vorbeikommen werde.

»Es gibt weit und breit keinen Arzt. Alle sind in der Notfallstation. Haben Sie sich denn nicht das Gemetzel vom Fenster Ihres Palasts aus angeschaut«, antwortete sie, brutal wie üblich.

Salwân besaß einen eigenen Rollstuhl. Er hatte ihn von zu Hause mitgebracht und ihn neben das Fenster gestellt. So konnte er, wir waren im fünften Stock, Tag und Nacht die Vorgänge unten auf dem Platz vor der Notfallstation beobachten, wo immer etwas los war. Ambulanzen und andere Spezialfahrzeuge fuhren rein und raus, meist mit hoher Geschwindigkeit. Manchmal waren es auch von Eseln oder Pferden gezogene Karren mit zermanschten Körpern darauf, ob lebendig oder tot, war nicht zu unterscheiden. Es war ein schwarzes Jahr. Bürgerkrieg. Einmischungen von draußen. Internationale Geheimdienste, Abenteurer. Sie alle wirkten am Höllenfluss von Bagdad mit.

Die Ärzte kamen zur Visite in blutbefleckten Kitteln. Das Krankenhaus ist riesig, mit Hunderten von Patienten. Salwân warf den Ärzten vor, sich nicht genug um die Kranken zu kümmern, worauf sie ihm erklärten, sie könnten nicht einmal genug für die Notfallstation tun. Es gebe nicht genügend Pflegepersonal. Man befinde sich in einem Ausnahmezustand, das Land zerfetze sich. Doch Salwân ließ sich nicht so leicht überzeugen. Er machte sie verantwortlich für die Verschlechterung des Zustands seines Rückenmarkkrebskollegen – ein pensionierter Pilot, der die ganze Zeit stöhnte. Mehr als einmal hatte er die Ärzte gebeten, seinem Leben ein Ende zu machen. Salwân war in Panik wegen seiner eigenen Wirbelsäule. Bald wäre er im gleichen Zustand wie der Pilot jetzt, mit diesen tierischen Schmerzen. Wir beide waren eingesperrt zwischen dem Stöhnen des Piloten und den blutigen Szenen, die man vom Fenster aus sah. Es war nicht zu öffnen. Das Schreien der Verwundeten und das Wehklagen der Leute auf dem Hof hörten wir nicht. Wir hörten nur das Stöhnen des Piloten – Friedhofsmusik, die die Bilder vor dem Fenster untermalte.

Salwâns seelische Verfassung verschlechterte sich stetig. Er wurde wie taub. Er redete zwar, aber an sein Ohr drang nur noch das leise Zischeln des Todesengels, der näher rückte. Ich wusste, dass er sein Leben lang als Schreiner gearbeitet hatte. Da seine erste Frau keine Kinder bekam, heiratete er, schon Ende vierzig, eine junge Frau, die ihm ein hübsches Bübchen schenkte. Seine beiden Frauen besuchten ihn regelmäßig. Dann saßen sie nebeneinander auf dem Bettrand wie zwei neidische Krähen, und Salwân verteilte seine Beschimpfungen gleichmäßig auf beide, ohne auch nur ein Wort von dem zu verstehen, was sie erzählten. Er war wie ein Wrack, das immer tiefer in den Wogen seiner Hoffnungslosigkeit versank.

Eines Tages war Salwân noch angespannter als sonst. Er wachte früh am Morgen auf. Mit dem ersten Lichtfaden, der auf die Welt von Gottes Kreaturen fiel, war die erste Ladung menschlicher Opfer angekommen: ein Selbstmordanschlag in der Großen Moschee während des Frühgebets. Salwân zündete sich eine Zigarette an und ging, vor sich hin murmelnd, im Raum auf und ab. Die Krankenschwester kam herein und hieß ihn, mit Rauchen aufzuhören, worauf er einen Riesenaufstand machte und auf die Ärzte schimpfte, auf die Selbstmordattentäter und auf den Krebs. Immer wieder fluchte er über den Piloten mit seinem Stöhnen, das ihn, wie er behauptete, nicht schlafen lasse. Er drückte seine Zigarette erst aus, nachdem sein Geschrei alle geweckt hatte. Ich stand auf und holte eine Kanne Tee aus der Küche. Wir setzten uns ans Fenster, tranken Tee und aßen ein paar Kekse. Die Betenden waren nicht sehr zahlreich gewesen. Im Hof wurde es rasch wieder recht ruhig. Nur der Regen prasselte noch herab. Ich wollte Salwân beruhigen, aber die Wörter zerstoben mir im Mund, und er schimpfte weiterhin auf den letzten Diktator. Ich meinerseits verfluchte die Besatzung. Dann interessierte er sich für die Tätowierung auf meinem Handrücken, einen Skorpion. Das sei ein Relikt aus Jugendzeiten, erklärte ich ihm. Wir waren eine Freundesclique. Eines Nachts, als wir wieder einmal saufend an einem finsteren Ort zusammensaßen, beschlossen wir, jeder solle sich einen Skorpion tätowieren lassen, dann wären wir die Skorpion-Gruppe. Salwân lächelte. Plötzlich war seine üble Laune verflogen, und nun erzählte auch er mir seine Erinnerungen an Skorpione. Er habe seine Kindheit in einem Dorf voller giftiger Schlangen und Skorpione verbracht. Er sprach von einem Mädchen namens Parvin, und mehrfach wiederholte er, wie unwirklich ihm diese Kindheit vorkomme.

»Komm her, Parvin, schau nur! Hier ist ein schwarzer Skorpion.«
Parvin stibitzte eine der leeren Tomatenpüreeflaschen, die ihre Mutter mit Wasser gefüllt in den Kühlschrank stellte. Und ich zog die Schnürsenkel aus den alten Militärstiefeln meines Vaters, die unter der Treppe verstaut waren. Wir trafen uns in einem Winkel der Gasse und marschierten zu den Weizenfeldern in der Ferne. Die Flasche füllten wir an irgendeinem Bächlein im Tal mit Wasser. Dann begann die Skorpionsuche. Skorpione waren nicht schwer zu finden. Ihre Löcher waren klein und so leicht von anderen zu unterscheiden.

Sie waren rund und etwas schräg, und um die Öffnung herum lag immer etwas ausgegrabene Erde. Die Prozedur lief folgendermaßen ab: Wir schütteten aus der Flasche Wasser in das Loch, das sich rasch füllte. Im Allgemeinen genügte es sogar, in das Loch zu pinkeln, damit die Skorpione herauskamen. Wenn wir kein Wasser mehr hatten, pinkelten wir. Es gab da zwei verschiedene Vorgehensweisen: Der Skorpion wusste, er würde ersticken, wenn er im Loch bliebe, und wollte hinaus. Aber wenn er unsere Gegenwart spürte, streckte er nur den Kopf heraus. Dann schoben wir rasch einen Löffel unter das Tier und schleuderten es weg. Diese unerwartete Attacke brachte den Skorpion völlig durcheinander. Er suchte hastig nach einem Unterschlupf, einem Stein oder einer Öffnung. Aber Pech gehabt! Wir machten uns über ihn her und drängten ihn in sein neues Heim: die Tomatenpüreeflasche. Dort sollte er sein blaues Wunder erleben. Wir verschlossen die Flasche mit einer Plastiktüte und machten diese mit einem der Schnürsenkel fest.

»Parvin, das ist einer.«

»Mist, wieder ein gelber.«

Wir suchten nach einem schwarzen. Sie waren viel seltener. Ein schwarzer und ein gelber sollten miteinander kämpfen.

Salwân ging zum Bett des Piloten. Wieder zurück, schaute er mir einige Augenblicke in die Augen. »Die Regierung hat Parvins Vater hingerichtet: Kollaboration mit den kurdischen Peschmerga.«

»Hast du einen Kaugummi?«, fragte ich und beobachtete seine nervösen Finger.

Er schüttelte den Kopf und ging zu seinem Bett. Dort zog er sich die Decke über den Kopf. Ich dachte über meine Kindheit nach, dann darüber, wie es meiner Frau und meinem Söhnchen ging. In einer Woche sollte ich operiert werden. Man wollte einen Teil meiner Lunge entfernen. Ob mich das retten würde, wusste ich nicht. Ich hätte gern das Schreiben wieder aufgenommen. Es gab keinen Platz, nach dem ich mich mehr sehnte als nach den Hallen der Universität. Ich war dabei, eine Magisterarbeit über fantastische Literatur zu schreiben, ein Genre, das in der Literatur unseres Landes fehlte. Veranlasst hatte mich zu diesem speziellen Thema meine große Leidenschaft fürs Lesen und fürs Schreiben, eine Leidenschaft, die bei uns zu Hause mit der Geschichte meiner Nabelschnur erklärt wurde. Bei meiner Geburt habe meine älteste Schwester auf Geheiß meines Vaters diese Nabelschnur im Hof ihrer Schule vergraben. Dass mein Bruder Âdil in der Schule eine Niete war, erklärte mein Vater damit, dass meine Mutter seine Nabelschnur im Garten unseres Hauses vergraben hatte. Ich spöttelte immer über Âdil: »Du hättest Botaniker oder Bauer werden sollen, stattdessen bist du jetzt arbeitslos.«

»Was wissen wir? Schon tausend Mal hast du erklärt, die Welt wäre widersprüchlich und rätselhaft. Vielleicht gibt es wirklich eine Beziehung zwischen dem Garten und dem Unglück, das mich verfolgt.«

Dann lachte er und schwor, Vater habe die Geschichte vom Vergraben der Nabelschnur allen Verwandten, Nachbarn und allen seinen Arbeitskollegen erzählt.

Irgendwann am Nachmittag kam der Arzt vorbei, ein heiterer junger Mann. Er vollbrachte das Wunder, Salwân ein Lächeln zu entlocken. Er klopfte ihm auf die Schulter und versprach, der Spezialist sei bald da. Danach schaute Salwân wieder zum Fenster hinaus und brummelte etwas vor sich hin. Das Stöhnen des Piloten wurde lauter. Er bettelte wie ein Kind, jemand möge ihn von seinem Leben erlösen. Nun verlor Salwân die Geduld. Er fauchte den Piloten an, machte sich über ihn lustig und schleuderte ihm schließlich ins Gesicht: »Wie viele Menschen hast du mit deinem Kampfjet umgebracht? Du hast ja Glück, versteckt hier im Krankenhaus, während man draußen deine Kumpane, einen um den anderen, abschlachtet.«

Salwân hatte recht. Aber er hatte natürlich nicht das Recht, das Leiden des Piloten noch zu vergrößern. Nach dem Fall von Bagdad hatte eine systematische Mordkampagne gegen Piloten begonnen. Angeblich rächte sich der iranische Geheimdienst an ihnen wegen der Luftangriffe während des ersten Golfkriegs. Nun mischte sich die Krankenschwester ein. Sie nahm Partei für den Piloten und forderte Salwân auf, sich nicht so rüde zu benehmen. Salwân und der Pilot waren schon am längsten in der Abteilung. Als ich eingewiesen wurde, waren sie gute Freunde, ein Herz und eine Seele, die ständig miteinander plauderten und witzelten. Doch als es mit dem Piloten bergab ging, verlor Salwân die Fassung. Im Piloten sah er, was ihn selbst erwartete.

Am Abend setzte er sich neben das Bett des Piloten. Sie flüsterten miteinander. Ich lag in meinem Bett und las in *Herr Palomar* von Italo Calvino die Stelle, an der die Hauptperson, eben Herr Palomar, sich allerhand Gedanken macht: *Aber wie stellt man es an, etwas zu betrachten und dabei das eigene Ich aus dem Spiel zu lassen? Wem gehören die Augen, die da betrachten? Gewöhnlich meint man, das Ich sei jemand, der aus den eigenen Augen herausschaut wie aus einem Fenster, um die Welt zu betrachten, die sich in ihrer ganzen Weite vor ihm erstreckt.* Salwân starrte mich seltsam an, dann flüsterte er weiter mit seinem Freund. Er stand auf und legte dem Piloten die Hand auf die Schulter, als wollte er ihm irgendwie Trost zusprechen. Kurz darauf schob er den Rollstuhl zum Bett und bat mich, ihm zu helfen, den Piloten auf den Rollstuhl zu setzen, den er danach zum Fenster schob. Ich ging zurück zu meinem Bett und betrachtete die beiden. Ich hatte den Eindruck, der Pilot wolle auch einmal sehen, was draußen vor sich ging. Salwân trat zu meinem Bett. Er machte Anstalten, etwas zu sagen, tat es dann aber nicht, sondern drehte sich nachdenklich um sich selbst. Mir kam sein Verhalten komisch vor. Er war leichenblass, als wollte der Tod gleich nach ihm greifen.

Ich glaube, eine solche Aussicht hat eine unwiderstehliche Macht. Sie übt eine Anziehung aus und drängt auf ein Verbrechen. Auch das Gehirn wird süchtig und versorgt sich mit Happen des Entsetzlichen. War mein Gehirn bloß ein Schakal auf der Suche nach einem solchen Happen? Ich lag in meinem Bett, erstarrt wie die Statuen von Bagdad, bleich und in den Anblick blutspeiender Fontänen vertieft. Salwân zog den Rollstuhl mit dem Piloten ein wenig zurück.

Er packte einen Stuhl und zertrümmerte mit drei kurzen, heftigen Schlägen das Fenster. Danach schob er den Piloten vor den offenen Rahmen, trat zurück und verkroch sich in seinem Bett.

Der Pilot erklomm mit großer Mühe den Fensterrand. Die Glassplitter zerrissen ihm die Schulter, und er schrie vor Schmerz. Unter großen Anstrengungen schob er seinen Körper durch das Fenster hinaus und ließ sich auf den Hof des blutigen Kampfes fallen.

Der irakische Messias

Man hatte uns in einer Mädchenschule einquartiert, und während eigentlich alle zum Schlafen in den Luftschutzkeller gehen wollten, nahm Danjâl, der Christ, seine Decke und schlug sein Lager weit weg in einer Ecke im Hof der Schule auf.

»Natürlich, der Kaugummichrist ist doch bekloppt«, kommentierte ein palmengroßer Soldat, der an trockenem Brot herummümmelte.

»Er will doch nur nicht bei uns schlafen, weil wir Muslime sind«, vermutete ein anderer.

Lauter blödsinnige junge Männer ohne einen Schimmer davon, was es mit Danjâl wirklich auf sich hatte. Sie waren voll damit beschäftigt, sich auf den Schulbänken der Mädchen einen runterzuholen. Eine einzige Rakete, und sie wären alle verkohlte Schwänze. In absurden Kriegen wie diesem ist die Begabung eines Danjâl ein Rettungsring. Wir waren gemeinsam im Kuwait-Krieg gewesen, und ohne seine erstaunlichen Fähigkeiten hätten wir nicht überlebt. Einmal abgesehen von seiner chronischen Bedrücktheit, schien Danjâl nicht aus dem Stoff, aus dem die Menschen sind. Er war wie ein linder Hauch.

Ich breitete mein Decke neben ihm aus, ließ mich, wie er, auf den Rücken sinken und starrte zum Himmel.

»Schlaf nur, Freund Ali, schlaf nur. Es wird heute Nacht nichts Besonderes geben, also schlaf nur«, sagte er und begann zu schnarchen.

Danjâl kaute unentwegt Kaugummi. Das trug ihm bei den Ka-

meraden den Spitznamen »Kaugummichrist« ein. Ich stellte mir oft
Danjâls Kaugummi als so etwas wie eine Batterie vor, die seinen Ge-
hirnbildschirm lädt. Der Traum seines Lebens war es, in einer Radar-
einheit Dienst zu tun. Nach seinem Schulabschluss hatte er sich als
Freiwilliger bei der Luftwaffe beworben, wurde aber abgelehnt. Vielleicht, weil sein Vater in den Siebzigerjahren zur Führung der Kommunistischen Partei gehörte. Er liebte den Radar wie andere die
Frauen oder den Fußball. Er sammelte Bilder von Radargeräten, und
er sprach von Signalen und Frequenzen wie von einem Liebesaben-
teuer im Weinberg. Ich erinnere mich, wie er im letzten Krieg einmal
sagte: »Der Mensch, mein lieber Ali, ist ein effizienteres Radargerät
als alle anderen Tiere. Alles was er braucht, ist die Fähigkeit, seine
Seele gehen zu lassen und sie dann zurückzuholen, wie beim Ein-
und Ausatmen.«

Auf seinem rechten Arm war folgende Gleichung aus dem Ra-
darbereich eintätowiert:

$$P_r = \frac{P_t G_t A_r \sigma F^4}{(4\pi)^2 R^4}$$

Nachdem sich die Hoffnung des Messias, in die Luftwaffe aufgenommen zu werden, zerschlagen hatte, meldete er sich freiwillig bei den
Sanitätern, gab aber seine Radarleidenschaft nicht auf. Wer ihn kannte, war über diese Leidenschaft kein bisschen überrascht. Denn der
Kaugummichrist war selbst der seltsamste Radar auf der Welt. Ich erinnere mich noch an jene schrecklichen Kriegstage in Kuwait. Die
Soldaten folgten ihm, verängstigt wie Entlein, auf Schritt und Tritt.
Die Flugzeuge der Koalition bombardierten unsere Stellungen,
ohne dass wir auch nur einen einzigen Schuss abfeuern konnten. Es
war, als ob wir im Krieg gegen höchste himmlische Mächte standen.
Wir konnten nichts anderes tun, als uns noch tiefer einzugraben und
wie die Ratten von einer Stelle zur anderen zu huschen. Schließlich
kampierten wir am Wüstenrand, und alles, was wir noch besaßen,
war der Glaube an Gott und an die Fähigkeiten des Christen Danjâl.

Als wir eines Nachts im Graben mit anderen Soldaten aßen, klagte Danjâl plötzlich über Magenschmerzen. Da hörten alle auf zu essen, nahmen ihre Waffen, bereit, die Stellung zu wechseln. Und alle blickten auf Danjâls Mund.

»Ich möchte mich gern im Schatten des großen Wasserspeichers hinlegen«, brachte dieser schließlich hervor.

Die Soldaten folgten ihm. Sie drängelten sich, so dicht es ging, an ihn heran, als wäre er ein Schutzschild gegen die Granaten. Sie setzten sich im Schatten des Reservoirs um ihn herum. Und nur fünfunddreißig Minuten später fielen auf unseren Graben drei Granaten. Und das war nicht das einzige Mal. Seine prophetischen Gaben retteten zahlreichen Soldaten das Leben. Was sich in Danjâls Nähe während jenes Kriegs abspielte, glich Comic-Geschichten. Plötzlich verlor die Wirklichkeit ihre Kohärenz. Sie fiel auseinander, und alles wurde irreal. Was sollte man beispielsweise davon halten, dass dem Messias ein hartnäckiges Jucken zwischen den Beinen den Absturz eines amerikanischen Hubschraubers über dem Hauptquartier ankündigte? War es glaubhaft, dass sein dreimaliges Niesen vor einem schrecklichen Raketenangriff warnte? Er erfolgte gegen uns vom Meer her. Wir Soldaten waren wie Schafe. Wir führten Comic-Kriege.

Es gab vielerlei Gerüchte, wonach man immer wieder Berichte über den Messias an die Oberste Heeresleitung geschickt habe. Aber wegen des Chaos jener Tage und der Niederlage, in der wir wie Fliegen zermalmt wurden, schenkten die Verantwortlichen ihnen keine Aufmerksamkeit. Man erzählte viel von der Leidenschaft des Präsidenten für Gaukler, Zauberer und Menschen mit außergewöhnlichen Fähigkeiten. Und man behauptete, in den Achtzigerjahren seien erstaunlich viele Bücher über Parapsychologie übersetzt worden, und zwar auf Geheiß des Präsidenten, der gehört habe, dass die fortschrittlichen Staaten bei der Spionage Telepathie einsetzten. Nach Ansicht des Präsidenten waren Gaukler und Wissenschaft sowieso identisch, auch wenn sich ihre Wege zur Lösung der Geheimisse voneinander unterschieden.

Der Messias bildete sich nichts ein auf seine prophetischen Fähigkeiten und hielt sie für nichts Besonderes. Er erzählte uns von Personen mit derartigen Fähigkeiten, die es zu allen Zeiten menschlicher Geschichte gegeben habe. Ich hatte aber den Eindruck, dass Danjâls tiefe Melancholie jegliche Freude über diese besondere Fähigkeit bei ihm erstickte. Nicht einmal seine Radarleidenschaft verschaffte ihm Freude. Seine Vorstellungen vom Glück waren rätselhaft. Soweit ich ihn verstand, machte ihm sein dunkles Inneres Angst. Er glaubte, sein Talent sei nur ein weiterer Hinweis auf unsere Unfähigkeit und unsere Unscheinbarkeit in dieser rätselhaften Welt.

Ganz jung schon, erzählte er mir, habe er eine Erzählung eines irakischen Schriftstellers gelesen, der gleichzeitig spöttisch und ängstlich gewesen sei. Den Helden der Erzählung habe nach einem heftigen Kampf im imaginären Strom der Zeit ein Schwertfisch verschlungen. Der Held sitzt dort einsam, gefangen in der Finsternis, und denkt über die Worte Ingmar Bergmans nach: »Wie kann ich mein privates Leben mit der Einsicht versöhnen, dass die Welt vor mir zusammenfällt?«

»Es ist eine Frage, die mein Leben belastet, die mich nicht schlafen lässt wie eine offene Wunde«, sagte der Messias.

Als wir am nächsten Morgen aufwachten, standen die amerikanischen Streitkräfte unmittelbar vor Bagdad. Ein paar Stunden später stürzten sie die Standbilder des Diktators. Es war ein surrealistischer Schock. Wir zogen unsere Zivilkleider an und kehrten zu unseren Familien zurück. Es war nur noch ein weiterer Krieg von Blinden, und aus unserem Bataillon gab niemand auch nur einen einzigen Schuss ab. Später traf ich Danjâl noch mehrmals. Er lebte wieder mit seiner alten Mutter zusammen. Und nachdem sich das Chaos im Land gelegt hatte, besuchte ich ihn bei sich zu Hause in Bagdad. Ich wollte mit ihm über unsere eventuelle Rückkehr in die Armee reden. Er habe den Diktator zwar gehasst, erklärte er, wolle aber nicht einem Heer unter der Vormundschaft des Besatzers angehören. Danach habe ich ihn nicht mehr getroffen, und ich selber bin wieder in die Armee eingetreten, während Danjâl sich der Pflege seiner Mutter gewidmet hat. Seine beiden Schwestern waren schon vor langer Zeit nach Kanada ausgewandert, und die übrigen Verwandten hatten dem Land Lebewohl gesagt, vertrieben von den Kriegen und vom Irrsinn des religiösen Fanatismus. Von seiner großen Familie war also nur noch seine Mutter da. Ich erfuhr, dass Danjâl zu Hause die meiste Zeit damit verbrachte, Romane und wissenschaftliche Lehrbücher zu lesen, den Nachrichten zu folgen und seine Mutter zu pflegen, die nichts mehr hörte, nichts mehr sah und sich an nichts mehr erinnern konnte. Das Alter hatte sie völlig von der Welt abgeschnitten. Auch ihre Verdauung konnte sie nicht mehr kontrollieren. Alle paar Stunden musste der Messias ihr die Windeln und den Urinbeutel wechseln. Mit dem Tod seiner Mutter wäre für ihn der letzte Faden gerissen, der ihn im Land festhielt. Auswandern wollte er jedoch nicht. Seine ältere Schwester hatte ihn in einem langen Brief gedrängt, doch dem Land den Rücken zu kehren. Aber der Messias war ebenso dickköpfig wie seine Mutter. Er widerstand den Verführungen des Satans, das verlorene Paradies zu verlassen.

Eines Sonntags nach der Messe ging Danjâl mit seiner Mutter in ein einfaches, aber für sein Kebab berühmtes Restaurant. Ihm hatte es immer gefallen, weil es sauber war und Extra-Kindersitze hatte. Doch das Lokal hatte sich völlig verändert. Er wusste nicht mehr, wann er zum letzten Mal dort gewesen war. Er wählte einen leeren Tisch in einer Ecke und half seiner Mutter, Platz zu nehmen. Die Heiterkeit des Kellners regte ihn auf. Dieser ergänzte die Namen bekannter Speisen durch Bezeichnungen der alltäglich gewordenen mörderischen Gerätschaften. Den Kunden gefiel das, und sie lachten. Er rief zum Beispiel als Bestellung: Einmal Kebab mit Sprengsätzen, die Gehirn und Kutteln rauspusten ... Einmal Aufschlitzereintopf ... Einmal Granatenreis mit Bohnen ...

Der Messias bestellte anderthalb Portionen Kebab, außerdem bat er um scharfe Peperoni, einen Becher Ayran und ein Fläschchen kalten Fruchtsaft. Der Kellner brachte das Gewünschte und ließ, für den Messias hörbar, einen verbreiteten Witz über die Neugier hören. Danjâl lachte höflich. Er hob vorsichtig die Hand seiner Mutter und ließ ihre Finger den warmen Kebab und die gegrillten Tomaten berühren. Dann legte er sie zurück an den Tischrand. Er richtete ihr ein gutes Stück und schob es ihr in den Mund. All das mit großer, hingebungsvoller Zuneigung.

Ein junger Mann bat, sich an ihren Tisch setzen zu dürfen. Sein gewaltiger Körperbau und seine brutalen Gesichtszüge erlaubten es nicht, sein Alter zu bestimmen. Er mag um die zwanzig gewesen sein. Auch er bestellte Kebab mit einer Extraportion Zwiebeln. Er sah auffallend gut aus, rieb sich aber dauernd am Hals, als ob er Krätze hätte. Sein Blick war rastlos. Danjâl schob den Salat neben die Hand der alten Frau und ließ sie das Grünzeug auf dem Teller ertasten. Dann machte er ihn ihr mundgerecht. Der junge Mann beobachtete die beiden heimlich. Irgendwie schien er seltsam. Er kaute sehr langsam und schluckte mit großer Mühe. Dabei liefen ihm die Tränen aus seinen schönen Augen. Danjâl bemerkte es. Er beugte sich vor und fragte ihn, ob er ihm helfen könne. Aber auch als er seine Frage ein zweites Mal stellte, schaute der junge Mann nicht vom Teller auf. Er schien ihn nicht zu hören. Er kaute weiter, und die Tränen flossen. Er zog ein Taschentuch hervor, wischte sich die Tränen ab und putzte sich die Nase. Dabei beobachtete er unablässig das gesamte Restaurant. Schließlich traf sein Blick den des Messias. Da verwandelten sich seine Züge und offenbarten ein anderes Gesicht. Er schien eine Maske abgenommen zu haben. Er zog den Rand seiner Jacke beiseite, als wollte er seine Brust zeigen:

»Das ist ein Sprengstoffgürtel«, sagte er. »Ein einziges Wort von dir, und ich lass mich hochgehen.« Er warf einen drohenden Blick auf die alte Frau.

Ich wurde durch *friendly fire* getötet. Wir waren in einem Dorf gemeinsam mit den amerikanischen Streitkräften auf Patrouille. Eines Nachts wurde auf uns aus einem Haus geschossen. Die Amerikaner reagierten hysterisch, weil sie glaubten, wir würden auf sie schießen.

Mich trafen drei Schüsse in den Kopf. In unserer neuen Welt bin ich dem Messias begegnet, und ich war außer mir vor Freude. Er erzählte mir, wie er sich in dem Kebab-Restaurant auf unerklärliche Weise zu diesem jungen Mann hingezogen fühlte. Nicht allein das Entsetzen hätte ihn gelähmt, sondern der rätselhafte Wunsch nach Erlösung, der ihn damals heimsuchte. Einige Augenblicke starrte er dem jungen Mann ins Gesicht. Da beugte sich dieser nach vorn und bat den Messias aufzustehen und mit ihm aufs Klo zu gehen. Zunächst sei er wie erstarrt sitzen geblieben, dann habe er seine Mutter auf den Kopf geküsst und sei aufgestanden.

Der junge Mann führte ihn aufs Klo. Er schloss die Tür und behielt den Finger auf dem Knopf des Sprengstoffgürtels. Mit der anderen Hand zog er aus seinem Gürtel eine Pistole, mit der er auf Danjâls Kopf zielte. Er musste den Messias förmlich umfangen und seine Arme fest um ihn schließen, da es ziemlich eng war. Dann erklärte er mit wenigen Worten, worum es ging: Tausch den Gürtel gegen das Leben der alten Frau.

Der junge Mann war völlig hysterisch und hatte sich kaum mehr unter Kontrolle. Draußen vor dem Restaurant warte jemand, erklärte er, der die Explosion filmen würde, und wenn er sich nicht in die Luft jagen würde, würde man ihn umbringen. Danjâl erwiderte kein Wort. Beide Männer waren schweißüberströmt. Ein Gast versuchte, die Klotür aufzudrücken. Der junge Mann räusperte sich. Dann wiederholte er sein Versprechen, die alte Frau heil aus dem Restaurant zu führen. Wenn aber der Messias sich nicht in die Luft sprengte, würde er sie umbringen.

Eine halbe Minute verging, ohne dass einer von ihnen etwas sagte. Dann nickte Danjâl kaum merklich und starrte gedankenverloren in die Augen seines Gegenübers. Er hieß ihn, den Sprengstoffgürtel abnehmen und band ihn sich um. Wegen des engen Raums war das gar nicht so einfach. Der junge Mann zog sich vorsichtig zurück und ließ den Messias, den Sprengstoffgürtel umgeschnallt, allein auf dem Klo zurück. Er ging rasch zu der alten Frau in der Ecke des Restaurants, strich ihr freundlich über die Schulter und ergriff ihre Hand. Sie stand auf und folgte ihm wie ein Kind. Im Restaurant drängten sich inzwischen die Menschen. Es wurde immer lauter. Man lachte. Der Messias sank auf die Knie. Er rang nach Luft und machte sich in die Hose. Er öffnete die Klotür und schlurfte zum Restaurant. An der Tür sah ihn jemand, der sich entsetzt umdrehte und schrie: »Ein Selbstmörder! ... Ein Selbstmordattentäter!«

In der ausbrechenden Panik, in der Männer, Frauen und Kinder sich gegenseitig niedertrampelten, sah Danjâl den Stuhl seiner Mutter. Er war leer. Da drückte er den Knopf.

Ein Wolf

Auch die Furcht hat einen Geruch, wie ihr wisst. Der Mann roch nach geräuchertem Fisch. Er hatte eine sehr feuchte Aussprache. Das war im vergangenen Winter. Ich war auf dem Nachhauseweg von einem meiner routinemäßigen Rundgänge in der Stadtmitte. Rundgänge, deren einziges Ziel es war, »etwas zu schnorren«, wie wir bei uns zu Hause sagen. Ich sammelte ein, was ich in abgelegenen Bars so abstauben konnte: ein Gespräch zwischen Tür und Angel, einen Fick, ein Gratisbier, einen Joint, eine wilde Debatte über Politik, einen Streit mit einem anderen Säufer; manchmal wollte ich auch nur, unter dem Vorwand, betrunken zu sein, anderen auf die Nerven fallen, einfach so zum Spaß. Hauptsache, es gab während des Tages irgendeinen menschlichen Kontakt, egal wie klein. Wissen Sie, am Tag, als der Wolf auftauchte, hatte ich eine seltsame Frau kennengelernt. Eine Unheilseule. Glauben Sie an Unglücksgesichter? Es gibt Gesichter, die sind wie Symbole nächtlicher Träume. Sie als Künstler mit Ihrer Vorstellungskraft können das sicher leicht verstehen, nicht wahr? Ihr beackert doch das Feld der Träume, ihr Künstler. Gefällt Ihnen das? Jawohl, ich glaube mehr an Träume als an Gott. Träume kommen und gehen, und wenn sie wiederkommen, dann mit einer neuen Frucht. Gott dagegen ist nichts anderes als eine immense Wüste. Stellen Sie sich einmal vor, dass ein indischer Maler in Delhi gerade jetzt an einem Thema arbeitet, das auch im Traum eines Schlafenden in Texas Gestalt annimmt. Lassen wir das! Aber Sie werden mir zustimmen, dass alle Künste sich auf diese Weise begegnen. Vielleicht auch die Liebe und das Elend. Wenn beispielsweise ein Dichter über die Einsamkeit in Finnland schreibt, kann sein Gedicht gleichzeitig der Traum eines Menschen sein, der auf einem anderen Flecken der Welt schläft. Wenn es eine Google-Suchmaschine speziell für Träume gäbe, könnten alle, die etwas geträumt haben, diese Träume in künstlerischen Werken wiederfinden. Der Träumer würde einen oder mehrere Begriffe aus seinem Traum eingeben, und schon würden Tausende von Treffern angezeigt. Und wenn er die Suche präzisierte, stieße er auf seinen Traum und erführe, dass er schon als Gemälde, als Musikstück oder als Satz in einem Theater existierte. Er würde auch erfahren, in welchem Land sein Traum zu Hause ist. Jawohl, wissen Sie, vielleicht ist ja das Leben, ach was, scheiß drauf.

Diese Frau hatte ein abenteuerliches Gesicht. Es sah aus, als wäre es stundenlang von der Nadel einer elektrischen Nähmaschine bearbeitet worden. Unzählige winzige Löcher waren auf der Haut verteilt. Erst behauptete sie, Spanierin zu sein, doch schon nach fünf Minuten verriet sie, ihre Mutter sei Ägypterin, ihr Vater Finne. Sie kannte gerade einmal drei Wörter Arabisch, die alle etwas mit Sexorganen zu tun hatten, außerdem einen gotteslästerlichen Fluch und das Wort Scheiße. Dieses Miststück kippte drei Glas Bier auf meine Kosten runter. Dann setzte sie sich in eine finstere Ecke und wartete. Und worauf, glauben Sie, wartete sie? Sicher auf den nächsten Schwanz, der sich noch freigebiger erwies. Ich verlor zwanzig Euro am Automaten. Ich war erledigt und hungrig. Da winkte ich der Frau mit dem Unglücksgesicht mit einer theatralisch spöttischen Geste zu und rief im Weggehen, wie vor einer riesigen Menschenmenge: »Es lebe das Leben!«

Auf dem Nachhauseweg ging mir das Gesicht dieser Frau nicht aus dem Sinn. Irgendwie hatte ich das Gefühl, sie vor langer Zeit auf einem Straßenmarkt zu Hause gesehen zu haben. Und ich weiß nicht warum, aber ich stellte sie mir vor, in eine schwarze Abâja gehüllt dahockend und grüne und rote Peperoni verkaufend. Ich bin überzeugt, dass sich an jenem Tag drei oder vier böse Omen verbanden und mich in diese miese Laune versetzten. Hören Sie. Sie werden nicht glauben, was geschah. Zu Hause angekommen ziehe ich mir wie üblich sofort alle Kleider vom Leib und bin, splitternackt, auf dem Weg ins Bad, da kommt er doch aus dem Wohnzimmer auf mich zugerannt. Ich verschwinde im Bad und schließe die Tür, als hätte ich den Todesengel gesehen. Ein Wolf! Mein Gott, ein Wolf! Sie werden sagen, vielleicht war es ja nur ein Hund. Als ich durchs Schlüsselloch schaute, war er erst nicht mehr da. Ich zitterte wirklich. Lange Minuten herrschte schreckliches Schweigen. Dann, nach mehrfachem Blick durch das Schlüsselloch, war ich sicher: Es war ein Wolf. Erst hörte ich ihn hecheln, dann konnte ich ihn erkennen. Er schnupperte an meiner Hose und meiner Unterwäsche, die an der Wohnungstür lagen. Dann hockte er sich hin und starrte traurig auf die Badezimmertür.

Ein Wolf mitten in der Stadt, in einem Wohnblock, und dann auch noch in meiner Wohnung! Ich setzte mich aufs Klo und dachte nach. Außer mir besaß niemand einen Wohnungsschlüssel. Außerdem wohnte ich im vierten Stock. Und selbst wenn wir annehmen, er sei, na ja, geflogen und auf dem Balkon gelandet – die Tür zwischen Wohnzimmer und Balkon ist immer geschlossen. Ich pinkelte, ohne den Vorgang wahrzunehmen. Ich war wie gelähmt. Ich auf dem Klo, ein Wolf in meiner Wohnung. Nicht zu fassen!

Ich begann, mir Vorwürfe zu machen und mich selbst zu beschimpfen. Warum zog ich mich auch aus wie eine Hure, kaum dass ich in die Wohnung kam? Wenn ich mein Handy dabeigehabt hätte, hätte ich die Polizei anrufen können, und der ganze Spuk wäre vorbei. Ich war nichts als ein Sack Dreck! Ein arbeitsloser Säufer, der durch die Bars streifte und sein täglich Brot zusammenschnorrte. Und von wem? Von Zerschmetterten, die nicht weniger heruntergekommen waren als ich. Von Leuten, denen die strahlende neue Welt den Teppich unter den Füßen weggezogen hatte. Wie diese fette Frau Ende dreißig zum Beispiel, die dann und wann einen Flüchtling zum Bumsen sucht, bei dem auch die letzte Schraube festgerostet ist.

Wir haben keine strammen, knackigen Ärsche mehr, wir haben nur noch Löcher zum Kacken. Aber was soll's, scheiß drauf.

Sogar die Frau, die ich da getroffen hatte, die mit dem komisch ziselierten Gesicht, ließ sich nicht durch meine Einladung erweichen. Sie hat sich an einen anderen Tisch gesetzt und auf besseren Müll gewartet. Wenn sie meiner Einladung zum Vögeln gefolgt und mit mir in meine Wohnung gegangen wäre, hätte sie sicher Reißaus genommen und die Polizei oder die Nachbarn alarmiert. Vielleicht hätte der Wolf sie auch verspeist. Welcher Wolf? Ausgeschlossen. Sicher gibt es da einen Fehler im Ablauf der Dinge oder eine Halluzination. So etwa habe ich mit meinem Bild im Spiegel geredet.

Ich schaute ein weiteres Mal durch das Schlüsselloch. Er lag da wie zuvor. Bis zum Morgen waren es noch einige wenige Stunden. Ich überlegte mir, dass mich am folgenden Tag jemand vermissen müsste. Natürlich ein lächerlicher Gedanke, der keinen anderen Zweck hatte, als mir Trost vorzugaukeln. Schließlich lebte ich seit Jahren allein und kannte außer den Vogelscheuchen in den abgelegenen Bars niemanden, lauter einsame Typen wie ich selber, die sich auch irgendwie ihren Lebensunterhalt zusammenschnorren. Und wenn sie nichts kriegen, verkriechen sie sich in ihren schmuddeligen Betten, wo Trauer und Nacht sie verzehren. Die Einzigen, die an meiner Tür klopfen könnten, waren die Zeugen Jehovas, und sie waren auch schon eine ganze Weile ausgeblieben. Vielleicht hatten sie meine dauernde Spöttelei über ihren Herrn satt. Früher einmal haben sie mich mit ihren Heftchen überflutet. Ein einziges daraus hat mir wirklich gefallen. Es war spaßig! Dieser verzweifelte Versuch, eine Beziehung zwischen den Entdeckungen der modernen Wissenschaft und den Geschichtchen in der Bibel herzustellen. Immer wieder besuchten mich zwei hübsche Zeugen-Jehovas-Mädchen. Und meine kranke Fantasie brachte mich dazu, sie herzlich willkommen zu heißen. Ich stellte mir vor, eine ernsthafte Beziehung mit ihnen würde mit einem heißen Dreier enden. Stellen Sie sich vor: zwei von Jehovas Zeuginnen splitternackt in meinem Bett, die eine an meinem Schwanz lutschend, die andere ihre Möse meiner Zunge bietend, während sie aus der Heiligen Schrift vorliest. Wir sprachen über viele Themen, wobei mich wirklich faszinierte, dass die Zeugen Jehovas, wie die Juden, Bluttransfusionen ablehnen. Ich scherzte mit ihnen und erklärte, Blut sei etwas Köstliches, Vampire tränken es! Ich redete mit ihnen darüber, wie wichtig Blut ist.

Der Direktor des Bioethischen Zentrums an der Universität von Pennsylvania hat mit aller wissenschaftlichen Kälte festgestellt: Die Bedeutung des Blutes bei der Gesundheitsfürsorge entspricht der Bedeutung des Erdöls im Transportsektor. Und wie man alljährlich Milliarden Barrels Erdöl fördert, um den Bedarf der Menschheit an Brennstoff zu decken, so zapft man freiwilligen Spendern neunzig Millionen Einheiten Blut ab, um Menschenleben zu retten. Diese gewaltige Menge entspricht dem Blut, das durch die Adern von acht Millionen Menschen fließt. Und dennoch scheinen die Blutvorräte nicht zu genügen. Es ist wie mit dem Erdöl. Und es wird ständig vor diesem Mangel gewarnt.

Dieser Cocktail aus wissenschaftlichen Informationen oder, genauer gesagt, das aufgeblasene Geplauder darüber sollte nur dazu dienen, den Frauen von den Zeugen Jehovas weiszumachen, dass ich zu Hause in meinem Land eine wichtige Person war, bis ich nach Finnland kam und steril wurde. Ich erzählte ihnen, ich sei Hebraist gewesen und hätte geheime Berichte für das Verteidigungsministerium und den Geheimdienst übersetzt. Ich schmückte mein berufliches Leben noch mit etwas Krimi-Action aus. Ich palaverte lange mit ihnen und ließ meiner Fantasie freien Lauf, halb ernsthaft, halb spaßhaft. Ich stellte auch alle möglichen Fragen, die ich dann gleich selbst beantwortete, während die beiden Dämchen wie zwei Friedenstäubchen dasaßen, lächelnd, als wären sie gerade vom Himmel herabgestiegen.

Aber was, wenn auf der Welt eine todbringende Pest um sich greift und jeder Mensch frisches Blut braucht? Noch bevor die ältere der beiden eine Antwort vorschlug, erklärte ich wie ein Experte, der über die Wissenschaft der Gene doziert: Ganz sicher würde ein neuer globaler Krieg ausbrechen, und trotzdem gibt es keinen Anlass zur Angst. Denn sollte ein Krieg um Blut beginnen, wird es, so glaube ich, ein sauberer Krieg sein, in dem die Verwendung herkömmlicher und hoch entwickelter Waffen, ja selbst von Obstmessern untersagt sein wird. Es wird ein Krieg sein wie American Football. Die Soldaten werden leichte Sportkleidung tragen. Im Gegensatz zur Welt von gestern wäre es natürlich absurd, in einem solchen Krieg Blut zu vergießen, da man es ja braucht. Drum gibt es keine Nachsicht und kein Erbarmen mit Soldaten, die irgendeine Waffe benutzen. Aber was ist das für ein Krieg?! Was soll's, scheiß drauf! Die Aufgabe der kämpfenden Truppe wird es sein, möglichst viele gegnerische Soldaten gefangen zu nehmen. Die Soldaten werden miteinander ringen, und jede Seite wird versuchen, die größtmögliche Zahl der Feinde zu Kriegsgefangenen zu machen. Diese werden in hinter den Kampflinien bereitstehenden Lastwagen abtransportiert. Das wäre der letzte Krieg, und er wird enden, wenn dem letzten Menschen das Blut abgezapft ist. Die Lastwagen bringen Käfige voller gefangener Soldaten zu Zapfstellen für die Entnahme von Blut, das danach gleichmäßig an alle Mitbürger verteilt wird.

Aber wir sind etwas vom Thema abgekommen. Macht meine Geplapper Sie schon schwindlig? Nun ja, scheiß drauf. Also, ich zittere am ganzen Leib und sage mir: Der Wolf, mein Gott, der Wolf! Warum bewegt er sich nicht von der Stelle? Warum geht er nicht wenigstens in die Küche und sucht nach etwas Essbarem? Die einzige Bewegung, die er während seiner Erstarrung vor der Badezimmertür vollbracht hat, war das Beschnuppern meiner Unterwäsche. Seither glotzt er mit Mörderaugen. Sicher, es war eine beschissene Idee, den Wald zu verlassen und wieder in der Stadt leben zu wollen. Aber diese verfluchten Blutsaugermücken. Wussten Sie schon, dass es das Mückenweibchen ist, das sich von menschlichem Blut ernährt? Das Männchen schlürft nur Pflanzensaft und Blütennektar. Über fünf Monate hatte ich im Wald verbracht. Tagsüber fing ich Fische im

See in der Nähe, und am Abend übersetzte ich ein brillantes Buch über die Ursprünge der hebräischen Sprache. Ich war vollständig glücklich in meiner Abgeschiedenheit mit den Gaben des Waldes: die Welt und die Menschen vergessend. Ich trank Rotwein, aber nur mäßig. Aber katastrophalerweise wehrten die Salben und Tinkturen, mit denen ich Gesicht und Körper einrieb, die Attacken der Mücken nicht ab. Wie soll man entspannt sein, wenn einem den ganzen Tag ein Mückenschwarm über dem Kopf schwebt wie der Heiligenschein Christi auf alten Gemälden. Bei Nacht durchbrachen die Mückenweibchen Leintücher, dick wie Panzerplatten, und saugten gierig und gefräßig mein Blut. Mein Vermieter, dem ich von den Mücken erzählte, machte sich über mich lustig. Die Mücken würden mich eben innig lieben, sagte er. Schließlich wurde mein Leiden an den Mücken noch durch eine Magenkolik gekrönt. Der Arzt meinte, es handle sich nur um eine Verstimmung aufgrund meiner Ernährung. Ich müsste frisches Gemüse essen. Außerdem wäre es das Beste für mich, sagte er auch noch, wenn ich zurück in die Stadt ginge, unter die Leute. Offensichtlich leidet auch der Magen an der Einsamkeit. Von ihm erfuhr ich auch, dass ich angefangen hätte, seltsam von mir selber zu reden. Kurz gesagt, er deutete mir an, dass ich einen Psychiater brauchte. Nun gut, ich bin meistens ein guter Zuhörer und weiß Ratschläge zu schätzen. Ich beherzigte aber nur die zweite Hälfte der ärztlichen Empfehlung. Ich ging zurück in die Stadt und pflegte Bekanntschaft mit dem Abschaum in den abgelegenen Bars. Ohne Alkohol braucht die Welt einen Stierkämpfer, mit Alkohol ist sie sowieso nur eine Komödie, die ein paar zusätzliche Clowns braucht. Was soll's, scheiß drauf!

Im Bad gab es lediglich ein Handtuch und haufenweise schmutzige Strümpfe und Unterwäsche. Ich war erschöpft, und kalt war mir auch. Ich überzeugte mich ein weiteres Mal, dass mein Gast noch an seinem Platz saß. Dann duschte ich heiß und nahm danach meine Überlegungen wieder auf. Hätte ich Feinde, hätte es nahegelegen, anzunehmen, dass ein solcher mir diesen Wolf in die Wohnung gesetzt hatte. Aber wie schafft man einen Wolf in eine fremde Wohnung ohne die Hilfe eines Zooangestellten und ohne ein Spezialauto für den Transport von Wölfen? Vielleicht handelte es sich ja um einen zahmen Wolf, einen wie ein Hund, oder ich war bloß übergeschnappt und bildete mir das alles nur ein. Kann ein rationaler Mensch glauben, was ich Ihnen da erzähle? Behaupten Sie nicht, Sie glaubten mir das! Aber es war, bei Jehova und allen seinen Zeugen und Engeln ... ein echter Wolf ... vielleicht hatte der Arzt doch recht.

Ich deckte mich mit dem Handtuch zu und sank, auf Strümpfen und Unterwäsche liegend, in einen tiefen Schlaf, aus dem ich mit Kopfschmerzen erwachte, die sich wie ein tobsüchtiger Bulldozer durch meinen Schädel schoben. Es mochte gegen Mittag sein. Der Aberwitz war, dass der Wolf noch immer an derselben Stelle lag. Scheiße. Hatte der denn nie Hunger? Warm saß er da, erstarrt wie die Sphinx. Der Hungergedanke schob sich wie eine Schlange aus Quecksilber in mein Gehirn. Ich stieß einen lauten, verzweifelten Schrei aus. Sollte ich im Bad gefangen bleiben bis zum Tod durch Verhungern? Aber würde da der Wolf nicht auch hungers sterben? Natürlich ertragen Wölfe den Hunger länger als Menschen. Ich hatte wenigstens Wasser, ihm nützte der Wasserhahn in der Küche nichts. Vielleicht würde er ja verdursten und ich verhungern. Aber nein. Auf dem Küchentisch stand ein Topf mit Suppe. Ich wusste ja nicht, ob ihm die Suppe vom Vortag schmecken würde. Aber im Allgemeinen liegt auf dem Tisch auch ein Stück Brot. Wenn er das mag ...

Plötzlich überkam mich ein scheußlicher hysterischer Anfall. Ich trommelte wie wild auf die Tür ein und schrie um Hilfe. Und immer wieder beobachtete ich durch das Schlüsselloch die Reaktion des verfluchten Wolfs. Wo blieben eigentlich die Nachbarn? Hatten sie auch Wolfsbesuch? Nein, also wirklich! Es war doch nicht möglich, dass ich hier im Bad krepieren sollte. Ich überlegte, dass es doch wohl besser wäre, wenn er mich verschlänge, als dass ich auf diese widerliche Weise, ungefressen von ihm, krepierte. Ständig reagierte ich vor dem Spiegel auf meine Befürchtungen. Sollte ich mit ihm ringen? Wäre ich in der Lage, ihm zu entkommen? Vielleicht würde er mich nur verletzen und es dabei belassen. Sogar wenn er mir nur einen Arm abbisse, wäre das besser, als hier im Bad zu verrotten. Ich wusch mir das Gesicht, putzte mir die Zähne und überprüfte über eine Viertelstunde meine Gesichtszüge. Ich trat gegen die Wand, tobte und fluchte. Dann kam mir eine Idee. Ich könnte die Tür einen Spalt öffnen, das Handtuch hinauswerfen und sehen, was geschieht. Aber Vorsicht, du Held! Wenn der Wolf nun einen Satz macht und dir den Rückzug verunmöglicht? Ich unternahm eine weitere Runde Geschrei und Getrommel an die Wände. Ich setzte auch die Shampooflaschen ein, bis sie zerbrachen. Danach sank ich ein weiteres Mal erschöpft auf die Klobrille. Dann formte ich meine Hände zu einer Schale und trank Wasser aus dem Hahn. Schließlich fing ich an zu heulen. Ich sank auf die kalten Fliesen des Badezimmerbodens, zusammengerollt wie jemand mit dem frommen Wunsch, aus dieser Welt verschwinden zu können.

Spät in der zweiten Nacht beschloss ich, der Komödie ein Ende zu machen. Entweder würde er mich oder ich eben ihn fressen. Befeuert durch die Rachegelüste, die sich in meinem Innern regten, spürte ich eine gewaltige Energie. Ich musste diesen dämlichen, feigen Wolf zerfetzen. Ich wollte ihn zerstückeln und sein Fleisch, ja, auch seinen Kopf rösten. Was soll's, scheiß drauf. Vorsichtig öffnete ich die Badezimmertür. Der Wolf erhob sich. Ich schnellte los und sprang ihm mit aller Kraft entgegen. Das Letzte, woran ich mich erinnere, ist der Sprung des Wolfs auf mich zu.

Es war dunkel, kalt und schaurig. Eine kompakte Dunkelheit. Das Einzige, was mir in dieser Finsternis weiterhalf, war die Erinnerung daran, was in den vergangenen Augenblicken geschehen war, obwohl das Entsetzen über das Verschwinden meiner körperlichen Existenz meine Versuche lähmte, geduldig zu sein und Gottes Gnade in dieser Finsternis abzuwarten. Damals glaubte ich noch zu wissen, dass im Augenblick des Todes kein Erinnerungsfädchen und kein Fünkchen Verständnis für das gelebte Leben mehr vorhanden ist. Bei mir war es völlig anders, obwohl der Tod als absolutes Nichts nur eine Hypothese war, nichts anderes. Ich wollte um Hilfe schreien, wusste aber nicht mehr, wo mein Mund war, ja nicht einmal mehr, wie ich einen Schrei ausstoßen konnte, welches Werkzeug ich dazu benutzen, welche Bewegung ich dafür machen müsste. Wie konnte ich herausfinden, wo mein Fuß war? Wie konnte ich wissen, wo mein Haar war, um es zu berühren? War ich wirklich tot? Das Problem mit der Finsternis ist nicht, ob man noch über die Fähigkeit verfügt, eine bestimmte Bewegung oder Handlung zu vollziehen. Die eigentliche Katastrophe ist, dass das Instrumentarium im Meer der Finsternis verschwunden und verloren ist. Du wärst an sich durchaus imstande zu sehen, aber du verfügst nicht mehr über das Vorgehen oder das Instrumentarium dafür. Doch gleichzeitig hatte ich das Gefühl, noch immer als kleiner Bewusstseinspunkt in dieser Welt existent zu sein. Wie lange das andauerte, weiß ich nicht. Der kleine Punkt dehnte sich aus. Durch die Wärme meiner Haut und durch das Atmen kehrten die Sinne zurück, langsam erst, mit stetiger Regelmäßigkeit, dann immer rascher.

Offenbar hatte ich den Kopf an die Kante der kleinen Kommode geschlagen und das Bewusstsein verloren. Irgendwo floss etwas Blut. Weit und breit war kein Wolf zu sehen. Er war aus der Wohnung verschwunden, als hätte er sich in Rauch aufgelöst. Die Wohnungstür war fest verschlossen, nur die Badezimmertür stand offen. Ich zog ein Hemd an und holte mein Handy aus der Tasche meiner Hose, die neben dem Sitzplatz des verschwundenen Wolfs auf dem Boden lag. Dann machte ich in aller Vorsicht einen Rundgang durch meine Wohnung. Außer mir war niemand da. Ich setzte mich auf den Rand des Sofas und schaltete den Fernseher ein. Man zeigte ein Re-Run der Oscar-Verleihung. Der Schauspieler Brad Pitt hielt Angelina Jolie um die Hüfte gefasst und sprach über seine Chancen, einen Preis zu gewinnen. Ich beschloss, zurück in den Wald zu gehen und mich den Mücken zu stellen, statt sie als, sagen wir, Krokodile zu betrachten. Was soll's, scheiß drauf. Das ist das letzte Glas, das ich mit Ihnen trinke. Sie sind wirklich ein seltsamer Mensch. Vielleicht gleichen Sie mir ein wenig. Sie haben eine fast schon verdächtige Fähigkeit zuzuhören. Ich frage mich, ob Sie ... Na gut. Vielleicht noch ein Glas, bevor ich gehe. Was soll's, scheiß drauf. Ich hatte noch nicht das Vergnügen, Ihren Namen kennenzulernen. Ich bin Salmân.

»Hassan Blasim, angenehm!«

Der Hase in der Grünen Zone

Bevor das Ei auftauchte, las ich immer in einem Buch über die Religion oder das Gesetz und ging dann schlafen. Am aktivsten war ich, wie mein Hase, am frühen Morgen und bei Sonnenuntergang. Salsâl dagegen blieb bis in die späten Nachtstunden wach und stand immer erst gegen Mittag auf. Und noch bevor er sein Bett verließ, öffnete er den Laptop und ging auf Facebook, um sich die neuesten Reaktionen auf die Debatten der vorangegangenen Nacht anzusehen. Dann ging er duschen. Danach kam er in die Küche, stellte das Radio an, machte sich Spiegeleier und Kaffee und hörte dabei Nachrichten. Er trug sein Frühstück in den Garten und setzte sich an den Tisch unterm Sonnenschirm. Dort aß, trank und rauchte er, und betrachtete mich dabei.

»Guten Morgen, Hadschâr, was gibt's Neues von den Blumen?«

»Es ist zu heiß dieses Jahr. Sie werden nur wenig wachsen«, antwortete ich ihm, während ich den Rosenstrauch beschnitt.

Salsâl zündete sich eine weitere Zigarette an und starrte grinsend auf meinen Hasen.

Ich verstand nicht, was ihn an dem Hasen störte. Die alte Umm Dala hatte ihn angeschleppt. Sie habe ihn draußen im Park aufgelesen. Wir beschlossen, ihn zu behalten, bis Umm Dala den Besitzer ausfindig gemacht hätte. Ein Monat verging, und der Hase war immer noch bei uns. Ich hatte inzwischen zwei Monate bei Salsâl in der prächtigen Villa im Norden der Grünen Zone gearbeitet. Es war eine allein stehende Villa, umgeben von hohen Mauern mit einem Tor mit ausgeklügelten elektronischen Schutzvorkehrungen. Wir wussten nicht, wann die Stunde null sein würde. Salsâl war schon routiniert. Mich dagegen nannten sie Entlein, weil das meine erste Aktion war.

Einmal wöchentlich besuchte uns Herr Salmân, um nach uns zu sehen und uns auf dem Laufenden zu halten. Er brachte immer ein paar Flaschen alkoholischer Getränke und etwas Haschisch mit. Und jedes Mal erzählte er uns einen faden politischen Witz und erinnerte uns daran, dass die Aktion wichtig war und geheim bleiben müsse. Dieser Salmân war mit Salsâl verbandelt. Deshalb erfuhr ich nicht viele Geheimnisse. Die beiden nützten meine Schwäche und meine mangelnde Erfahrung aus. Ich schenkte ihnen aber keine große Aufmerksamkeit. Ich war in die Bitternis meines eigenen Lebens versunken und wünschte mir eigentlich, die Welt würde durch einen einzigen, alles entscheidenden Schlag vernichtet werden.

Umm Dala kam zwei Tage pro Woche. Sie brachte uns Zigaretten, kochte und machte sauber. Irgendwann einmal vergriff Salsâl sich an ihr. Während sie Weinblätter füllte, strich er ihr über den Hintern. Da schlug sie ihm mit dem Kochlöffel so heftig auf die Nase, dass sie blutete. Salsâl drehte sich weg und sprach nie mehr mit ihr. Umm Dala war eine tüchtige Frau um die fünfzig. Sie hatte neun Kinder zur Welt gebracht und behauptete, sie hasse die Männer, die nichts anderes wären als selbstsüchtige, verabscheuungswürdige Schwänze. Ihr Mann hatte bei der nationalen Elektrizitätsgesellschaft gearbeitet, bis er eines Tages von einem Lichtmasten fiel und starb. Er war ein Säufer, den sie nur als Schnapsratte bezeichnete.

Ich baute für den Hasen in einer Ecke des Parks einen Stall und sorgte für ihn. Hasen sind sensible Geschöpfe, die man sorgfältig sauber halten und füttern muss. Das hatte ich schon in meinen Sekundarschultagen in einem Schulbuch gelesen. Das Lesen war für mich im zarten Alter von vierzehn Jahren zur Leidenschaft geworden. Anfangs las ich viele übersetzte russische Romane und klassisch-arabische Gedichte. Doch das langweilte mich recht bald. Wir hatten einen Nachbarn, der im Landwirtschaftsministerium arbeitete. Einmal spielte ich mit seinem Sohn Salâm auf der Dachterrasse ihres Hauses. Dort stand unter allerhand Gerümpel eine große Holzkiste. Sie sei, verriet mir Salâm, vollgepackt mit Büchern über landwirtschaftliche Produkte und Bewässerungsverfahren und Lexika über Pflanzen und Insekten. Darunter lagen aber auch zahlreiche Sexzeitschriften mit Bildern von türkischen Schauspielerinnen. Salâm schenkte mir eine Zeitschrift, aber ich nahm mir auch gleich noch ein Buch über die verschiedenen Palmenarten im Land. Danach brauchte ich Salâm nicht mehr. Ich schlich mich von unserem Dach auf ihres, um die Bibliothekskiste zu besuchen. Ich nahm mir ein Buch und eine Zeitschrift und legte zurück, was ich mir zuvor geholt hatte. Bücher über Pflanzen und Tiere wurden meine Leidenschaft. Und bis ich eingezogen wurde, suchte ich in Buchhandlungen nach jeder Neuerscheinung.

Mein Vergnügen an der Lektüre war verwirrend. Jede neue Information brachte mich aus der Fassung. Ich wählte ein bestimmtes Thema und suchte nach dessen Ausgestaltungen und Varianten in den Irrgängen der Bücher. Ich weiß noch, dass ich mich ziemlich lange mit der Frage des Küssens beschäftigte. Ich las und las, und mir wurde immer schwindliger, als hätte ich von einer psychedelischen Frucht gegessen. Experimente hätten gezeigt, dass Schimpansen sich küssten, um Spannungen, Druck oder Furcht abzubauen. Das Schimpansenweibchen, das sei bewiesen, laufe zum Männchen, umarme und küsse es, wenn es spürt, dass ein Fremder in ihr Territorium eingedrungen ist. Nach langer Suche stieß ich dann auf eine andere Art Kuss, einen langen tropischen Kuss: Eine tropische Fischart küsse sich eine halbe Stunde oder länger, ohne Luft zu holen. In den finsteren Zeiten damals, den Jahren des Wirtschaftsboykotts, ernährte ich mich von Büchern. Der Strom war zwanzig Stunden am Tag unterbrochen, besonders nach der Serie amerikanischer Luftangriffe auf die Präsidentenpaläste. Ins Bett gepackt und bei Kerzenlicht entdeckte ich um Mitternacht eine weitere Art des Küssens: Insekten namens Reduvius personatus oder Staubwanzen, die sich nicht gegenseitig küssen, sondern sich über den Mund eines schlafenden Menschen hermachen. Das Insekt marschiert über das Gesicht zum Mundwinkel, richtet sich dort ein und beginnt mit der Küsserei. Küsse, bei denen sie mikroskopisch kleine Gifttröpfchen absondern. Und wenn der Schläfer bei guter Gesundheit ist und normal schläft, wacht er mit einem giftigen Kussmal von der Größe von vier Regentropfen auf.

Ich entzog mich dem Militärdienst. Dieses System der Demütigung konnte ich nicht lange ertragen. Da ich für meine Mutter und meine fünf Geschwister sorgen musste, arbeitete ich bei Nacht in einer Backstube. Mein Lesehunger verschwand. Die Welt wurde für mich ein unverständliches Monster. Nur ein Jahr nach meiner Flucht aus dem Militär stürzte das System, und ich war von der Angst befreit, für meine Fahnenflucht ins Gefängnis gesteckt zu werden. Die neue Regierung schaffte den obligatorischen Wehrdienst ab. Und als die Serien von Gewalttaten und konfessionellem Geköpfe begannen, wollte ich eigentlich nach Europa fliehen. Doch dann schlachteten sie zwei meiner Brüder ab. Die beiden kamen von der Arbeit in einer lokalen Fabrik für Frauenschuhe. Der Fahrer brachte sie bis zu einem imaginären Kontrollpunkt, wo die Allâhu-akbar-Miliz sie übernahm und an einen unbekannten Ort verschleppte. Sie durchlöcherten mit einem Elektrobohrer vielfach ihre Körper und schnitten ihnen dann den Kopf ab. Wir fanden ihre Leichen auf einer Müllkippe am Stadtrand.

Das gab mir den Rest. Ich verließ unser Zuhause. Ich ertrug das Entsetzen nicht mehr, das auf die Gesichter meiner anderen Geschwister und meiner Mutter aufgeprägt war. Ich war völlig ohne Weg und Ziel. Ich wusste nicht, was ich von diesem Leben noch hätte wollen können. Ich mietete mich in einem schmuddeligen Hotel ein, bis mein Cousin mich besuchen kam und mir anbot, in unserer Religionsgruppe mitzuarbeiten – mit dem Ziel, mich zu rächen.

Die heißen Sommertage waren lang und langweilig. Zugegeben, es war eine gemütliche Villa mit Swimmingpool und Sauna. Mir kam sie aber wie ein Palast in einer Fata Morgana vor. Salsâl nahm sich ein Zimmer im zweiten Stock. Ich für meinen Teil begnügte mich mit einer Decke und einem Kopfkissen auf dem Sofa im weitläufigen Salon mit der Bibliothek. Ich wollte meine Augen auf den Garten und das Tor der Villa offen halten. Man konnte nie wissen! Die Bibliothek war erstaunlich. Es gab unzählige Bücher über die Religion und das lokale und das internationale Recht. Auf den Tablaren standen in verschiedenerlei Gestalt und Haltung Tiere aus Ebenholz, die aussahen wie afrikanische Totems. Diese Totemtiere trennten die Bücher über die Religion von denen über das Gesetz. Sobald es dunkel wurde, aß ich etwas und versank dann im Sofa. Dort blätterte ich im Album meiner Lebensjahre. Dann holte ich mir irgendein Buch und las darin, ohne mich konzentrieren zu können. Die Welt in meinem Gehirn glich einer Spinnwebe, aus der ein gedämpftes Summen zu hören ist. Das Summen eines erlöschenden Lebens. Gedämpfte Atemzüge. Zarte, hässliche Flügel beim letzten Schlag.

Drei Tage vor Herrn Salmâns letztem Besuch fand ich das Ei. Ich war wie üblich früh aufgewacht. Ich nahm etwas frisches Wasser und etwas zum Fressen und ging, um nach meinem Freund, dem Hasen, zu sehen. Ich öffnete ihm die Klappe seines Stalls, und er hoppelte unternehmungslustig hinaus in den Garten. Im Stall lag ein Ei. Ich nahm es, betrachtete es und versuchte, den Widersinn dahinter zu verstehen. Es war kleiner als ein Hühnerei. Ich bekam es mit der Angst zu tun und ging zu Salsâls Zimmer, weckte ihn und erzählte ihm den Vorfall. Salsâl nahm das Ei, betrachtete es und brach dann in höhnisches Gelächter aus.

»Hadschâr, ich warne dich! Verarsch mich nicht«, sagte er und zeigte mit dem Finger auf meine Augen.

»Was soll das heißen?«, fragte ich mit Nachdruck. »Ich habe doch das Ei nicht gelegt.«

Salsâl rieb sich die Augen, und plötzlich sprang er wie von der Tarantel gestochen aus dem Bett und stieß dabei Flüche gegen mich aus. Gemeinsam liefen wir zum Tor und überzeugten uns vom Funktionieren des elektronischen Sicherheitssystems. Wir überprüften die Mauern und inspizierten den Garten und alle Zimmer. Es gab nicht die geringste Spur von etwas Außergewöhnlichem. Ein Ei in einem Hasenstall. Uns fiel nichts anderes ein, als dass sich jemand einen Scherz mit uns erlaubt hatte. Er war in die Villa geschlichen und hatte das Ei neben den Hasen gelegt.

»Vielleicht ein blöder Scherz dieser Oberfotze Umm Dala. Verflucht sollt ihr sein, du und dein Hase«, sagte Salsâl. Dann schwieg er.

Wir wussten beide, dass Umm Dala krank und eine ganze Woche lang nicht gekommen war. Unsere Verunsicherung war umso größer, als wir über keinerlei Waffen verfügten. Sie waren uns nicht gestattet. Erst an dem Tag, an dem wir unsere Mordaufgabe erfüllten, durften wir Waffen tragen. Man befürchtete eine Razzia. Die Grüne Zone war eine Regierungszone, in der fast nur Staatsbedienstete wohnten. Wir durften in der Villa leben, angeblich zum Schutz eines Parlamentariers. Salsâl wurde völlig hysterisch. Er befahl mir, den Hasen zu schlachten. Wir müssten ihn loswerden. Ich weigerte mich und erklärte ihm, es gebe keinen Zusammenhang zwischen dem Hasen und dem Vorfall.

»Aber hat etwa nicht dein Hase dieses Ei gelegt?«, fragte er wütend und stapfte hinauf in sein Zimmer.

Ich machte Kaffee, setzte mich in den Garten und beobachtete den Hasen, der seinen eigenen Kot fraß. Angeblich versorgen sich Hasen aus ihren Exkrementen mit Vitamin B, das Kleinstlebewesen in ihrem Gedärm produzieren. Nach kurzer Zeit kam Salsâl mit seinem Laptop zurück. Er murmelte etwas und schimpfte hin und wieder auf Herrn Salmân. Dann sagte er, den Blick auf die Facebookseite gerichtet, wir müssten ab jetzt dauernd wach bleiben und ich hätte ab sofort die Nacht in seinem Zimmer im zweiten Stock zu verbringen, von wo aus man gut das Tor und die Mauern der Villa beobachten könne.

Wir löschten alle Lichter, setzen uns in Salsâls Zimmer und unternahmen abwechselnd Inspektionsgänge durch das Haus. Zwei Nächte vergingen, ohne dass etwas Verdächtiges geschah. Die Villa blieb ruhig, lautlos und still. Während ich mich in Salsâls Zimmer aufhielt, stellte ich fest, dass er unter dem Pseudonym »Krieg und Frieden« auf Facebook war und als Profil eine Kohlezeichnung von Tolstoi verwendete. Er besaß über tausend Freunde, die meisten Schriftsteller, Journalisten und Intellektuelle. Er diskutierte ihre Ideen und präsentierte sich als intelligenter Bewunderer anderer. Zurückhaltend und umsichtig äußerte er seine Ansichten und Analysen über das Phänomen der Gewalt im Land. Einmal äußerte er sich im Gespräch über den Charakter des Vizekulturministers und betonte dabei dessen Bildung, Menschlichkeit und außerordentliche Intelligenz. Doch mich interessierte kein Gespräch über den Vizeminister, und ich mahnte Salsâl, wer unsere Art Arbeit tue, sollte besser nicht mit so vielen Menschen im Netz Kontakt haben. Da warf er mir seinen spöttischen, routinierten Blick zu und sagte nur:

»Kümmere er sich erst mal um seinen Eier legenden Hasen, verehrter Herr Hadschâr.«

Als uns schließlich Herr Salmân besuchte, fuhr ihn Salsâl wütend an und erzählte ihm die Geschichte mit dem Hasenei. Doch Herr Salmân spöttelte nur über unsere Geschichte und zerstreute unseren Argwohn gegenüber Umm Dala. Die Frau sei verlässlich, sie arbeite schon ziemlich lange mit ihnen zusammen. Doch Salsâl nannte ihn einen Verräter. Die beiden begannen zu streiten, während ich dasaß und sie beobachtete. Der Streit zeigte mir, dass es in der Welt der konfessionellen und politischen Liquidationen Verrat in zahlreichen Versionen um gewisser Vorteile willen gab. Viele Male lieferten die herrschenden Parteien gedungene Killer gegenseitig ans Messer, und zwar für ein politisches Geschäft um Positionen, oder um eine größere Korruptionsaffäre zu verschleiern. Herr Salmân stritt jeglichen Vorwurf ab. Wir sollten uns ruhig verhalten. In zwei Tagen werde die Liquidierung »des Zielobjekts« stattfinden. Wir setzten uns in die Küche, und Salmân erläuterte uns die Einzelheiten des Plans. Er holte aus seiner Mappe zwei Pistolen mit Schalldämpfern. Gleich nach der Operation würden wir unseren Lohn erhalten und müssten uns dann sofort an einen anderen Ort, am Rande der Hauptstadt, begeben.

»Ein Hasenei! Mein liebes Entlein! Ein richtiger Witzbold!«, flüsterte Herr Salmân mir im Weggehen noch zu.

Am letzten Tag blieb ich mit Salsâl bis tief in die Nacht auf. Ich machte mir Sorgen um den Hasen. Umm Dala würde wohl einen längeren Urlaub bekommen, und der Hase müsste verhungern und verdursten. Salsâl war wie üblich mit Facebook beschäftigt. Ich blieb am Fenster und beobachtete den Garten der Villa. Er diskutiere mit dem Vizekulturminister über konfessionelle Gewalt und ihre Wurzeln, erklärte Salsâl. Dieser Vizekulturminister, so verstand ich, war in den Jahren Saddam'scher Herrschaft ein Romancier gewesen. Drei Romane habe er geschrieben, die alle vom Sufismus handelten. Eines Tages habe er mit seiner bildhübschen Frau an einem Empfang im Haus eines reichen Architekten mit Blick auf den Tigris teilgenommen. Die Frau sei ebenso gebildet gewesen wie ihr Ehemann und habe sich besonders für alte islamische Handschriften interessiert. Auch der Chef der Staatssicherheit, ein Verwandter des Präsidenten, war unter den Gästen. Nach dem Empfang beauftragte er die Zensurabteilung in seinem Amt, die Romane des Vizeministers zu lesen, und nur wenige Tage später warf man ihn unter dem Vorwurf der Hetze gegen Staat und Partei ins Gefängnis. Der Sicherheitschef schlug der Ehefrau des Schriftstellers einen Deal vor: sie für die Freiheit ihres Mannes, und als die Frau ablehnte, ließ der Sicherheitschef die Frau durch einen seiner Mitarbeiter vor den Augen des Ehemanns vergewaltigen. Danach emigrierte sie nach Frankreich, wo sie verschwand. Mitte der Neunzigerjahre ließ man den Romancier wieder frei, der sich auf die Suche nach seiner Frau begab. Doch von ihr fehlte jede Spur. Nach dem Sturz des Diktators kehrte er ins Land zurück und wurde Vizekulturminister. Die Lebensgeschichte dieses Mannes glich dem Plot indischer Filme. Aber ich war dann doch erstaunt über die zahlreichen Einzelheiten, die Salsâl kannte. Offenbar bewunderte er den Charakter und die Bildung dieses Mannes. Aber meine Frage über dessen Religionszugehörigkeit überhörte er, worauf ich versuchte, das Gespräch auf die Identität unseres Zielobjekts zu lenken. Doch Salsâl erwiderte, ein Anfängerentlein wie ich sei nicht berechtigt, das zu erfahren. Meine Aufgabe bestehe einzig darin, das Auto zu lenken. Er, Salsâl, werde das Feuer mit der Schalldämpferwaffe eröffnen.

Am nächsten Morgen warteten wir vor einem Parkhaus mitten in der Hauptstadt. Das Zielobjekt sollte in einem roten Toyota Crown ankommen. Bei der Ankunft dieses Autos sollte Salsâl hinausspringen, ihm folgen und die Liquidierung vornehmen. Daraufhin hatten wir sofort zu unserem neuen Quartier am Rand der Hauptstadt loszufahren. Deshalb hatte ich den Hasen mitgenommen und ihn im Kofferraum des Wagens verstaut.

Als Salsâl auf seinem Handy eine SMS erhielt, wurde er aschfahl. Wir sollten höchstens zehn Minuten auf das Zielobjekt warten müssen. Was los sei, wollte ich wissen, und ob etwas nicht nach Plan ablaufe. Da fluchte er laut und haute sich aufs Bein. Ich bekam es mit der Angst zu tun. Nach kurzem Zögern hielt er mir sein Handy hin und zeigte mir das Bild eines Hasen, der auf einem Ei sitzt. Ein kindisches Bildchen, aufgenommen in einem Fotoladen.

»Weißt du, wer das geschickt hat?«

Ich schüttelte den Kopf.

»Der Vizekulturminister.«

»Waaaaas?«

»Dieser Vize ist das Zielobjekt, Hadschâr.«

Ich sprang aus dem Auto. Salsâls Einfalt und all die Fantastereien über diese dämliche Operation brachten mein Blut in Wallung. Mehr als eine Viertelstunde war vergangen, und von dem Zielobjekt keine Spur. Ich erklärte Salsâl, ich wäre nicht mehr dabei. Da stieg auch er aus und hieß mich, Geduld zu haben und noch ein wenig zu warten. Wir seien beide in Gefahr. Er stieg zurück ins Auto und versuchte, Salmân anzurufen. Ich ging zu einem Laden, ein paar Schritte entfernt, um ein Päckchen Zigaretten zu kaufen. Ich war fuchsteufelswild, und mein Puls ging dementsprechend. In dem Augenblick, als ich den Laden betrat, detonierte die Bombe, und das Auto ging in Flammen auf. Der Hase und Salsâl verkohlten.

Kreuzworträtsel

Zur Erinnerung an meine Freunde:
Den Ingenieur Dawûd – 2003
Den Dichter und Arzt Kûresch – 2006
Den Bildhauer und Fotografen Bâssim – 2007

Er erwacht. Ein morgendliches Durcheinander. Er hört ihn sagen: »Herrgott noch mal! Ich werde hier noch verdursten.« Er sitzt auf dem Bettrand. Spürt eine Benommenheit in allen Gliedern. Gießt sich ein Glas Wasser ein. Lässt seinen Blick erstaunt durch den Raum wandern. Ein Vogel prallt gegen die Fensterscheibe. Eine dickliche Krankenschwester gibt einem Mann, dem ein Arm fehlt, eine Spritze.

»Danke! Kaltes Wasser«, sagte der Polizist in ihm.

Marwân, mein Freund seit eh und je, sagte immer: »Waagrecht: der Mensch; senkrecht: das Meer. Der höchste Berg der Welt, drei Buchstaben.«

Eine unvertraute Wirklichkeit.

Sie brachten sein Bild, er lächelnd, auf der Titelseite der Zeitschrift.

Das Bild war zwei Jahre zuvor anlässlich der Verleihung des Preises für den besten Kreuzworträtselentwurf an ihn aufgenommen worden, ein Preis, den ein Milliardär, Parlamentarier und »Heimkehrer« nach dem Regimewechsel, gestiftet hatte. Seine große Leidenschaft für Kreuzworträtsel, die er während seines langen Exils entwickelt hatte, stehe hinter seiner Finanzierung des Preises, immerhin zehntausend Dollar. Ein Preis, der bei einigen Journalisten und Schriftstellern viel Neid weckte und zu vielen langen, kritischen

Äußerungen Anlass gab. Aber Marwân verdiente diesen Preis. Ich glaube, man hätte ihn durchaus einen Kreuzworträtselpoeten nennen können.

Ich fand in seinen frühen Kreuzworträtseln Ausdrücke wie: Halbmond, halb mythisches Tier, senkrechter Tunnel, Giftgras, Halbwahrheit ... Früher einmal, als unsere Augen noch Vergrößerungsgläser waren, da war der Mond ein Riese, der Hausdächer erklomm und den wir mit einem Stein zerschlagen wollten. Damals waren wir ein Herz und eine Seele. Eines Herbstabends machten wir im Mülleimer ein Feuer und schworen uns ewige Freundschaft. Wir spielten viel und erfanden allerhand Geheimnisse. Wir bauten unsere eigene Welt aus den Seltsamkeiten der Welt. Wir betrachteten die Kriege der Erwachsenen auf dem Fernsehbildschirm und sahen, wie ihre Fronten unsere Väter verzehrten. Die Mütter buken Brot in den Lehmöfen und saßen bei Sonnenuntergang da, Angst im Gesicht und Tränen in den Augen. Wir waren Buben, die in den Läden Süßigkeiten stibitzten, die auf Bäume kletterten und sich Arme und Beine brachen. Leben und Tod, das war ein Spiel: Laufen, Klettern, Springen, Spicken, geheime, schmutzige Wörter, Schlaf und Albträume.

Ich erinnere mich noch gut an euch beide. Ich kam mir immer vor wie ein unnützes Rad am Wagen, als wir in die Oberschule kamen. Ich habe euch immer beneidet. Gemeinsam verfolgten wir die Särge. Wir passten sie, am Straßenrand stehend, ab. Der Krieg war im vierten Jahr. Die Särge waren in Fahnen gewickelt und fest auf den Autos verzurrt, die von der Front kamen. Wir wollten auch erwachsen sein. Die Erwachsenen standen beim Vorbeifahren eines Sargs gefasst und traurig mit erhobenen Händen da. Wir grüßten die Toten genau wie sie. Aber wenn das Totenfahrzeug in unser Viertel einbog, rannten wir hinterher durch unsere vermatschten Gassen. Der Fahrer fuhr langsam, damit der Sarg nicht herabfiel. Das Auto suchte die Tür eines schlafenden Hauses und hielt davor an. Dann kamen die Frauen heraus, schrien, warfen sich in die Pfützen und verschmierten sich die Haare mit dem

Matsch. Und wir rannten los, um unseren Müttern zu erzählen, vor welcher Tür das Totenauto gehalten hatte. Die Reaktion meiner Mutter war immer die gleiche: »Geh und wasch dir das Gesicht!« oder: »Geh rüber zu Umm Ali und frag sie, ob sie etwas Gewürz hat!« Am Abend ging Mutter dann ins Haus des Gefallenen und schlug sich das Gesicht und weinte zusammen mit den anderen Frauen des Viertels.

Einmal wartete ich mit Marwân wieder auf die Ankunft eines Sarges. Wir saßen da und knackten Sonnenblumenkerne. Nach langem Warten hatten wir schon fast die Hoffnung aufgegeben und waren drauf und dran nach Hause zu gehen. Da tauchte am Horizont doch noch das Totenfahrzeug auf, und wir folgten ihm wie glückliche Hunde und wetteten, wer schneller wäre als das Auto, das schließlich vor Marwâns Haus anhielt. Seine Mutter kam, wie wahnsinnig kreischend, herausgestürzt. Sie zerriss sich das Kleid und ließ sich in eine Matschpfütze fallen. Marwân stand, völlig entgeistert, wie angewurzelt neben mir. Sein älterer Bruder bemerkte ihn und zog ihn ins Haus. Ich rannte heim und warf mich schluchzend meiner Mutter in die Arme. »Mama, Marwâns Vater ist tot.« »Wasch dir das Gesicht«, sagte sie, »und geh in den Laden und ... kauf ein halbes Kilo Zwiebeln.«

Ich habe gehört, was du gestern geschrieben hast: Die erste donnernde Explosion zerriss Marwân das Gesicht. Fensterglas splitterte und Schränke fielen auf ihn. Sein Mund füllte sich mit Blut. Er spuckte Zähne aus und hörte mit zerfetztem Ohr seine Kollegin, die Redakteurin der Seite »Die neue Frau«, schreien. Die einstürzenden Wände hatten ihr die Sicht blockiert. Nun kroch sie über die Trümmer und schrie: »Ich sterbe ...« Plötzlich verstummte sie, für immer. Marwân blutete lange, und erst im Krankenhaus kam er wieder zu Bewusstsein.

Ist ja gut.

Als Kind hatte Marwân immer hübsche und lustige Ideen. Einmal forderte er mich auf, ihm dabei zu helfen, Zeit zu sammeln. Wir gingen in das Tal in der Nähe, legten uns auf den Bauch und starrten über eine Stunde bewegungslos ein Pflanze an. Wir waren stumm wie Statuen aus Stein. Marwân war überzeugt, wenn wir eine Stunde lang irgendetwas in der Natur anschauten, würden wir diese Stunde in unserem Gehirn speichern. Manche verlieren Zeit, wir sammelten sie.

Es war eine doppelte Detonation: Erst ließen sie ein Taxi direkt vor dem Büro der Zeitschrift hochgehen. Ohne die Betonschutzmauern wäre das Gebäude eingestürzt. Das zweite Auto war ein mit Sprengstoff beladener Wassermelonen-Lkw. Die Patrouille, die gleich nach der ersten Detonation ankam, bestand aus drei Mann. Die Mörder warteten, bis sich zahlreiche Menschen versammelt hatten, und zündeten dann ihren zweiten Sprengsatz. Fünfundzwanzig Personen kamen ums Leben. Zwei der Polizisten waren auf der Stelle tot. Der dritte fing Feuer und rannte wie wild umher. Schließlich torkelte er in das Gebäude, wo er zusammenbrach, ein verkohlter Leichnam.

In einem alten Text von dir heißt es:
Eine Pampe aus Blut und Kacke
Ein Monster
Ein besudelter Planet
Eine Gottesschlange
Zeit, vergossen in jene Zeit.

Während unserer Oberschulzeit bumsten wir eine Hure, die uns die Schuhe ihrer Kunden gab. Sie liebte uns wie eine Mutter. Sie kaufte uns viel Schokolade, und wenn wir es mit ihr trieben, lachte sie. Marwân klaute zu Hause Löffel und Messer und schenkte sie ihr. Sie war ganz vernarrt in die kleinen Messer, außerdem war sie süchtig nach Kreuzworträtseln. Wir nannten sie »das Trunkene Schiff«, nach dem Gedicht von Arthur Rimbaud. Als wir vor Abschluss des Schuljahrs einmal einen Schulausflug machten, um das Gebirge kennenzulernen, schlug Marwân vor, das Trunkene Schiff solle uns begleiten, aber der Direktor drohte, ihn aus der Schule zu werfen, sollte er es wagen. Auf einem Felsen, der aussah wie der Kopf eines zornigen Stiers, von dem aus man das Tal überblicken konnte, saßen wir, rauchten und lasen Zeitung, während die anderen die Höhle des Urmenschen erkundeten. Es war nur ein Höhlchen, gerade einmal so groß wie der Bau von irgendwelchen Tieren und voller Spinnweben. Während ich die Zeitung las, rauchte Marwân. Dann tauschten wir die Rollen. Es war eine Regierungszeitung, töricht von der ersten, der Politik, bis zur letzten, den Wundern des Jenseits gewidmeten Seite. Als ob unsere Welt hier realistisch, verlässlich und aus festem Stoff gemacht wäre! Hoch oben auf dem Stierkopf entdeckte Marwân sein Spiel. Er löste das Kreuzworträtsel in der Zeitung in null Komma nichts. Danach holte er aus seiner Mappe ein Heft und einen Stift und begann, ein Kreuzworträtsel zu entwerfen. Sechs Zigaretten später hatte er sein erstes Werk geschaffen – mit lauter Synonymen aus der Natur. Er blickte zu den Baumwipfeln und meinte, ein Kreuzworträtsel zu entwerfen sei viel einfacher, als eines zu lösen.

»Vielleicht ist es mit dieser Welt ebenso«, kommentierte ich, Rauch ausstoßend und mich als träumerischer junger Mann gebend.

»Ach, der Herr Philosoph«, bemerkte er spöttisch. Dann stieß er einen völlig absurden, euphorischen Schrei aus, der im Tal verhallte.

Eines Nachts hat er dir erzählt, dass das Trunkene Schiff eine Verwandte von ihm war. Warum hatte er das all die Jahre vor dir geheim gehalten?

Während unserer Studienzeit waren wir voneinander getrennt. Seine Familie war in einen anderen Teil der Stadt gezogen. Marwân studierte Landwirtschaft und träumte davon, ein gütiges Schicksal werde ihm ein Stück Boden zuführen, auf dem er Granatapfelbäume pflanzen könnte. Ich dagegen ging an die Fakultät für Kommunikationswissenschaften. Wir besuchten einander aber regelmäßig, tauschten Ideen aus, lachten, tranken und rauchten viel miteinander, und berichteten uns das Neueste über das Trunkene Schiff. Wir hatten erfahren, ein Zuhälter habe ihr ein Ohr abgeschnitten, weil sie einem Kunden, der bei der Staatssicherheit arbeitete, einen Ring gestohlen hatte. Aber nur drei Tage später rächte sie sich, indem sie ihm, als er auf dem Bauch lag und schlief, ein langes Messer in den Hintern rammte. Dafür wurde sie zu einer Gefängnisstrafe verurteilt. Marwân heiratete im ersten Studienjahr. Es war eine stürmische Liebe auf den ersten Blick, und die Frucht dieser Liebe zu Salwa waren zwei Töchterchen, die schon vor dem Studienabschluss ihrer Eltern ankamen. Danach saß Salwa zu Hause und kümmerte sich um die beiden Mädchen, während Marwân Arbeit suchte. Aber für einen frischgebackenen Absolventen in Landwirtschaft war es nicht einfach. Ich meinerseits begann, meine satirischen Artikel über die Absurdität der Historie zu veröffentlichen, die ich schon während meiner Studienzeit zu schreiben angefangen hatte. Unmittelbar nach dem Studienabschluss arbeitete ich bei der Zeitschrift *Boutique*, wo wir unserer Empörung Luft machten, indem wir über philosophische und gesellschaftliche Fragen schrieben. Ich rief einen Kollegen bei der populären Zeitschrift *Rätsel* an und erzählte ihm von Marwâns besonderem Talent für die Anfertigung von Kreuzworträtseln und die Abfassung von Horoskopen. Letztere Behauptung erboste Marwân, weil es gelogen war. Aber er hatte gar keine andere Wahl, als die Arbeit bei der Zeitschrift anzunehmen. Er machte sich also daran, Kreuzworträtsel zu entwerfen und in Horoskopbüchern zu schmökern, um sich einzuarbeiten.

Er schickte dir eine SMS zum Thema »Sternzeichen Feuer«: Du bist kompatibel mit allen Sternzeichen. Deine Blutgruppe atmet Enttäuschung und Glück. Du gleichst Soldaten, die den Helm der Gleichgültigkeit aufsetzen. Du steckst deine Zunge einer Frau in den Mund, um dich abzukühlen. Die Wolke, die an der Zimmerdecke brennt, ist der Dampf deiner drängenden Sorgen. Im Laden kaufst du bunte Nadeln und Bilder und steckst sie dir ins Fleisch, wenn dich jemand besucht. Brennholz kommt während der Nacht, eingewickelt in Albträume. Nach dem Aufstehen duschst du dich in Flammen, isst in Flammen, liest die Zeitungen in Flammen, rauchst eine Zigarette in Flammen, und in der Kaffeetasse findest du die Prophezeiung der Flammen. Du lachst in Flammen. Im

Krankenhaus untersuchen sie deine Lunge und finden darin eine kleine Fehlerquelle wie einen Tumor. Du träumst von der traurigen Tat: dem Löschen.

Im Spielzeugladen kaufte ich einen Plüschskorpion und ging Marwân im Krankenhaus besuchen, gemeinsam mit Salwa, seiner Frau. Marwâns Verletzungen seien nicht gefährlich, teilte uns der Arzt mit. Sie hätten ein paar Glassplitter aus seiner Kopfhaut entfernt. Er werde sich bald erholt haben. Salwa war besorgt über die Verwirrung ihres Mannes. Und ich stellte dem Arzt nochmals ein paar Fragen über Marwâns rätselhaften Zustand, die der Arzt mit einer Gegenfrage beantwortete:

»Würden Sie nach einer solch höllischen Terrorattacke noch fröhlich lachen und witzeln?«

»Wer weiß?«, erwiderte ich und starrte auf seine spitze Nase.

Er schenkte mir einen abschätzigen Blick und drehte sich zu Salwa, um mit ihr weiterzueden.

Der Arzt hatte nicht recht. Marwân litt nicht einfach an einem Schock. Der tote Polizist hatte sich in ihm eingenistet und die Kontrolle über ihn übernommen. Er könne klar und deutlich die Stimme dieses Polizisten in seinem Kopf hören, erklärte er.

Aaaah, vielleicht wie meine Stimme! Du rahmst seine spöttischen Worte und hängst sie im Salon auf.

Krieg

Friede

Gottes Arsch

Aus dem Krankenhaus entlassen, zog Marwân sich ganz ins Haus zurück und wollte niemanden sehen. Bis er mich eines Tages anrief und erklärte, er wolle mich besuchen kommen. Wir kauften eine Flasche Whisky und gingen zu mir nach Hause. Dort erzählte er, er würde gern zur Familie des toten Polizisten gehen, um zu erfahren, was er für einer gewesen sei, zögere aber noch.

Sehr bald war er betrunken und fluchte lallend ins Leere.

»Friss Scheiße … Halt's Maul, Zuhälter.«

Dann riss er die Augen auf wie eine Eule und drohte, mit mir zu brechen, wenn ich ihm nicht jedes Wort glaubte. Er gab mir die Adresse, und ich fuhr ihn nach Hause. Salwa erwartete uns am Fenster, bedrückt. Marwân hatte ihr nicht alles, was passiert war, erzählt. Er tapste in seinem Unglück herum, am Rande des Wahnsinns.

Ich klopfte an der Tür, und eine junge Frau im Frühling ihres Lebens kam heraus. Sie war schwarz gekleidet, ihre Augen waren geschwollen. Durch die Tür sah ich ein kleines Mädchen, das mit einem etwa ebenso großen Kaninchen spielte. Ich stellte mich als Journalist vor, der eine Reportage über die Opfer des Anschlags vor dem Büro der Zeitschrift *Rätsel* vorbereite. Ihr Mann sei ums Leben gekommen wegen der Ignoranz, die in diesem schäbigen Land herrsche, und sie wolle mit niemandem darüber reden, sagte sie und schloss die Tür. In einem Laden in der Nähe erkundigte ich mich behutsam über die junge Frau, und der Inhaber erzählte mir von ihrem Mann, dem Polizisten, wie liebenswürdig er gewesen sei, wie innig er seine Familie liebte. Gott hat mir die drei schönsten Frauen auf der Welt geschenkt, habe der Polizist immer gesagt, meine Mutter, meine Tochter und meine Frau. Ich bin dem Leben dankbar, egal wie erbarmungslos es in diesem Land auch zugeht.

In den drei Tagen, die Marwân im Krankenhaus verbrachte, berichtete ihm der Polizist, was sich abgespielt hatte:

Während unserer Patrouille erzählten wir drei uns Witze. Als wir die Detonation hörten, fuhren wir direkt zum Gebäude der Zeitschrift. Meine beiden Kollegen hielten die Leute vom Tatort fern, ich versuchte, das brennende Auto zu löschen, in dem eine Frau und ein kleines Mädchen saßen. Dann erfolgte die zweite Detonation.

Das Feuer erfasste mich, ich rannte los und schrie. Im Foyer des Gebäudes brach ich zusammen. Dann saß ich auf dem Boden, nur wenige Schritte von meinem brennenden Körper entfernt. Ich bestand aus zweien: meinem starren Leichnam und etwas anderem, das vor Kälte zitterte. Ich rannte weiter durch die Gänge des Gebäudes, sah eine Frau, die schreiend auf dem Bauch kroch, aber starb, bevor ich etwas unternehmen konnte. Ich sah Sie unter den Trümmern und kroch in Sie. Da kehrte die Wärme zurück. Und nun rieche ich, was Sie riechen, schmecke, was Sie schmecken, höre, was Sie hören, empfinde und spüre Sie, lebendig und pulsierend, aber ohne etwas zu sehen. Ich bin in völliger Dunkelheit. Können Sie mich hören?

Ja, kann ich, antwortete Marwân.

Also gut. Das hast du aufgeschrieben. Nun sag mir mal, wie du darauf reagiert hast.

Marwân wurde fuchsteufelswild, als ich ihm vorschlug, einen Religionsgelehrten aufzusuchen. Ich war ziemlich erschüttert darüber, was er da äußerte, und sagte deshalb allerhand Torheiten. Ich wäre wohl übergeschnappt. Ich glaubte wohl immer noch, wir wären Kinder, ein Herz und eine Seele. Das war alles nur ein albernes Jungenspiel, du Simpel! Danach sprach er mit mir ruhig wie ein Irrer: Marwân ... verstehst du mich ...? Also gut! Er kann ein Bett mit mir teilen, ein Grab, ein Fenster oder einen Sitz im Bus, aber meinen Körper, das geht nicht. Das ist zu viel, das ist absoluter Wahnsinn. Er verfiel in einen Klageton und brach in Tränen aus, ja er machte mich verantwortlich, als ob ich der Dieb gewesen wäre, als ob nicht er in mein Leben eingebrochen wäre.

Wenn Marwân nur in eine leichte Decke gewickelt schlief, weckte ihn der Polizist in vorgerückter Stunde auf mit den Worten: Mir ist kalt, Herr Marwân, bitte!

Wenn Marwân Whisky trank, nörgelte er: Sie verbrennen meine Seele mit diesem Gift! Hören Sie auf zu trinken.

Oder gar: Warum gehen Sie nicht auf die Toilette, Herr Marwân. Die Gase in ihrem Gedärm sind unerquicklich.

Könnte nicht der Polizist Marwân dazu gedrängt haben, das Rasiermesser zu schlucken?

Marwâns Augen wurden durch sein langes Wachliegen und Trinken immer blutfarbener. Die anderen gewöhnten sich an sein Gebaren. Sie behandelten ihn als Opfer des Anschlags. Ein weiterer Irrer, nichts mehr. Beim geringsten Anlass verlor er die Nerven. Seine Arbeitskollegen ließen ihn aber nicht fallen, und er entwarf weiterhin Kreuzworträtsel. Nur das Horoskopschreiben gab er auf. Als seine Kreuzworträtsel immer schwieriger wurden, verwarnte man ihn. So suchte er Wörter im Lexikon oder schrieb beispielsweise: Waagrecht 7: violetter Skorpion – durchbrochener Uterus (sechs Buchstaben, rückwärts).

Dieses Fleisch ist versalzen. Was ist das für ein widerlicher Gestank? Lauschen Sie nicht dem Koran? Warum beten Sie nicht? Das Wasser aus der Dusche ist heiß. Marwân begann sich zu rächen und quälte mit Genuss den Polizisten. Er aß und trank und tat Dinge, die der Polizist verabscheute. Er trank sogar mehr Whisky, als der Polizist vertrug.

Marwân klagte bei dir darüber, was ihn am meisten quälte: Er hatte sich dem Körper seiner Frau nur ein einziges Mal genähert, und das war auch schon wieder drei Monate her. Er bildete sich ein, ein weiterer Mann sei dabei, wenn er mit ihr schlief. Und dieser Polizist heulte und jaulte wie eine übergeschnappte Katze.

Der Polizist ergab sich nicht leicht seinem Schicksal. Auch er wusste, welche Macht er besaß. Immer wieder faselte er in Marwâns Kopf, bis dieser zu bersten drohte. Das letzte Mal, dass Marwân mir von dem Polizisten erzählte, war während eines Waffenstillstands zwischen den beiden.

Der Polizist verlangte von Marwân, er solle seine Familie besuchen. Er vertraute ihm einige intime Einzelheiten über sein Leben an, damit Marwân als alter Freund auftreten konnte. Mich interessieren diese Einzelheiten nicht. Du schreibst ja: Die Grenzen sind unsere Unwissenheit.

Marwân saß auf dem Sofa. Die Frau des Polizisten servierte ihm Tee, seine Mutter wischte sich mit dem Saum ihres Hidschâbs die Tränen aus den Augen. Marwân setzte sich das Töchterchen des Polizisten auf den Schoß wie das Kind eines verstorbenen, teuren Freundes.

Diese Szene wiederholte sich bei allen seinen Besuchen. Er begann, entsprechend den Anweisungen des Polizisten, der Familie Geschenke mitzubringen. Ja, einmal ging Marwân in Begleitung der Angehörigen sogar das Grab des Polizisten besuchen.

Der Polizist zog sich in Stillschweigen zurück, als er seine Frau und seine Mutter an seinem Grab weinen hörte. Und er verharrte in diesem Schweigen für mehrere Tage. Marwân atmete erleichtert auf, in der Annahme, der Polizist sei verschwunden.

Er gab dir einen Nasenstüber, während du am Steuer saßt. Ich kenne, lassen wir das, Einzelheiten. Alles bei dieser Geschichte ist langweilig, ja widerlich.

Eines Tages besuchte ich ihn in der Redaktion. Er schlürfte Arrak aus einer Flasche, die er in seiner Schreibtischschublade versteckt hielt, und rauchte gierig. Ich begann, von den Problemen unserer Arbeit und der Lage im Land zu reden, in der Hoffnung, seine Anspannung zu beseitigen. Während ich sprach, hörte er auf zu schreiben.

Plötzlich stand er auf und schlug vor, wir sollten das Trunkene Schiff im Gefängnis besuchen. Ich wusste nicht einmal, ob sie noch lebte. Ich rief von seinem Büro bei der Verwaltung des Frauengefängnisses an und erkundigte mich nach ihr. Man informierte mich, sie liege im städtischen Zentralkrankenhaus.

Unterwegs dorthin war mir höchst unwohl. Marwân rauchte fast ununterbrochen und konnte seine Füße nicht stillhalten. Er bat mich inständig, mich um seine Familie zu kümmern. Er sprach sehr emotional.

»Was soll das Gerede, Marwân?«, fragte ich. »Willst du etwa sterben? So weit käme es noch! Du bist wie eine Katze, mit sieben Leben.«

Er stupste mich an die Nase. Dann zündete er an seiner Zigarette eine für mich an und steckte sie mir in den Mund. Ich hatte große Lust, anzuhalten und ihn zu versohlen.

Das Trunkene Schiff lag auf der Intensivstation. Nur noch Haut und Knochen. Zwei Wochen liege sie schon im Koma. Wir setzten uns auf den Bettrand neben sie. Marwân holte aus seiner Hosentasche ein Messerchen in Form eines Fisches und legte es neben ihr Kopfkissen.

Er ergriff ihre Hand, während ihm die Tränen über die Wangen liefen.

Endlich seid ihr mich besuchen gekommen.

Wir haben allerhand zu essen gekauft, außerdem zwei Flaschen Arrak und zwanzig Dosen Bier. Dann sind wir zu deinem Hof gefahren.

Ich habe mich so über euer Kommen gefreut. Wie die Zeit vergangen ist, Jungs! Wir feierten ausgelassen unsere Erinnerungen an die Oberschulzeit. Wir stellten einen Tisch unter den Zitronenbaum für einen fröhlichen Abend. Marwân schien heiter und locker, als gäbe es weit und breit kein Problem. Er lachte, scherzte und sprach voller Genuss dem Alkohol zu. Unsere Erinnerungen führten uns auch zu einem Mitschüler zurück, der damals »das Genie« hieß. Ein skurriler Junge. Er lernte die Schulbücher in den ersten Monaten des Schuljahrs auswendig, und die Lehrer waren überzeugt, er sei ein Genie. Der Schock kam für sie, als das Genie bei der Abschlussprüfung so schlechte Noten erhielt, dass er nur am Erdölinstitut angenommen wurde. Während des ersten Studienjahres schlich er sich eines Nachts hinein, legte Feuer im Hörsaal und erschoss sich dann. Schon ein bisschen eine dumme Sache.

Du hast uns ausführlich von den Tagen völliger Zurückgezogenheit auf deinem Hof erzählt, wo du ein Buch über das Köpfen in Mesopotamien verfassen wolltest.

Schließlich erschlaffte die Unterhaltung, und wir bekamen Schwierigkeiten bei der Artikulation. Völlig betrunken verfiel Marwân zurück in sein Schweigen. Wir gingen ins Haus, und ich bat dich, mir etwas von Fernando Pessoa, deinem Lieblingsdichter, vorzutragen.

Ich bin nichts.

Ich werde nie etwas sein.

Ich kann nicht einmal etwas sein wollen.

Abgesehen davon trage ich in mir alle Träume der Welt.

…

Was weiß ich von dem, was ich sein werde, ich, der ich nicht weiß, was ich bin?

Es war eine wundervolle Sommernacht. Ich lag auf dem Rücken im Gras und stellte mir Gott vor als einen Klumpen aus Schatten. Plötzlich Marwâns Schrei aus dem Badezimmer. Wir konnten nichts mehr für ihn tun. Er starb in einer Lache erbrochenen Blutes.

Eine Woche später hast du mich angerufen, und gemeinsam sind wir in meinem Auto zu einer Kunstausstellung gefahren. Wir nahmen die Autobahn, und da machte ich den Fehler, einen mit Felsbrocken beladenen Lastwagen zu überholen.

»Hör auf! Weiß Gott, das reicht.«

»Was ist los? Müde?«

»Ich will einfach ein bisschen schlafen.«

»Na gut!«

»Ich hoffe, wenn ich aufwache, muss ich dich nicht mehr hören, und du bist völlig aus meinem Leben verschwunden.«

»Das hoffe ich wirklich auch!«

Lieber Beto

ch bin ihn losgeworden. Seit Tagen streife ich durch den Wald. Nachdem ich drei Nächte nicht geschlafen habe, fühle ich mich etwas zerschlagen. Ich rieche einen Wolf, der näher kommt. Bitte, Beto, geh zu meiner Tante, nimm meine Habseligkeiten und bewahre alle meine Erinnerungen auf.

Um Schönheit zu verstehen, braucht man inneren Frieden, und eine Annäherung an die Wahrheit ist ohne Angst nicht möglich. Erinnerst du dich an Herrn Asma, den Lehrer, der uns das Riechen beigebracht hat? Er hat uns ganz schwindlig gemacht mit seiner philosophischen Spintisiererei. Er nannte sich »treuer Gefährte des Wissens«. Er war so stolz und hielt große Stücke auf dich, dass ich sogar glaubte, dahinter gebe es noch eine andere Art Leidenschaft. Diese Lerntage damals haben sich mir tief eingeprägt, bevor uns die Straßen des Elends aufnahmen und unsere Träume zerstoben. Erinnerst du dich noch an den Schüler aus der vierten Klasse, der an einem Wochenende eine Katze mitbrachte? Das war ein Spektakel. Alle schnüffelten an ihrem Hintern herum. Es gab ein Riesengetümmel. Wirklich romantische Tage damals. Unser Freund Sancho hätte, wäre er dabei gewesen, in seinem abschätzigen Tonfall gesagt: Die ganze Welt schwimmt in einem Meer von Scheiße. Er soll Schriftsteller geworden sein. Drei dicke Bücher über den weisen Umgang mit Menschen soll er verfasst haben.

Auch du, mein lieber Beto, hast herumphilosophiert. Ich habe damals geglaubt, du würdest dich auch einmal der Welt des Schreibens zugesellen. Aber du warst nicht fleißig genug und hast immer wieder behauptet, die Sprache sei trügerisch. Ich erinnere mich noch genau an jedes Wort von dir, wenn wir auf der Suche nach einem sicheren Platz durch die Seitengässchen schlichen. Besonders ein schöner Morgen am Fluss ist mir unvergesslich. Die Sonne stand am Himmel wie ein gigantischer Granatapfel. Wir traten zu einer Frau etwa Ende vierzig, die weinte und alles um sie herum verfluchte. Sie schaute uns durch ihre Tränen hindurch an und erzählte ihre Sorgen. Sie sei unfähig zu lieben und ebenso unfähig zu hassen, sagte sie. Danach liefen wir unter die Brücke. Du lecktest mir den Nacken. Dann stießt du einen Seufzer aus und die Worte kamen ruhig und furchterregend aus dir hervor. »Wenn du plötzlich alles verlierst und zerbrichst wie ein Knochen, öffnet sich in deiner Seele für einen kurzen Augenblick eine Tür und schließt sich sofort wieder. Eine Tür, die einen Blick auf das verborgene Selbst erhaschen lässt, das Selbst jenseits des Schmerzes. Aber nicht alle Menschen sind brutal genug, die Geheimnisse einer solchen magischen Tür zu begreifen. Die Menschen zerbrechen rasch, wie brüchige Knochen. Sie fallen in den Abgrund des Schmerzes und erblinden.« Vielleicht sind wir auch so. Ich weiß es nicht, Beto. Ich bin außerstande, meine Gedanken zu ordnen. Du bist sehr weit weg. Und die Welt rotiert. Was ist aus uns geworden? Sag es mir, Beto. Ich bin schrecklich einsam und wünsche, ich könnte verschwinden.

Wir sprangen gemeinsam in den See. Er war wie üblich betrunken. Ich tauchte unter ihm hindurch, packte ihn an der Hose und zog ihn unter Wasser, bis er nicht mehr atmete.

Marko hatte mich auf einen Ausflug mit Künstlerfreunden mitgenommen. Es ging in die Vororte einer hübschen Stadt mitten in Finnland. Lange glaubte ich nicht, dass er uns je wieder aus unserer brutalen Einsamkeit befreien würde. Anderthalb Jahre hatte ich im Gefängnis seines deprimierenden Lebens verbracht. Mit seiner Einsamkeit hatte er meine Seele zerfetzt und mit seinem grobschlächtigen Gebaren alte Wunden aufgerissen. Er schändete meinen Körper und zerstörte meine brüchige Zuversicht, mit der ich mich im Land des Schnees schützen zu können gewähnt hatte.

Irgendwo im Wald gab es ein großes, einsames Haus, ohne Strom, ohne Internet, ohne Gasherd. Zum Kochen heizten die Freunde mit selbst gehacktem Holz einen alten Ofen. Nachts machten sie Feuer, tranken, sangen und plauderten. In der Nähe gab es einen See, in dem man fischen konnte. Ein wirkliches Leben für sie: Gedichte schreiben, zeichnen, Theaterstücke und Filmszenarien konzipieren. Ja, der Ort glich einem kleinen Paradies, oder in den Worten meines Herrn: ein idealer Ort zum Sterben. Wenn wir uns in seine Gedankenwelt versetzen, so stellte er sich ein Grab mitten im Wald vor, dort, wo die Stimme des Waldes den Pflanzen wundervolle Antworten entlockt. Wirklich! Die Stimmen von Insekten, Vögeln und Zweigen, mit denen der Wind spielt, das Knacken von brennendem Holz in der Feuerstelle, all das vermischte sich zu dieser gewaltigen Symphonie, in der wir die Stimme des vergessenen Wesens hören, ja die Stimme Gottes vernehmen, direkt und ohne Prophetenvermittlung. Gott ist im Wald. Gott ist der Wald. Also müssen Gräber auch im Wald sein, damit die Bäume ihr Leben aus unserem sich auflösenden Körper nähren können. Ich bin eigentlich noch immer eine Romantikerin, mein lieber Beto, aber jetzt bin ich in die Schlinge des Hasses gefallen.

Wir waren zu fünft, ich und vier von ihnen. Sie versuchten, für den folgenden Tag etwas zu planen, das man gemeinschaftlich unternehmen konnte. Fischen zum Beispiel, eine Fahrradtour durch den Wald oder eine Wanderung zum See mit Rückkehr bei Sonnenuntergang. Es gab da einen groß gewachsenen jungen Mann, Miko Lachm, ein Jäger, der seinen eigenen Hund dabeihatte, um Vögel zu jagen. Ich verbrachte einige Zeit mit dem Hund, einem etwas arroganten Tier, wie häufig bei Jagdhunden. Er gehörte zu jenen Geschöpfen, über deren Denken die Fehleinschätzung der eigenen Intelligenz einen Schleier legt. Er war stolz auf seine Muskeln und seine Fähigkeiten, Spuren zu folgen und verwundete Vögel aufzustöbern. Miko, sein Herr, war ein wahrer Experte in jeder Art Jagd. Er fing Fische und Hasen und wusste jede Art Fleisch auf eine Weise zuzubereiten, die alle als »erstaunlich professionell« bezeichneten, obwohl die meisten Freunde Vegetarier waren und gar kein Fleisch, andere nur Fisch aßen. Das heißt, eigentlich jagte Miko für sich allein. Manchmal war er glücklich, weil ich mit ihm Fleisch aß, was ihn erstaunte. Seinem eigenen Hund erlaubte er natürlich nicht, von dem Jagdwild zu fressen. Er versorgte ihn mit Hundenahrung aus der Dose.

Paulina verbrachte die Zeit damit, auf einem orangefarbenen Handtuch in der Sonne zu liegen und in einem Pflanzenkundebuch zu lesen. Timo, ihr Freund, saß neben ihr und tat nichts anderes, als rauchend in die Bäume zu starren und mit den Füßen in der Erde zu wühlen. Dann blickte er in das Loch, als hätte er einen menschlichen Leichnam darin entdeckt. Danach rauchte er einen weiteren Joint und schaute diesmal in den Himmel, um erst wieder zu den Bäumen zurückzukehren, wenn er seine vierte Zigarette ausdrückte. Hier schloss sich der Kreis, und er begann, wie ein Hund, nur viel langsamer, wieder in der Erde zu scharren. Wonach eine weitere Zigarette fällig wurde. All das, ohne dass er je ein einziges Wort mit Pauline wechselte. Diese bewusste Lethargie mit der Gafferei und der Raucherei konnte ohne Weiteres vier Stunden dauern, unterbrochen nur, wenn er aufstand, um sich eine weitere Flasche Bier aus dem Haus zu holen. Marko, mein Herr, zeichnete manchmal, während Miko Lachm mit seinem Hund spielte. Auf den ersten Blick schien ich der Glücklichste von allen. Der Verlauf der Zeit im Wald machte mich richtig froh und ließ mich fast die Qualen vergessen, die ich mit Marko zuvor durchgemacht hatte. Die Zeit hier lief im erstaunlich langsamen Pflanzentempo ab. Vielleicht lachst du ja, Beto, und zeigst dabei deine schrecklichen Zähne, wenn ich dir erzähle, dass ich hier zunächst damit anfing, mein Gehirn zu leeren und seinen Inhalt in der Sonne zum Trocknen auszubreiten. Ich wollte mit mir allein sein, ohne ein von Zweifeln aufgeweichtes Gehirn. Ich versteckte mich, allein mit mir, zwischen den Bäumen des Waldes und stand da wie ein Zwerg mit zerschmettertem Herzen unter den Riesen des Waldes.

Wie kann ich dir den Geschmack des leichten Windes beschreiben, der die Blätter bewegte, sodass sie flatterten wie die Fahnen glücklicher Länder? Und während die anderen in der Sauna saßen und sich entspannten, indem sie ihre Körper schwitzen ließen, saß ich da, allein für lange Zeit, damit das Salz aus meinem Körper wich und sich auflöste. Damit ich zu den Wesen des Waldes sagen konnte: Ich gehöre zu euch in dieser Welt, ich bin imstande, meine Atemzüge neben euch zu pflanzen. Ich tanzte und sprang um die Bäume, ich redete zu der grünen Stille, die mich umgab. Und ich hatte den Eindruck, dass meine Worte sich auflösten wie Rauch, dass mir weder die Bäume noch auch nur die Vögel lauschten. Ein rauer Hauch der Traurigkeit lag in meiner Stimme. Er verletzte die Unschuld dessen, was ich sagen wollte. Meine Stimme war nicht im Einklang mit den Stimmen des Waldes. Vielleicht hatte das lange, unstete Leben in der Stadt meinen klaren Ausdruck getrübt. Meine Stimme erinnerte an die Symphonie der Torheiten, die man in der Stadt spielte, diese gebrochene, steinerne Musik der Lebensmaschine. Diese Stimmen, mit denen man uns von klein auf ohne Schuld beschmutzt hat. Diese Symphonie, die mit dem Quietschen am frühen Morgen beginnt, in Läden, Banken, Universitäten und Krankenhäusern, im Parlament, in Bars und in Restaurants. Die Stimmen menschlicher Schändlichkeit. Die Stimmen von Menschen, die unfähig sind, einander zu lieben – wie sollten sie verstehen, dass wir sie lieben? Ich spürte, dass mein Gehirn mit Lärm vollgestopft war: Lärm von Bussen und Zügen, von Flugzeugen und Schiffen, von häuslichen Streitereien, Gefluche und Geschimpfe, vom Krachen von Schüssen, von Getöse, Geschrei, Geweine und Gejubel bei Pro-Umwelt-Demos. Geklatsche bei der Verleihung eines Friedenspreises, während irgendwo neue Kriege ausbrechen. Getöse, wenn Autos zusammenstoßen, wenn Autobomben detonieren, Autos von Dieben, Ambulanzen, Banken, beladen mit Bargeld, ein Feuerwehrauto. Die Geräusche von Moscheen und Kirchen. Freitägliche Moscheepredigten, Moralpredigten. Geräusche von Gruppensex, zerbrechendem Glas. Geräusche, die ins rechte Ohr hineingehen und aus dem linken herauskommen. Wären wir gehörlose Wesen, wir und all diese Menschen, wäre die Welt vielleicht weniger schmerzhaft. Es gibt nur zwei Arten Geräusche, die sich für Friedensträume eignen: die Melodien des Waldes und der Musik. Jawohl, Beto, der Wald ist eine Stimme. Eine alte Stimme, die sich erneuert wie ein Fluss, der nie zu fließen aufhört. Sie haben die Flüsse verschmutzt und die Bäume gefällt, sie sind ins All geflogen, um nach immer mehr Geräusch und Energie zu suchen. Sie haben ihre Menschlichkeit beschädigt. Sie haben gekocht, gebacken und getötet wie Schlächter. Sie haben an Irre und Mörder Preise und Tapferkeitsmedaillen verliehen. Sie sind wirklich Helden! Verdienen sie da nicht am Ende des Films den Galgen, wie alle Helden? Die Massen werden weinen, weil sie nicht imstande sind, den Helden vor dem Tod durch den Strick mitten auf dem Platz zu retten. Sie haben ihre Menschlichkeit radikal abgetötet und sitzen nun weinend zu ihren Füßen. Sie schrieben Gedichte über die Würde des Menschen, derweil andere unendlich lange Kriege schrieben. Ihre Gedichte sind durchtränkt von Demütigung und Verlust, und noch immer grinsen sie wie Clowns. Du bist pessimistisch wie immer, wirst du sagen. Ich kenne das. Ich möchte gern den Ton deiner meist komödiantischen Weisheit borgen und sagen können: die Menschheit ist zweigeteilt, die Menschheit besteht aus zwei Stimmen – die Mehrheit redet ununterbrochen, die Minderheit ist wie eine schweigende Pflanzenwelt und verständigt sich durch Zeichen. Jedes Gemälde ist ein Zeichen, Beto, jeder Roman, jede Geschichte, jedes Kunstwerk ist ein Hinweis. Sie sind Künstler, Schöpfer, aber sie sind verdorben bis ins Mark. Weißt du, kaum dachte ich im Wald wieder über den Tod nach, kehrten auch schon die Gedanken an den Selbstmord zurück. Wieder hielt ich mir das Messer vors Gesicht und zwischen mir und meinem Gehirn stand nur der Wald. Geschwätz, Geschwätz, Geschwätz ...! Ich stelle mir vor, wie du, wie immer, deine Schnauze an meine schiebst und flüsterst: Nun springst du wieder von einem Thema zum anderen wie ein Känguru.

Du hast völlig recht, Beto. Ich liebe dich und ich sehne mich nach dir.

Am folgenden Tag beschlossen sie, zum See zu gehen und zu fischen, natürlich unter der Leitung von Miko Lachm. Er war schließlich der Experte, und wir konnten von ihm lernen. Aber Marko, meinem Herrn, passte das Programm seiner Freunde nicht, und er beschloss, zu Hause zu bleiben. Nach einem heftigen Wortwechsel mit Paulina ging er in sein Zimmer. Ich weiß nicht, warum er sie so verabscheute. Vielleicht wollte er ja mit ihr schlafen. Ich beschloss, ihm Gesellschaft zu leisten. Wir fühlten uns zusammen wie Gäste in einem Café, das heißt, nebeneinandersitzend, aber im je eigenen Labyrinth wohnend und mit den je eigenen Sorgen befasst. Niemand drehte sich beim Weggehen nach Marko um. Ich hätte ihnen gern gesagt, dass ich das Gefühl hatte, etwas quäle ihn, und ihnen erklärt, warum er so bedrückt war. Doch dann schluckte ich die Sache, weil Aufdringlichkeit manche Leute noch deprimierter macht. Ich sage dir, dass dieses Land mit all seinem Schnee und seinem Eis, mit seiner Kälte und seiner Stille mir viel näher ist als andere Länder. Von derart abgekapselten Menschen umgeben zu sein scheint ganz meinem Naturell zu entsprechen. Wie gern ich Marko erzählt hätte, dass Finnland für mich wie ein weites Eishemd ist, das mir bestens passt! Ich bräuchte nicht mehr als einen kleinen Funken Licht, eine leichte menschliche Berührung würde genügen, um meine Wunde zu verbinden. Doch Marko brauchte mich nicht, auch sonst nichts und niemanden außer sich selbst. Seit ich hier ankam, hat er mich eigentlich nur gedemütigt. In seiner Begleitung habe ich Albträume einer ganz besonderen Art erlebt. Aber ich hatte keine andere Wahl. Ich stellte mir ein neuerliches elendes Straßenleben vor und sah schon eure Reaktion, deine und die der anderen, wenn ich mich zur Rückkehr entschlösse.

Anderthalb Jahre lebte ich wie ein verwöhnter Sklave bei ihm. Von Anfang an gab er viel Geld für meinen Aufenthalt aus und beschaffte mir einen Pass. Er sorgte mehr als großzügig für meinen Unterhalt und meine Bedürfnisse, nur was die Kommunikation mit mir anging, war er verflucht geizig. Er hat sich überhaupt nicht für mich interessiert. Ich war wie eine von diesen Hunderten von alten Sachen, die das verdreckte Atelier füllten, in dem wir wohnten. Ich habe dir ja schon erzählt, dass er Maler war. Sein Bart reichte ihm fast bis zum Nabel. Sein Kopf war kahl, er trug rote Hosen und ausgelatschte Sportschuhe; außerdem besaß er zwei Hemden, ein schwarzes und ein blaues. Das einzig Wertvolle, das er hatte, war ein italienisches Fahrrad, eine echte Rarität. Er war völlig versessen darauf, alles Mögliche in Gebrauchtwarenläden zusammenzukaufen. Das Atelier glich eher einer Gerümpelkammer, wir konnten uns kaum darin bewegen. Ich verstand seine Boheme-Attitüde nicht, sie schien mir widersprüchlich. Anfangs hatte ich das Gefühl, er habe mich in sein Land mitgenommen, um etwas gegen seine bittere Einsamkeit zu tun. Aber mein Leben mit ihm diente nur als Botschaft, war wie eine Wand, die er zwischen sich und anderen errichtete. Er nahm mich mit in Bars, auf die Straße, in Läden als ein Zeichen dafür, dass er anders war, nur das, vielleicht auch, um die Ängste in seiner Umgebung vor allem Fremden und anderen zu provozieren. Nicht selten saßen wir lange Stunden im Stadtpark und er tat nichts anderes, als die Leute zu beobachten, die uns betrachteten, oder ein paar knappe Worte zu sagen, wenn jemand sich nach meinem Herkunftsland erkundigte. Ich war wie eine Totemmaske, die ein Tourist seinen Kindern mit nach Hause bringt. Wir spielten nicht und amüsierten uns nicht in diesen schönen Parks, und unser Wortwechsel war mehr als kärglich. Mal äußerte er ein paar Worte über den dunklen Winter in Finnland, mal erinnerte er mich an den Unterschied der Sonnenwärme Finnlands und derjenigen meiner Heimatstadt. Seine Schweigsamkeit oder seine Wortkargheit erinnerten mich an meine frühe Kindheit. Damals vermied ich es tagelang, etwas zu sagen. Ich hatte Mühe mit der Artikulation mancher Laute. Und wenn ich sprach, klang es, wie wenn ein Ausländer Spanisch lernt. Dieser Marko war für mich bloß ein Kratzer auf einem seiner rätselhaften Bilder.

So stellte ich ihn mir vor: ein Kratzer auf einem weißen Gemälde. Vielleicht ein grauer Kratzer, wie die Spur einer Katzenkralle oder der Fingernagel eines Mannes, den man mit einem Kissen erstickt hat. Glaub mir, Beto. Solange es Fantasie gibt, solange gibt es auch Verbrechen.

Als ich mir Marko zum ersten Mal als Kratzer auf einem Gemälde vorstellte, wünschte ich mir, ich könnte in seine Gedankengänge eindringen. Eine unablässig befruchtete Fantasie ist imstande, an viele geheime Orte zu gelangen, auch in die Vorstellungswelten und die Gedankengänge anderer. Ist es nicht das, was man uns in der Schule der weisen Schwänze gelehrt hat? Über eine halbe Stunde lief ich im Haus umher, bevor ich in den zweiten Stock hinaufstieg. Dort stieß ich die Tür auf und trat in sein Zimmer. Marko soff seinen Fusel direkt aus der Flasche und ließ sich durch mein Eintreten nicht stören. Also ging ich wieder hinunter, setzte mich auf die Türschwelle und döste ein wenig. Im Traum schrieb ich auf eine Wandtafel. Danach verschmierte ich die Kreide über die schwarze Fläche. Eine schöne Frau kam herein, in der Hand einen Lippenstift. Sie glich der Erdkundelehrerin in unserer ersten Ausbildungsstätte. Sie küsste mich auf die Wange und zeichnete eine dicke rote Linie auf die Tafel. Dann ging sie weinend hinaus. Als ich die Augen aufmachte, hörte ich rasche Schritte auf der Treppe. Sicher Marko. Mir kam dieser Traum vor wie reiner Schmerz. Marko kraulte mich am Nacken und ging ziemlich unsicher zu einem Baumstamm, um zu pinkeln. Vielleicht hatte er ja, während ich träumte, etwas gemalt. Ich schlich mich rasch nochmals in sein Zimmer: Dort stand tatsächlich ein noch nicht ganz getrocknetes Ölbild. Ein Bild ganz in Rot. Darin war so etwas wie Wolfsaugen. Nicht mit dem Pinsel gemalt, sondern mithilfe eines kleinen Messers aus dem Rot herausgekratzt, wodurch der schwarze Hintergrund sichtbar wurde. Das Herausgekratzte waren die Wolfsaugen. Etwas verdreht sahen sie aus, wie von einer wackligen Hand geschaffen.

Vom Fenster seines Zimmers sah ich Marko. Er war auf dem

Weg in die Sauna. Er füllte seine Tasche mit mehreren Flaschen Bier, nahm ein Gewehr und sein italienisches Fahrrad und pfiff. Ich lief zu ihm, und gemeinsam fuhren wir in den Wald. Wir setzten uns unter einen großen Baum und er begann das Gewehr zu reinigen. Ich saß direkt neben ihm und dachte darüber nach, wie sehr wir uns glichen. Beide waren wir Pessimisten und Träumer, und vielleicht verängstigt durch Symbole. Ganz sicher schenkte er jemandem wie mir keine große Aufmerksamkeit. Vielleicht fühlte er sich tief drin auch überlegen. Schließlich bin ich nur ein Herumtreiber, den er in der Gosse jener Sonnenstadt aufgelesen hat. Vielleicht hielt er ja sogar mein Bohemeleben für trivial, für barbarisch, während ihm seines als zivilisiert galt. Vielleicht sehe ich das falsch. Vielleicht hasste er meine Gedankengänge, und vielleicht glaubte er, ich machte mich über sein Schweigen und seine Ängste lustig. Hat ihm mein Leben die Brüchigkeit seines eigenen offenbart? Einmal abends hat er mich in eine Bar mitgenommen. Es schneite und war eiskalt. Auf unserem Nachhauseweg in das Atelier stürzte er, und ich glaubte wirklich zuerst, er sei tot. Er ließ mich aber nicht los, und ich befürchtete schon, wir würden beide auf der Straße erfrieren. Ich versuchte, ihn zum Aufstehen zu bewegen, aber er fluchte nur über mich und über mein früheres Leben und spottete über die Kultur der Sonnenstadt. Mit Mühe befreite ich mich schließlich von ihm und lief zurück in die Bar, um Hilfe zu holen. Ein paar Leute trugen ihn in das Atelier, und ich betrachtete die ganze Nacht über seine Gesichtszüge. Warum hatte er mich in sein Leben gebracht, das doch vermauert war mit all dieser Traurigkeit, dieser Einsamkeit, diesem Argwohn?

Er drehte sich einen Joint und kippte weiteres Bier hinunter. Ich schaute mir die Stelle, wo wir saßen, genauer an. Zahlreiche prachtvolle Bäume standen da. Einer zog meine besondere Aufmerksamkeit auf sich. Ein seltsamer Baum, wie eine Frau in Flammen. Ich sabberte, während ich den Stamm umkreiste. Vielleicht war dieser Baum ja mit jenem verwandt, dessen Geschichte mir unser Freund

Sancho erzählt hatte. Das wäre was! Dass er alle meine Befürchtungen schluckte, wie der Baum auf jener geheimnisvollen Insel im Stillen Ozean.

Diese Insel soll Sindbad angelaufen und in seinen seltsamen Geschichten davon erzählt haben. Dort stehe ein Baum, der sich von Menschen und anderem Getier ernährt. Die Bewohner der Insel glauben, die Geister ihrer Ahnen und ihre Götter schliefen in seinem Laub. Der Baum schlingt seine Zweige um sein Opfer, dann legen sich die Blätter darauf und saugen gierig daran, bis nur noch ein trockenes Skelett ohne einen einzigen Lebenstropfen zurückbleibt. Die Menschen auf der Insel verehren diesen Baum und opfern ihm. Jedes Jahr bringen sie ihm einen Körper dar. Die Wahl des Opfers erfolgt durch Traum. Wer sich im Traum unter dem Baum stehen sieht, muss das den Priestern der Insel melden. Wer das nicht tut, wird sein Leben lang von einem Fluch verfolgt. Deshalb kommen Menschen, die dergleichen geträumt haben, freiwillig und weihen ihre Körper dem Hunger der Ahnen und der Götter.

Marko legte das Gewehr beiseite und pfiff mir. Ich näherte mich vorsichtig. Er legte sich neben mich und begann mich zu streicheln, zunächst sanft. Ich zitterte. Seine Finger schoben sich zwischen meine Beine. Er hatte das schon mehrfach getan, und sobald seine Finger meinen Körper berührten, erwachte bei mir meine Kindheit. Ich war immer auf der Hut und dachte, ich würde ihm den Schwanz abbeißen, wenn er es tat. Aber dann gewann meine Feigheit die Oberhand. Sobald er versuchte, mich zwischen seinen Beinen festzuhalten, entwand ich mich und rannte weg, so schnell ich konnte. Er brüllte hinter mir her und drohte mir. Dann begann er sogar, mit seinem Gewehr in meine Richtung zu schießen. Er war sternhagelvoll und ich hatte Angst. Ich versteckte mich im Gebüsch und hielt den Atem an. Er schimpfte noch immer hinter mir her. Plötzlich verstummte er. Dann machte er kehrt und ging, vor sich hin brummelnd, zurück zu seinem Fahrrad. Um mich herum wurde es ruhig.

Ich lag auf dem Rücken. Aus meinen tiefsten Tiefen löste sich ein

Seufzer und stieg zum Himmel: Das Leben ... das Leben ... das Leben! Erinnerst du dich, Beto, an den Unterschied zwischen Gebell und Sprache? Ihre Sprache hat uns vergiftet. Wir müssen uns mit dem Bellen begnügen, müssen aufhören, ihre Sprache zu verstehen. All diese stupiden Metaphern und Redewendungen. Professor Asma hatte recht, wenn er sagte: Der Mensch kann jedwedes Wort mit dem Wort Leben verbinden, doch diese angeblichen Präzisierungen sind nichts anderes als Zeichen intellektueller Trägheit. Und so lieben sie, singen sie, schreiben sie und sterben sie, und all das als Gefangene ihrer Redewendungen. Seit Urzeiten geht das so. Man wiederholt dieselbe uralte Leier: das Leben ist eine Reise, das Leben ist eine Leiter, eine Mühle, ein Schiff, ein Garten, ein Friedhof; das Leben ist ein Buch, das Leben ist eine Galaxie, das Leben ist ein Käfig, ist Schlaflosigkeit, ein Kreuz, Rauch; das Leben ist ein Fluss, ein Ozean, eine Insel; das Leben ist ein Tal, das Leben ist ein Berg, das Leben ist ein Krankenhaus, ein Bett, ein Siechtum; das Leben ist ein Mutterleib; das Leben ist eine Schallplatte; das Leben ist eine Grube, eine Schlinge; das Leben ist ein Graben; das Leben ist ein Wörterbuch; das Leben ist ein Evangelium; das Leben ist ein Gedicht; das Leben ist eine Komödie, ein Gemälde, Musik; das Leben ist ein Traum; das Leben ist Krätze; das Leben ist eine Schaukel; das Leben ist ein Galgen. Es gibt kein Wort, das nicht mit dem Wort Leben zusammenpassen würde. Das Leben ist Scheiße; das Leben ist Dünnpfiff; das Leben ist ein Baum; das Leben ist ein Albtraum; das Leben ist ein Gefängnis; das Leben ist ein Kino. Kein Wort, egal welcher Form und welcher Bedeutung, das nicht mit dem Wort Leben kombinierbar wäre, und immer entsteht irgendein Gedanke oder es wird auf das Wesen des Lebens hingeführt. Denn das Leben ist eben Müll und Blume gleichzeitig. Wenn es ein einziges Wort gäbe, das man nicht mit Leben verbinden kann, so wäre dieses der Schlüssel zum Geheimnis dieser Menschen. Ein einziges Wort, o Herr der Scheiße! Es gibt kein einziges Wort, das nicht so mechanisch hinzugefügt werden könnte, ohne zu einem ähnlichen Ergebnis zu führen: das Leben ist eine Straße; das Leben ist Gift; das Leben ist eine Wolke; das Leben ist ein Tunnel; das Leben ist ein Abort.

Ich sprang hinter dem Gebüsch hervor, plötzlich durchströmt von wilder, animalischer Energie. Ich folgte seinem Geruch, bellend, während ich ihm wie irre hinterherrannte. Als ich zum See kam, waren die anderen schon gegangen. Marko trieb auf dem Wasser, betrunken, grölend. Mehr als fünf Minuten bellte ich in seine Richtung. Er winkte. Ich hätte ihn nur allzu gern am Nacken gepackt. Ich sprang ins Wasser und begann, ihn zu umschwimmen. Besoffen, wie er war, brüllte er, und das Echo wurde von allen Seiten zurückgeworfen. Ich tauchte unter ihm hindurch, packte ihn an der Hose und zog ihn unter Wasser, bis er nicht mehr atmete.

Diese Menschen, Beto!

Wir sind es, die bellen.

Du und ich und diese Welt. Ich wünschte mir, alles würde verschwinden, außer meinen Erinnerungen. Sie wünschte ich mir tot irgendwo, für immer. Wie der Geruch von Pisse am Baumstamm.

Bitte, Beto

Verzeih mir.

Killer und Kompass

Abu Hadîd putzte den letzten Rest aus der Arrakflasche weg, schob seinen Mund ganz dicht an meinen und erteilte mir mit der Ruhe eines völlig Bekifften seinen Rat:

»Hör zu, Mahdi, ich habe in meinem Leben schon Probleme jeder Art und jeder Form gehabt, und ich weiß, eines Tages wird es mich erwischen. Aber das spielt keine Rolle. Du bist sechzehn. Ich werde dir jetzt beibringen, wie man ein Löwe wird. In dieser Welt muss man mit allen Wassern gewaschen sein. Ob du heute stirbst oder in dreißig Jahren, ist wurscht. Was zählt, ist das Hier und Jetzt, dass du die Angst in den Augen der Menschen siehst. Leute, die Angst haben, fressen dir aus der Hand. Und wenn dir jemand sagt: ›Fürchte Gott‹ oder ›Das ist gegen Gottes Gebot‹, dann tritt ihm in den Arsch. Das ist ein Gott der Hosenscheißer, nicht dein Gott. Du bist dein eigener Gott, hier und heute. Gott gibt es nur, weil es Knechtsnaturen, Schlappschwänze und Hungerleider gibt, die in seinem Namen alles ertragen. Du musst lernen, in dieser Welt dein eigener Gott zu werden. Die Leute müssen dir den Arsch küssen, während du ihnen ins Maul scheißt. Nein, halt heute den Mund! Kein Kommentar! Du kommst jetzt mit mir, brav und stumm wie ein Schaf. Verstanden, Hornochse?«

Er schmiss die Arrakflasche an die Wand und gab mir einen freundschaftlichen, deftigen Nasenstüber.

Wir durchquerten im Dunkeln matschige Gassen. Die ärmlichen Häuser holten Luft, nachdem der Sturm sie arg gebeutelt hatte. Die Leute drinnen schliefen und träumten selig. Alles war nass und durcheinandergewirbelt. Der Wind hatte in der vergangenen Nacht in den labyrinthischen Gassen bös gewütet und eine nasse Kälte in dem Viertel hinterlassen, in dem ich leben und sterben sollte. Oft schon hatte ich mir dieses Viertel als Kind meiner Mutter vorgestellt: es roch wie sie, und es war elend wie sie. Ich kann mich nicht erinnern, meine Mutter je als einen Menschen wahrgenommen zu haben: Ständig jammerte und heulte sie in einer Ecke in der Küche, wie ein Hund, den man anbindet, um ihn quälen zu können. Mein Vater überschüttete sie ständig mit Beschimpfungen, und wenn ihre steinerne Geduld erschöpft war, begann sie laut zu klagen:

»Warum, mein Gott, warum das alles? Nimm mich zu dir und erlöse mich!«

Dann, erst dann stand mein Vater auf, zog die Kordel von seiner Kopfbedeckung und drosch eine halbe Stunde lang auf sie ein und bespuckte sie dabei.

Meine Nase blutete ziemlich kräftig. Ich hielt den Kopf zurückgeneigt und versuchte gleichzeitig, mit Abu Hadîd Schritt zu halten. Aus dem Fenster Madschîds, des Verkehrspolizisten, drang der Geruch von gewürztem Fisch. Er musste sternhagelvoll sein, sich mitten in der Nacht einen Fisch zu braten. Wir bogen in eine enge, gewundene Gasse ein. Abu Hadîd hob einen Stein auf und warf ihn nach zwei Katzen, die auf einem Abfallhaufen balgten. Sie verschwanden durch das Fenster in Abu Rihâbs leer stehendem Haus, vor dem sich der Abfall fast bis auf Dachhöhe türmte. Die Regierung hatte Abu Rihâb hingerichtet und das Haus konfisziert. Angeblich ist seine Familie zurück aufs Land gezogen, wo der Clan wohnt. Abu Rihâb hatte Verbindung zur verbotenen Daawa-Partei. Nach einem Jahr Befragung und Folter in den Kellern der Staatssicherheit wurde er schließlich als Verräter erschossen. Es war unmöglich, Rihâb zu vergessen, seine hinreißende Tochter, die hier einst wohnte. Sie war eine exakte Kopie von Jennifer Lopez im Film *U-Turn*, den ich bei unserem Nachbarn Abbâs gesehen hatte, einem Dichter, der Filme besaß, die auch in hundert Jahren noch nicht im Regierungsfernsehen gezeigt werden können. Die meisten jungen Männer im Viertel hatten es mit Liebesbriefchen bei Rihâb versucht, doch sie war dämlich und zu nichts anderem fähig, als den Hof zu scheuern und ihrem Daawa-Papa vor dem Gebet Wasser über die Finger zu leeren. Vor Umm Hanâns Haus blieb Abu Hadîd, mein riesengroßer Bruder, stehen. Umm Hanân war die Witwe des gefallenen Allâwi Schukr, die man wegen ihrer lockeren Moralvorstellungen im Viertel spaßeshalber auch Hanân alêna, Gunstmutter, nannte. Wir gingen hinein und setzten uns auf eine Holzbank, die Rückenschmerzen verursachte. Umm Hanân forderte eine ihrer Töchter auf, mir das Gesicht zu waschen und mich zu versorgen. Das Mädchen stopfte mir Wattebäusche in die Nase. Umm Hanân hatte drei gut aussehende Töchter, die sich glichen wie Krankenschwestern im gleichen Arbeitshabit. Mein Bruder vögelte zuerst die Mutter, dann machte er sich zweimal über die jüngste Tochter her. Danach forderte er Umm Hanân auf, es mir zu besorgen. Ich war überrascht, dass er das nicht von dem Mädchen verlangte, das etwa so alt war wie ich. Schließlich bediente sich Abu Hadîd bei Umm Hanân noch mit etwas Bargeld und nahm sich drei Schachteln Zigaretten. Eine davon gab er mir. Wir gingen und setzten unseren Marsch durch die verdreckten Gassen fort. Plötzlich ging Abu Hadîd langsamer, dann drehte er sich um und blieb vor dem Haus von Abu Muhammad, dem Automechaniker, stehen. Er trat mit dem Fuß gegen die Tür, und Abu Muhammad kam heraus in einer weißen Dischdâscha, die seinen Schmerbauch deutlich erkennen ließ. Er glotzte ungläubig, als Abu Hadîd ihn grüßte. Wir, die Buben im Viertel, nannten ihn immer »Maus nach Melonenverzehr«, und er gab uns, mir und meinen Freunden, immer mal wieder etwas Haschisch, wenn wir bei einem Auto im Viertel den Reifen durchstachen und so sein Geschäft florieren ließen. Wir feilschten sogar mit ihm, wie viele Kügelchen es pro Loch und Reifen gab. Mein Bruder hieß mich mein blutverschmiertes Hemd ausziehen und befahl dem Automechaniker, mir ein sauberes zu bringen. Die Melonenmaus fügte sich gehorsam und kam umgehend mit einem blauen, frisch nach Seife duftenden Hemd zurück, dem Hemd seines Sohnes, der an der Medizinfakultät studierte. Es kam mir seltsam vor, dass es genau passte. Mein Bruder beugte sich vor und flüsterte dem Automechaniker etwas ins Ohr, was dessen Gesicht noch dunkler werden ließ.

Wir überquerten die Hauptstraße und gingen in ein anderes Viertel. Ich dachte den ganzen Weg darüber nach, was mein Bruder dem Automechaniker ins Ohr geflüstert haben könnte. Abu Hadîd begann fürchterlich zu husten, seine Lunge ächzte wie der alte Traktor meines Onkels. Während all dieser Zeit sprach er kein einziges Wort. Er zündete zwei Zigaretten zugleich an und gab mir eine davon. Inzwischen war es nach Mitternacht. Ich kannte überhaupt niemanden in diesem Viertel, außer einem unsympathischen Jungen, der in dieselbe Schule ging und der mich einmal schlug, ohne dass ich es ihm heimzahlen konnte. Als er aber erfuhr, dass Abu Hadîd mein Bruder ist, kam sein Vater in die Schule und bat mich, seinen Sohn so richtig durchzuprügeln. Die Angst vor der Brutalität meines Bruders lähmte das Denken der Leute. Er war in der ganzen Stadt als Brutalo bekannt. Jahrelang trieb er die Polizei und den Staatssicherheitsdienst zur Verzweiflung, bis man ihn schließlich in aller Öffentlichkeit hinrichtete, beweint sogar von seinen Feinden. Er hatte oft auch Menschen gegen die herrschende Partei geholfen. Abu Hadîd pflegte nämlich nicht zwischen Gut und Böse zu unterscheiden. Er hatte seine privaten Satane. Einmal warf er eine Handgranate in einen Parteiposten, als die »Genossen« einen jungen Mann hinrichteten, weil er sich geweigert hatte, Militärdienst zu leisten. Ein andermal verunstaltete er das Gesicht eines einfachen Gemüsehändlers einfach, weil ihm danach war und weil er zu viel getrunken hatte.

Acht Jahre trieb Abu Hadîd so sein Unwesen, dann verriet ihn Johnny, der Barbier. Das war in jener Nacht, als Abu Hadîd auf der Dachterrasse die hübsche, dunkelhäutige Tochter des Barbiers vögelte. Die Polizei umzingelte ihn und schoss ihm ins Bein. Eine Woche später wurde Abu Hadîd hingerichtet. Meine Mutter und meine sieben Schwestern schlugen sich ein volles Jahr lang die Brust, während mein Vater erleichtert schien, dass die Katastrophen mit seinem auf Abwege geratenen Sohn ein Ende hatten.

Abu Hadîd klopfte an eine rostige Tür, von deren grüner Bemalung nur noch froschähnliche Flecken übrig waren. Ein Mann um die vierzig machte auf. Sein mächtiger Schnurrbart überdeckte beim Reden seine Zähne. Wir setzten uns im Salon vor den Fernseher. Der Mann, so erfuhr ich, lebte allein. Er ging in die Küche und kam mit einer Flasche Arrak zurück, aus der er ein Glas vollschenkte. Mein Bruder forderte ihn auf, mir auch einzuschenken. Wir saßen schweigend da. Der Mann und ich betrachteten ein Fußballspiel zwischen zwei lokalen Klubs, mein Bruder starrte auf das Aquarium.

»Glaubst du, die Fische sind glücklich im Aquarium?«, wollte mein Bruder ruhig und ernsthaft wissen.

»Solange sie fressen und saufen, geht es ihnen gut«, antwortete der Mann, ohne den Blick vom Fernsehen zu nehmen.

»Trinken Fische Wasser?«

»Sicher tun sie das, natürlich.«

»Wie können sie das salzige Meerwasser trinken?«

»Sicher haben sie irgendeinen Mechanismus. Wie könnten sie im Wasser leben, ohne davon zu trinken?«

»Vielleicht ja, weil jemand, der im Wasser ist, keines braucht.«

»Warum fragst du nicht die Fische selbst?«

Der kahlköpfige Mann hatte noch nicht Zeit, sich zu Abu Hadîd umzudrehen, als dieser ihn schon ansprang wie ein hungriger Tiger. Er warf ihn zu Boden, hockte sich auf seine Brust und band ihm die Hände fest. Mit einem raschen Griff zog er ein kleines Messer aus der Tasche und hielt es dem Mann vor die Augen.

»Antworte, du Schwanzlutscher!«, kreischte er ihn völlig außer sich an. »Wie können Fische Salzwasser trinken. Antworte, du Hurenbock, antworte! Trinken Fische Salzwasser oder trinken sie keines? Antworte, du Obertrottel!«

Wir verließen das Haus, nachdem Abu Hadîd dem Mann noch

eine Gurke in den Arsch gestoßen hatte. Ich begriff nicht, welche Verbindung es zwischen dem Mann und meinem Bruder gab. Nun gingen wir zu einem Parkplatz. Dort stand ein schlanker junger Mann, sicher jünger als mein Bruder, an einen roten Malibu, Modell Siebzigerjahre, gelehnt. Mein Bruder begrüßte ihn mit einer Umarmung, und ich hatte den Eindruck, die beiden wären echte Freunde. Wir fuhren mit dem Auto weg, rauchten und lauschten einem bekannten Song, in dem es um die Trennung von zwei Geliebten geht. Wir fuhren auf der Schnellstraße, die uns in die Vorstädte führte. Abu Hadîd stellte das Kassettengerät ab, lehnte sich in seinem Sitz zurück und sagte:

»Murâd, erzähl meinem Bruder doch mal die Geschichte von dem pakistanischen Jungen.«

»Bitte sehr, wie du willst«, erwiderte Murâd Harba.

»Hör zu, Mahdi, vor einigen Jahren habe ich den Sprung gewagt und bin nach Iran geflohen. Ich wollte weg aus diesem beschissenen Land und in die Türkei. Ich habe dann eine Weile in einer dreckigen Bude im Norden von Iran gelebt. Darin gab es jede Menge von Leuten aus Pakistan, Afghanistan, dem Irak und anderen Ländern auf Gottes weiter Zuhältererde. Wir warteten darauf, einem iranischen Schlepper übergeben zu werden, der uns übers Gebirge und über die Grenze bringen sollte. Dort habe ich einen pakistanischen Jungen getroffen. Er war etwa so alt wie du. Ein netter, sehr hübscher Bursche. Er sprach ein bisschen Arabisch, und er konnte den ganzen Koran auswendig. Er hatte dauernd Angst. Und er besaß einen seltsamen Kompass. Den hat er sich immer auf die Handfläche gelegt, wie einen Schmetterling, und hat ihn eine Zeit lang angeschaut. Danach hat er ihn wieder in einen Beutel gesteckt, den er eigens dafür, wie eine wertvolle Goldkette, um den Hals trug. Einen Tag bevor die iranische Staatssicherheit das Haus mit den Flüchtlingen auseinandernahm, hat er sich im Bad erhängt. Man warf uns ins Gefängnis und verprügelte uns jämmerlich. Als sie uns genug fertiggemacht hatten, konnten wir aufatmen und haben angefangen uns gegenseitig kennenzulernen. Ich habe mich lange mit einem jungen Iraker unterhalten, den sie unter dem Vorwurf, er hätte Haschisch verkauft, ins Gefängnis gesteckt hatten. Er war in Iran geboren. Die Regierung hatte seine Familie ausgewiesen, weil sie sich nach dem Ausbruch des Krieges angeblich auf die Seite des Irans gestellt hatte. Als ich ihm von dem pakistanischen Jungen erzählte, der sich aufgehängt hatte, war er sehr betroffen. Das wäre ein guter, bedauernswerter Junge gewesen. Er hätte ihn auch einmal getroffen und die Geschichte mit dem Kompass erfahren.

Im Jahr 1989 lebte in der pakistanischen Stadt Peschawar ein Scheich namens Abdallah Asâm. Er war der spirituelle Vater des Dschihâd in Afghanistan. Als er einmal zum Gebet in eine Moschee fuhr, die von >arabischen Afghanen< frequentiert wurde, flog sein Wagen in die Luft, während er gerade eine Straßenkreuzung über einem Abflusskanal überquerte. Seine beiden Söhne, die mit ihm fuhren, wurden vollständig zerfetzt. Doch der Muezzin, der gleich nach der Detonation zur Unglücksstelle gerannt kam, bezeugte, dass der Körper des Dschihâd-Scheichs wie durch ein göttliches Wunder völlig unversehrt war. Nicht einmal eine einfache Schramme wies er auf. Nur ein dünner Blutfaden floss aus seinem Mundwinkel. Das war eine echte Katastrophe, diese Ermordung des Scheichs, der der Macht der Sowjetunion Widerstand geleistet hatte. Es war al-Kâïda, die ihn beseitigt hatte, wahrscheinlich, um selbst mehr Spielraum zu haben.

Noch bevor viele Leute herbeigelaufen waren, fand Mâlik, der Muezzin, neben den Trümmern des Autos einen Kompass. Als er das Blut davon abgewischt hatte, überlief ihn ein Schauder. Es war ein Militärkompass, in den der Name Gottes, >Allah<, und seines Propheten, >Muhammad<, eingraviert waren. Dem Muezzin war sofort klar, dass es sich um den heiligen Kompass des Scheichs handelte, der Gottes Segen hatte und durch den Gott Wunder wirkte. Viele Mudschahidin behaupteten, dieser Kompass färbe sich dunkelrot, wenn Gott Gutes oder Schlechtes mit seinem Träger vorhabe. Der

Scheich hatte sich sein ganzes Leben im Kampf für die Sache Gottes nie von ihm getrennt. Mâlik hielt ihn zehn Jahre lang bei sich zu Hause versteckt. Jede Nacht holte er ihn hervor und polierte ihn, in den Augen Tränen von Trauer und Schmerz über den Tod des Scheichs der Gotteskämpfer.

Der Muezzin legte den Kompass sanft seinem Sohn Wahîd in die Hand, wie man ein wertvolles Juwel auf ein Tuch bettet. Wahîd hatte beschlossen, sich nach England durchzuschmuggeln, in der Hoffnung, dort sein Glück zu machen und seine Familie zu unterstützen, vielleicht sogar zu studieren und Arzt zu werden. Der Muezzin erklärte seinem Sohn das Geheimnis des Kompasses und legte ihm ans Herz, auf ihn ebenso gut aufzupassen wie auf sich selbst. Er versicherte ihm mit festem Glauben, der Kompass werde ihm auf seiner Reise und sein ganzes Leben hindurch helfen, er wäre das Wertvollste, das ein Vater seinem Sohn vermachen kann. Wahîd war sich des Nutzens und der Bedeutung des Kompasses nicht bewusst. Er verstand nicht viel von dieser heiligen Zeit, in der sich selbst Kompasse rot färben, um Gut und Böse mitzuteilen. Doch der feste Glaube an seinen Vater ließ ihn darauf vertrauen. So wurde der Kompass für ihn wie ein Stück seines Körpers. Wahîd kam nach Iran und hauste in verfallenen Flüchtlingsabsteigen. Sechs Monate musste er arbeiten, um das Geld für den Grenzübertritt in die Türkei zusammenzukriegen. Eines Tages ging er mit sechs Afghanen zur Arbeit auf einem Bau. Ein reicher Iraner fuhr sie auf einem Kleinlaster hinaus an den Stadtrand, wo er mitten auf seiner Farm ein riesiges Haus baute. Sie arbeiteten für einen Hungerlohn. Der Mann setzte sie auf seinem Bauernhof ab und hieß sie, die Baureste – Ziegel, Gips, Tüten, Holz – wegzuräumen. Der Eigentümer sollte, so war abgemacht, spätabends kommen, um sie zurück in die Stadt zu fahren. Er gab ihnen als Vorschuss den halben Lohn und mahnte sie, saubere Arbeit zu leisten. Wahîd und die Afghanen arbeiteten, ohne sich groß anzustrengen, in aller Gemütsruhe. Als die Sonne unterging, verrichteten sie ihr Gebet und setzten sich danach in eines der großen Zimmer, um sich auszuruhen. Sie schenkten sich etwas Saft ein, drehten sich Zigaretten und unterhielten sich über die Möglichkeiten, sich nach Europa durchzuschlagen. Die Afghanen warfen Wahîd von Zeit zu Zeit spöttische und verschlagene Blicke zu. Als der Eigentümer immer länger auf sich warten ließ, schlugen die Afghanen vor, sich die Zeit mit einem Wettspiel zu vertreiben. Das war aber nur ein hinterhältiger Trick. Es gab da eine Anzahl von Fässern mit Wasser, daneben viele Säcke voller Gips. Das Spiel ging folgendermaßen, erklärten sie Wahîd: Sie würden den Gips in das Wasser einrühren. Dann würde jeder seine Arme bis zum Ellbogen in die Mischung stecken. Wer sie am längsten drinbehielte, hätte gewonnen. Er, Wahîd, könnte beginnen. Und dieser machte sich heiter und unschuldig ans Werk. Er steckte seine Arme in die Gipsmischung, und nach wenigen Minuten war der Gips fest geworden und Wahîd an das Fass gefesselt. Da zogen ihm die Afghanen die Hose runter und vergewaltigten ihn einer nach dem anderen.«

Während der Geschichte über den Pakistaner hatten wir neun Zigaretten geraucht. Murâd hatte die Geschichte Schlag auf Schlag rausgekotzt, dann verstummte er. Er trank etwas Wasser aus der Flasche neben sich und fluchte auf Gott und die Welt. Abu Hadîd zog eine Pistole aus dem Gürtel und machte sich daran, sie zu laden. Auf mich hatte die Geschichte des Pakistaners keine besondere Wirkung. Mich beschäftigte und faszinierte mein Bruder Abu Hadîd, in dessen Welten ich Einblick bekam. Wir fuhren zu einem weitläufigen Park mit kahlen Bäumen, die aussahen wie versteinerte Soldaten. Murâd Harba stellte den Motor ab. Mein Herz schlug immer rascher. Ich war total neugierig zu erfahren, was wir in diesem finsteren und kalten Park unternehmen würden. Wir hatten ja gewiss nicht diesen ganzen Weg zurückgelegt, nur um die Geschichte über den Pakistaner zu hören. Wir stiegen aus. Abu Hadîd schaute sich um, während Murâd Harba den Kofferraum öffnete und eine Hacke und eine Schaufel herausholte. Abu Hadîd hieß mich, ihm beim Graben zu helfen. Mein Blut kochte vor Aufregung und vor Angst. Auch Abu

Hadîd mit seinen starken, straffen Muskeln half beim Graben. Die Erde war hart, und wir kamen sehr ins Schwitzen. Die vielfach verzweigten Baumwurzeln und ein großer Stein waren sehr hinderlich bei unserer Arbeit. Noch bevor wir wieder Atem geholt hatten, gingen Murâd und Abu Hadîd zum Kofferraum und ließen mich wie bestellt und nicht abgeholt neben der Grube stehen. Sie zerrten einen gefesselten und geknebelten Mann aus dem Kofferraum und schleiften ihn bis an den Rand der Grube. Mein Bruder befahl mir, näher zu kommen und dem knienden Mann in die Augen zu schauen. Das Entsetzen in seinem Blick hat sich meinem Gedächtnis eingeprägt wie ein Brandzeichen. Abu Hadîd trat den Mann in den Rücken. Er plumpste in die Grube. Wir schippten die Erde über ihn und glätteten die Oberfläche sorgfältig.

Abu Hadîd zog mich unsanft an den Haaren und flüsterte mir ins Ohr:

»Jetzt bist du Gott ... «

Warum schreiben Sie nicht gleich einen Roman?

Wir hatten eine halb nackte afghanische Leiche dabei. Drei erbarmungslose Nächte lang schleppten Âdil Salîm und ich sie durch einen schier endlosen Wald, aus dem es kein Entrinnen zu geben schien. Âdil hatte dem Afghanen das schwarze Hemd ausgezogen, und ich hatte mit den Ärmeln seine Füße zusammengebunden. Es war das letzte Stück des Waldes gleich hinter der rumänisch-ungarischen Grenze. Doch das Hemd war schon nach zehn Metern gerissen. Danach mussten wir ihn an den Armen schleifen. Seit wir den Fluss überquert hatten, fiel dichter Schnee. Aber all das vergaß ich und träumte, wir wären im Krieg und ich schliefe im Gefängnis meiner Militäreinheit. Als wir am Morgen aufwachten, sahen wir einen ungarischen Militärhund an der Leiche des Afghanen schnüffeln.

Name?

Sâlim Hussain.

Alter?

Dreißig.

Daraufhin gab die Frau mir mit einer Handbewegung zu verstehen, ich solle meine Unterhose ausziehen. Gestern hatten sie schon eine Stuhlprobe genommen. Heute war die Hautuntersuchung dran. Sie notierte etwas in den Papieren, die vor ihr lagen. Dann bewegte sie wieder ihren Finger, diesmal von unten nach oben, worauf ich meine Unterhose hochzog. Ohne mich anzusehen, winkte sie Richtung Tür, worauf ich meine übrigen Kleider anzog. Nach mir war Âdil Salîm dran, danach ein großer, junger Nigerianer namens James, der eine kurze Sommerhose mit einem Smiley auf dem Hintern trug.

Auf seinem dünnen Hemd waren die Landesfarben von Jamaika aufgedruckt. Er nörgelte an unserer Begleiterin herum, die ihm nicht erlaubte, auf eine Zigarette hinauszugehen. Dann war nur noch der Marokkaner übrig und ein alter Kurde mit seiner Frau. Wir waren eine Gruppe Neuankömmlinge. Am frühen Morgen waren wir vom Aufnahmezentrum für Flüchtlinge in Begleitung einer hübschen jungen Dame namens Anîssa eingetroffen. Sie war Albanerin, die nach fünf Jahren als Flüchtling, während derer sie fließend Ungarisch gelernt hatte, im Zentrum eine Anstellung fand. Jeder von uns hatte eine Dose mit seiner Kacke und ein Glas mit seiner Pisse in der Hand. Der Marokkaner stand auf, öffnete den Gürtel an seiner Hose ein wenig, stopfte sein rotes Polohemd hinein und zog dann den Gürtel wieder lachhaft fest. James, der Nigerianer, trat beschwingt aus dem Sprechzimmer. Er band sich seine sonnige Hose fest, als ob er geradewegs aus dem Zimmer einer Prostituierten käme. Anîssa erklärte, in Kürze werde eine Krankenschwester die Dosen und Gläser einsammeln kommen, und sie hoffe, alles werde ohne Schwierigkeiten ablaufen. Dann erzählte sie völlig unvermittelt, was vor etwa einem Monat geschehen war. Die damalige Gruppe bestand aus zehn somalischen Männern und einem kleinen Jungen. Einer aus der Gruppe nahm alle Dosen und füllte sie, während die anderen nur ihre Urinfläschchen füllten. Im Labor konnte man natürlich unschwer feststellen, dass alle Stuhlproben von derselben Person stammten. Daraufhin argumentierten die Somalier, sie hätten nicht gewusst, wie sie das machen sollten. In westlichen Klos komme man ja nicht so einfach an die Kacke. Sie falle ins Wasser und es sei schwierig, ein Stück herauszufischen. Deshalb habe einer von ihnen das übernommen. Der habe im Klo auf den Boden gekackt und in jede Dose ein Stück gefüllt, auch in die des Jungen.

Âdil Salîm und ich waren drei Tage nach den anderen angekommen. Man führte mit uns auf dem Militärposten an der Grenze eine rasche Befragung durch, und am folgenden Morgen schickte man uns ins Flüchtlingsaufnahmezentrum in einer Grenzstadt. Wohin sie den toten Afghanen gebracht haben, weiß ich nicht. Man erklärte uns, die Polizei und das Migrationsbüro würden uns nach der medizinischen Untersuchung nochmals über die Einzelheiten seines Todes befragen. Im Aufnahmezentrum brachte man uns erst in einem kleinen Annexgebäude unter, getrennt von den anderen. Diese Isolation aus medizinischen Gründen nennt man in Ungarn, ähnlich wie im Irak, Quarantäne. Das Gebäude war schmutzig und völlig überfüllt. Afghanen, Araber, Kurden, Pakistaner, Sudanesen, Bangladescher, Afrikaner und ein paar Albaner. Die medizinischen Untersuchungen dauerten einen vollen Monat. Beängstigend bei der Quarantäne waren die Resultate der medizinischen Laboruntersuchungen. Manche Flüchtlinge hatten Tuberkulose, andere Krätze. Diese wurden sofort aus der Quarantänestation auf die Isolierstation eines Krankenhauses am Stadtrand gebracht und mussten dort bis zum Abschluss der Behandlung bleiben. Davor hatten die meisten Neuen große Angst. Wobei sie nicht die Krankheit beängstigte, sondern die lange Zeit der Behandlung, die bis zu anderthalb Jahren dauern konnte. Die Iraker und Iraner spotteten über Tuberkulose und Krätze, weil ihrer Überzeugung nach diese beiden Krankheiten nur Bangladescher, Pakistaner, Afghanen und Afrikaner befielen. Tatsächlich bestätigten die Untersuchungen das. Die Iraker, Iraner und Kurden litten besonders an Geschlechtskrankheiten, besonders Tripper, der im Aufnahmezentrum selbst behandelt werden konnte.

Wir hatten die rumänisch-ungarische Grenze in Begleitung eines professionellen Schleppers überquert. Er hatte uns am Morgen erklärt, der Nebel werde jetzt dichter und wir müssten eng beieinanderbleiben, bis wir am Fluss wären. Sobald wir diesen überquert hätten, befänden wir uns auf ungarischem Territorium. Er könne und müsse nicht auf Zurückfallende warten. Wir mühten uns, mit dem Schlepper Schritt zu halten. Ich hatte dem Befrager geschworen, der Afghane sei bei der Überquerung des Flusses umgekommen. Er war schon sehr krank und ertrank ganz plötzlich. Wir konnten ihn nicht retten. Doch der medizinische Bericht stellte fest, dass der Mann erwürgt wurde. Also erzählte ich ihnen ehrlich und klar, was sich an jenem nebligen Morgen zugetragen hatte. Der Schlepper hatte sich angeblich verirrt. Wir mussten die Nacht im Wald verbringen. Schlotternd vor Kälte krochen wir in unsere Schlafsäcke. Sie können sich bei dem Nigerianer James oder bei dem Marokkaner oder bei dem alten Kurden erkundigen. Sie sind vor uns angekommen und haben uns, als wir sie im Quarantäne-Gebäude wiedersahen, erzählt, was geschehen war. Es war ein mieser Trick. Der Schlepper wusste genau, dass der Fluss nur noch einen Kilometer vom Wald entfernt war. Aber das Boot, das ihm einer seiner Gehilfen aus den rumänischen Grenzdörfern überlassen hatte, fasste nur fünf Personen. Er musste also drei von uns loswerden. Ich möchte behaupten, dass er von dem Problem mit dem Boot schon wusste, als wir in Bukarest aufbrachen. Nachdem wir in die Schlafsäcke gekrochen waren, wartete der Schlepper etwa eine halbe Stunde. Dann ging er bei der Gruppe umher und stieß jeden von uns sacht mit dem Fuß. Und seine Methode war erfolgreich. Nur Âdil Salîm, der Afghane und ich schliefen tief und fest. Die anderen dösten oder waren wegen der grimmigen Kälte noch hellwach. Also ließen sie uns in dem Wald zurück. Als wir aufwachten, begriffen wir, dass man uns hinters Licht geführt hatte. Wir begannen, nach dem Fluss zu suchen, um nach Ungarn hinüberzugelangen. Gott machte den Nebel noch dichter, offenbar ganz absichtlich. Erst Stunden später erreichten wir den Fluss. Die Kälte hatte den Afghanen völlig fertiggemacht. Er war nicht mehr imstande zu gehen. Sein Körper war glühend heiß. Âdil und ich trugen ihn gemeinsam. Besonders Âdil mochte ihn sehr, diesen armen Menschen, den wir während der Überquerung des iranisch-türkischen Grenzgebirges kennengelernt hatten und der uns Freund und Bruder geworden war.

Âdil bat mich, als Erster hinüberzugehen und eine Furt zu erkunden. Dann rief ich sie von der anderen Seite und erklärte ihnen, schlotternd vor Kälte, den Übergang, damit sie sich nicht im Nebel verliefen. Er werde dem Afghanen helfen, versicherte Âdil von der anderen Seite, und ich hörte ihn mit dem Afghanen ins Wasser springen. Ich rief immer weiter, um ihnen den Weg zu weisen. Kurz danach hörte ich, wie sie ins Wasser schlugen und Âdil schrie, der Afghane sei am Ertrinken. Ich flehte ihn an, ihn ja nicht loszulassen. Das Planschgetöse wurde immer intensiver. Dann plötzlich war es völlig still. Ich war drauf und dran, wieder ins Wasser zu springen, um ihnen zu helfen. Doch da sah ich Âdil aus dem Nebel auftauchen, den toten Afghanen hinter sich herziehend.

Als Âdil Salîm losschluchzte, beschloss ich, trotz seines anfänglichen Protests den toten Afghanen nicht zurückzulassen.

Drei Jahre sind seither vergangen. Inzwischen arbeite ich im Aufnahmezentrum auf der Stelle der Albanerin Anîssa, die in ihr Land zurückgekehrt ist. Ich bin als Übersetzer für das Migrationsbüro tätig, und ich begleite die Neuankömmlinge in der Quarantäne jeden Morgen ins Krankenhaus. In meinem Leben gibt es nichts Aufregendes. Die gleichen Probleme mit der Kacke und der Pisse und mit der Weigerung von manchen, sich vor der Ärztin auszuziehen. Ich wollte die Leute im Land vergessen, und ich bringe meinen Lebensrhythmus mit dem trägen Rhythmus dieser Grenzstadt in Einklang. Von Zeit zu Zeit besuche ich das Grab des Afghanen, der auf dem städtischen Friedhof ganz in der Nähe des Zentrums beigesetzt wurde. Sein Grab war das einzige ohne Kreuz, und die Friedhofsbesucher betrachten es immer ein wenig neugierig, um den Koranvers zu sehen, der in den Grabstein graviert ist. Jeden Abend trinke ich etwas in der Bar und schlafe im Blumenladen mit einer Frau, die mich sehr liebt. Im Internet lese ich die Zeitungen, und manchmal heule ich die ganze Nacht hindurch. Aber während all dieser Jahre habe ich nie den Mut gehabt, in der Hauptstadt Budapest das Gefängnis aufzusuchen, in dem Âdil Salîm einsitzt. Eines Tages habe ich dann doch den Entschluss gefasst und bin gegangen.

Der Besuch im Gefängnis dauerte kaum einige Minuten. Es war ein bizarrer Wortwechsel.

»Okay, Âdil, ich weiß nicht, was du dir gedacht hast und warum du ihn erwürgt hast. Vielleicht ist das Blödsinn, aber warum hast du ihn nicht einfach ertrinken lassen?«

»Du bist ein Arschloch und ein Verräter«, kam es kurz darauf gehässig zurück. »Du heißt Hassan Blasim und gibst dich als Sâlim Hussain aus, kommst hierher und ziehst mich zur Rechenschaft. Geh zur Hölle, du Scheißkerl.«

Er blies seinen Zigarettenrauch aus und ging zurück in seine Zelle. Im Zug zurück saß ich wie belämmert mit einem bitteren Nachgeschmack im Mund. Ich hätte gern geschlafen, doch hinter meinen Schläfen brodelte es. Ich versuchte, die Vorgänge zu ordnen, die zum großen Teil schon halb vergessen waren: Meine erste Begegnung mit Âdil Sâlim im Süden des Landes. Unser Plan zur Flucht aus dem Gefängnis der Militäreinheit. Die iranischen Grenzwächter, die uns festnahmen. Die Folter durch Elektroschocks. Die Begegnung mit dem Afghanen. Der Fluss. Hassan Blasim. Die Grenzen. Der Zug hielt an einem Bahnhof. Ich ging auf die Toilette. Als ich zurückkam, saß auf einem Platz im Abteil ein fetter Mann. Neben ihm stand ein kleiner Käfig mit einer weißen Ratte. Er schaute von seiner Zeitung auf. Ich grüßte, er nickte kurz und wandte sich wieder seiner Lektüre zu.

Als der Zug anfuhr, streckte der fette Mann die Hand aus. »Ich heiße Saro. Meine Frau hat mir diese hübsche Ratte zu meinem Geburtstag geschenkt, dem fünfzigsten.«

»Sâlim Hussain.«

Ich schüttelte ihm die Hand.

»Seltsam«, sagte der Mann und starrte mich an. »Ich habe doch schon viele Erzählungen von Ihnen gelesen.«

»Das muss eine Verwechslung sein«, erwiderte ich. »Ich habe nichts mit Schreiben zu tun. Ich arbeite als Übersetzer für das Migrationsamt. Natürlich, als Heranwachsender habe ich ein paar Gedichte verfasst, danach aber nie wieder etwas.«

»Aber vielleicht werden Sie das ja noch tun.« Er faltete die Zeitung zusammen und sagte: »Ich bin im Jahr der Ratte geboren.« Er begann, von chinesischen Sternbildern zu erzählen. Die unter dem

Zeichen der Ratte Geborenen würden gerne über sich und ihr Leben reden. Sie seien außerdem sehr freundliche Menschen, doch immer auch wild entschlossen, ihre großen Wünsche in die Tat umzusetzen, und es falle ihnen schwer, mit Personen anderer Tierkreiszeichen einer Meinung zu sein. Sie liebten es zu diskutieren. Ihr großes Problem sei ihr Egoismus. Ich hatte den Eindruck, dass er sich das Jahr der Ratte selbst gewählt hatte, weil er Ratten mochte, nicht wegen seines tatsächlichen Geburtsdatums. Er beschrieb die Ratte als ein liebenswürdiges, interessantes Geschöpf, und wir tauschten uns eine Weile über Ratten und deren Eigenschaften aus. Der Mann besaß wirklich eine große Erfahrung mit allem, was mit der Welt der Ratten zusammenhing. Das Gespräch veranlasste mich, auch aus meinem Leben zu berichten, besonders die Geschichte mit Âdil Salîm und dem Afghanen. Dann versuchte ich, mit seinem Rattenthema gleichzuziehen, und erzählte einfach drauflos.

In meiner Kindheit wohnten wir in einem Viertel namens Fliegerplatz, direkt neben dem Militärflughafen. Es war ein belebtes und dreckiges Viertel, wo sich Ratten, Kakerlaken und Fliegen tummelten. Alle wollten den Ratten den Garaus machen, doch vergeblich. Meine ältere Schwester stellte, wie andere Frauen auch, in der Küche kleine Holzfallen auf. Wenn eine Ratte hineingeriet, wurde sie verbrüht. Meine Schwester erhitzte Wasser und goss es über das Tier – eine ganz spezielle Art der Rattenbeseitigung. Ein schreckliches Ende. Und der Gestank verbrühter Ratten hing noch über einen Tag in Haus und Hof. Mein Großvater hatte seine eigene Methode. Er besorgte sich einen langen Stock, an dessen Ende er ein paar Nägel befestigte. Mit diesem stach er zu, wenn er eine Ratte sichtete, und wenn er traf, blutete das Tier und quiekte ganz schrecklich. Meine Schwester protestierte gegen diese Methode wegen der Blutflecken überall auf dem Boden. Wie die übrigen Frauen im Viertel zog meine Schwester die Verbrühungsmethode der Verblutungsmethode vor.

»Gestatten Sie mir die Bemerkung, dass sie lügen. Das sind keine Erinnerungen. Was Sie da erzählen, entstammt doch einer Kurzgeschichte mit dem Titel ›Der Hintern meiner Frau‹.«

»Wenn Sie meinen, Herr Saro«, antwortete ich und veränderte meine Sitzhaltung.

Der Mann betrachtete mich ruhig. »Hören Sie, junger Mann, könnten Sie mir vielleicht sagen, wer die Geschichte ›Killer und Kompass‹ geschrieben hat? Darin ist von einem Pakistaner mit einem heiligen Kompass die Rede und wie er diesen von Pakistan nach Iran brachte; danach der Vorfall mit seiner Vergewaltigung. Ihr Freund Âdil Salîm hat den Afghanen umgebracht, um an den Kompass zu kommen. Ich weiß aber nicht, wie der Afghane seinerseits in den Besitz des Kompasses gekommen war. Das Ganze klingt nach einem Rätsel oder einem trivialen Krimi. Sicher werden Sie den Fall in einer weiteren Geschichte aufklären. Warum schreiben Sie nicht gleich einen Roman, statt über alle diese Einzelfiguren zu reden: Araber, Kurden, Pakistaner, Sudanesen, Bangladescher und Afrikaner, das ergibt solide, mysteriöse Geschichten. Packen Sie nicht alle diese Figuren in eine Geschichte! Lassen Sie die Wahrheit in ihrer ganzen Schlichtheit heraus! Warum genießen Sie nicht Ihr Leben?«

»Hören Sie, Herr Saro, ich verstehe nicht, was Sie meinen. Außerdem reden Sie von der Wahrheit, und mir sind eigentlich Personen zuwider, die dieses Wort aussprechen, als wären sie ein Prophet oder Gott. Haben Sie schon von Dschalâl al-Dîn Rûmi gehört, einem muslimischen Mystiker, der im Jahre 1273 starb? Er sagte einmal: Die Wahrheit ist wie ein großer Spiegel, der vom Himmel herabfiel und in tausend Stücke zerbrach. Jeder hat nur ein kleines Stückchen davon, glaubt sich aber im Besitz des Ganzen.«

»Ich kenne Ihren Freund Rûmi«, sagte Saro, »aber dieser Satz war mir nicht bekannt. Wussten Sie schon, dass Ratten farbenblind sind? Sie können aber Schattierungen zwischen Schwarz und Weiß unterscheiden. Das reicht, um eine gewisse Wirklichkeit zu erfassen.«

Daraufhin verfiel Saro in Stillschweigen und überließ mich mir selbst. Er holte ein Stück Käse aus seiner Tasche, zerbrach es in kleine Stücke und verfütterte sie an die Ratte im Käfig.

»Herr Saro, mir scheint, Sie sind Ausländer wie ich.«

»Stimmt, ich bin aus der Türkei«, sagte er, ohne seinen Blick von der Ratte zu nehmen.

»Ein schönes Land.«

»Wirklich?«

»Ja, sicher.«

»Aber Sie haben über Ihre Erlebnisse dort geschimpft. Sie haben, in Ihren eigenen Worten, in Istanbul Scheiße gefressen. Sie haben um einen Hungerlohn wie ein Esel in Restaurants und Fabriken geschuftet.«

Ich starrte ihm ins Gesicht, in der Hoffnung zu ergründen, was für eine Person er war.

»Wir sind uns nicht so begegnet, wie Sie sich das vorstellen«, fuhr Saro fort. »Alles ist schon in den Geschichten zu finden.«

»Jetzt kehren wir also wieder zum Thema des Schreibens zurück.«

»Warum auch nicht? Das ist eine menschliche Tätigkeit mit Wirkung.«

»Entschuldigen Sie die Frage: Interessieren Sie sich für Literatur, Herr Saro? Schreiben Sie etwa?«

»Nein, nein! Ich interessiere mich lediglich für das Leben von Ratten, für nichts anderes.«

Der Zug hielt wieder an. Herr Saro zog sich seinen Mantel über, nahm seine Ratte und ging. An der Abteiltür hielt er inne, drehte den Kopf zurück und sagte:

»Warum nennen Sie in dieser Geschichte nicht Ihren wirklichen Namen. Ihr Freund Rûmi sagte einmal: Auf der Welt gibt es keine Fantasie ohne Wahrheit.«

»Rûmi sagte auch«, antwortete ich. »Du hast das Bild gesehen, die Bedeutung ist dir aber entgangen.« Ich hätte ihn gern gebeten, zu bleiben und mich nicht allein zu lassen.

»Übrigens«, sagte Saro noch, »ich verabscheue Ratten.«

Der Zug setzte sich in Bewegung. Mein Backenzahn schmerzte. Ich nahm ein Aspirin und versuchte mich zu entspannen. Lustlos blätterte ich durch die Zeitung. Auf der letzten Seite stand eine Meldung über einen Vergiftungsfall.

Am Sonntag vergangener Woche unternahm eine Belgierin einen Bootsausflug. Bei sich hatte sie lediglich ihren Hund und ein paar Dosen ihres Lieblingsgetränks: Coca-Cola. Auf dem Boot stellte sie die Dosen in den Kühlschrank und widmete ihre Zärtlichkeit dem Hund, dessen Penis sie kräftig massierte. Am folgenden Tag wurde die Frau ins Krankenhaus eingeliefert und kam auf die Intensivstation. Drei Tage später verstarb sie. Bei der Autopsie und als der Hund in ein Hundeheim gebracht wurde, stellte man fest, dass die Frau durch Rattenurin auf den Coca-Cola-Dosen mit intestinaler Spirochätose infiziert wurde. Zur Befragung begaben sich Polizisten und Sanitäter in den Supermarkt, in dem diese bedauernswerte Belgierin das Coca-Cola gekauft hatte.

Nach der Ratte wird weiterhin gesucht.

Sarsâras Baum

uf dem Hügel unter seinen Ästen sitzend tippe ich meine Notizen über den Nabi-Fluss in den Laptop. Eine gigantische Sonne lässt das Dorf schmoren. Ameisen schleppen die sterblichen Überreste einer Wespe. Andere, seltsame Insekten benagen einander. Mein Magen schmerzt! Der Arzt behauptet, es handle sich um eine Dickdarmentzündung. Seit drei Wochen ist mein Bauch aufgebläht, als ob ich schwanger wäre. Ich schreibe an einer Studie für eine lokale NGO, die eine internationale Geberorganisation ausnehmen will. Meine Aufgabe ist es, die Wahrheit aufzublähen. Angst vor Trockenheit zu verbreiten. Ein dunkles Bild von den zahlreichen Dörfern zu zeichnen, die am Ufer des Nabi-Flusses liegen, der mein Land von demjenigen unseres feindlichen Nachbarn trennt. Mit diesem Nachbarn führen wir seit dem Beginn der Geschichte mörderische Kriege, und der brüchige Friede, der zurzeit herrscht, ist nichts als ein schlafender Vulkan. Ein Vulkan, dessen Ausbruch mit all seinen gespenstischen Zerstörungen ich in meinem Szenario zeichne. Ohne Wasser wird Blut fließen. Und der Durst wird brutale und feindselige Erinnerungen wecken. Dann werden nicht nur die Menschen untergehen, sondern auch die seltenen Vögel, alle Formen von Samen und Insekten und Tierherden, die den Menschen ihre Kraft und ihren Lebensrhythmus schenken.

Im Verlauf dieses Jahres habe ich sechs Dörfer durchwandert und meine dramatischen Beobachtungen festgehalten. Der letzte Punkt meiner Feldforschung war Sarsâras Dorf, direkt am Nabi-Fluss gelegen, diesem gewaltigen Fluss, dessen Ufer die Poeten seit jeher besingen. Jeder in seiner Sprache, schenkten sie seinen süßen Wassern Liebe, Verehrung, Rituale, märchenhafte Erzählungen und Berichte von Überschwemmung und Ertrinken. Was wollte unsere NGO bloß beweisen? Wenn der Fluss austrocknet, wird er sich mit dem Blut derer füllen, die ihn lieben. Wasser ist Liebe. Das Gespenst der Zukunft nimmt als furchterregende Wüste Gestalt an. Zum nächsten Gefecht werden wir nicht in den Dschungel zurückkehren. Diesmal werden wir in die Wüste gehen, um uns gegenseitig abzuschlachten. Unsere neue Eiszeit wird eine Durstwüste sein.

Auf Sarsâras Baum lassen sich keine Vögel nieder, und keine Insekten erklimmen ihn. Das hat der Lehrer gesagt, und das habe ich selbst während der drei Stunden bemerkt, die ich dort verbrachte. Ich machte ein paar Aufnahmen von dem Baum und nahm einen Zweig mit.

Den Lehrer hatte ich nach einigen fruchtlosen Begegnungen mit Dorfbewohnern getroffen. Sie alle hatten geredet wie Comicfiguren, freundlich und zuvorkommend, aber ärgerlich nichtssagend. Bei allem, was mir Herr Schamrîn, der Dorflehrer, vortrug, hatte ich meine Zweifel. Vielleicht war er ja mit unserer Organisation im Bunde. Vielleicht ließ er sich auch schmieren, um etwas über die Dürre zu erfinden. Was er mir über Sarsâras Baum erzählte, beantwortete meine Fragen nach Ernten und Wasserproblemen nicht. Zugegeben, er war ein liebenswürdiger und kultivierter Mann, aber er kam mir vor wie ein Gauner. Die Leute fragen ihn bei Wichtigem und Unwichtigem um Rat. Als ich ihn in seinem Lehmhäuschen aufsuchte, wo er Lesen und Schreiben unterrichtete, hatte er Besuch von einem Jungen mit großen, leuchtenden Augen, der von ihm etwas über die violetten Blumen wissen wollte, die jedes Frühjahr das Dorf bogenförmig umgaben. Besonders interessierte ihn, warum die Bienen diese Blumen meiden. Die Bienen seien beunruhigt über das Verschwinden eines bestimmten Sterns über unserer Welt, erklärte Herr Schamrîn, sie würden bald zurückkehren, wenn sie überzeugt wären, dass sich der Stern auf einer neuen Lebensbahn befindet. Der Junge schlug dem

Lehrer vor, man solle den Bienen in ihrer Traurigkeit und bei ihrer Arbeit für die Sorge um den Stern durch ein Abkommen mit den Vögeln beistehen: Diese und die Bauern sollten im kommenden Frühjahr darauf verzichten zu singen.

Alle Bewohner des Dorfes sprechen über die meisten Dinge ihres Lebens auf diese Art. Mit dieser Ausdrucksweise wollen sie wohl dem Bösen ausweichen. Nach der Geschichte mit Sarsâra erfanden sie ihre eigene Sprache. Schamrîn, der Lehrer, ist als Einziger ermächtigt, mit Fremden in normaler Sprache zu reden. Und er erklärte sich zu einem Gespräch mit mir bereit, jedoch nur unter der Bedingung, dass ich ihn nicht mit allzu vielen Fragen unterbrach. Eigentlich waren mir ihre Geheimnisse und ihre Legenden ziemlich gleichgültig. Die meisten Dörfer gingen mit Märchen und Histörchen schwanger. Und wenn der Lehrer wirklich ehrlich wäre in seinen Aussagen, warum sollte er mir die Geheimnisse des Dorfes erzählen. Alles, was ich mir wünschte: möglichst rasch den Bericht abzuschließen und meinen Rücktritt aus dieser betrügerischen Organisation zu erklären, deren Hauptsorge es war, internationale Geberorganisationen davon zu überzeugen, dass die globale Erwärmung einen entscheidenden Einfluss auf das Dürreproblem haben werde. Außerdem könnten die schwierigen politischen Verhältnisse mit unserem Nachbarn in naher Zukunft zu weiteren Problemen führen, zumal die Quellen unserer Flüsse in den Nachbarländern liegen. Für mich war das Bild klar: Korruption und Missmanagement bei den Wasserressourcen. Riesenmengen an Wasser werden aufgrund der veralteten traditionellen Methoden der Bauern, ihre Äcker zu bewässern, vergeudet. Aber diese Tatsachen brächten unserer Organisation nichts ein. Der Horror vor der Dürre ist es, was die Schatullen öffnete. Horrorszenarien zu zeichnen ist ein im Allgemeinen erfolgreiches Geschäft.

Der Lehrer Schamrîn war ein Halbwüchsiger, als die alte Sarsâra zum letzten Mal als Hirtin hinausging. Zuvor hatte sie ihren einzigen, damals zwanzigjährigen Sohn verloren. Er, nicht gerade ein erfahrener Fischer, war mit seinem Boot hinaus auf den Fluss gefahren. Viele Leute aus dem Dorf gehen hin und wieder fischen, doch die meisten sind Bauern: im Allgemeinen bauen sie Weizen an, einige wenige leben von der Viehzucht. Sarsâras Sohn, eigentlich ein Hirte, ertrank unter mysteriösen Umständen. Die Bewohner des Dorfes Schams am anderen Ufer brachten seinen aufgedunsenen Körper herüber.

»Könnten ihn die Leute dort drüben umgebracht haben?«

»Nein, nein. Die Bewohner von Schams mischen sich nicht in die Angelegenheiten der Menschen.«

»Sie mischen sich nicht in die Angelegenheiten der Menschen?«

»Nun gut, ich will nicht behaupten, dass sie nicht der Gattung Mensch angehören, aber sie mischen sich nicht in die Angelegenheiten des Lebens. Das ist aber ein anderes Thema, das erzähle ich Ihnen später. Jetzt wollte ich ja von dem Baum reden.«

Sarsâra trauerte in aller Stille um ihren Sohn, wie um ein Vögelchen, das bei Sonnenuntergang verschieden ist. Wir bestatteten ihren Einzigen auf dem Friedhof des Dorfes und kehrten zu unseren täglichen Beschäftigungen zurück. Sarsâra übernahm die Sorge für die Schafe ihres Sohnes. Sie lebte zurückgezogen im Schutz ihrer Würde. Eines Tages brach sie mit den Tieren zu den Weiden im Süden auf, am Wüstensaum. Sie hatte ihr Zelt und Nahrungsmittel auf ihren Esel gepackt und machte sich mit zwanzig Schafen und drei Hunden auf den Weg. Normalerweise dauert eine solche Tour drei Tage. Aber auch nach fünf Jahren war sie noch nicht wieder zurück im Dorf. Eine militärische Aufklärungseinheit fand sie irgendwann einmal mitten in der Wüste, allein; nur ein Hahn leistete ihr Gesellschaft. Als man sie fragte, was sie in dieser öden Gegend treibe, fand sie keine klare Antwort. Alles, was sie sagte: ihr Sohn sei gestorben, und sie habe diesen Hahn bei sich. Dann fügte sie noch hinzu, sie werde hin und wieder von den durch die Wüste wandernden Beduinen mit Wasser und Nahrung versorgt. Als der Aufklärungsoffizier ihr sagte, er werde sie zur Abklärung ihres Gesundheitszustands ins Krankenhaus bringen lassen, bat Sarsâra ihn, erst noch im Nabi-Fluss schwimmen zu dürfen. Die Aufklärungseinheit brachte sie in die Stadt und kümmerte sich um sie. Sie erkundigten sich überall am Fluss, bis sie ihr Dorf ausfindig gemacht hatten, das damals noch den Namen des Flusses trug und Nabi-Dorf hieß.

Die Leute dort freuten sich über ihre Rückkehr. Tränen flossen, und man umarmte sie wie ein verwöhntes Kind. Aber die Alte erkannte niemanden. Sie behandelte alle wie Gespenster. Nur der Fluss war für sie die Wahrheit. Sie zeigte immer mit dem Finger darauf. Dann rannte sie los wie ein glückliches kleines Mädchen und stürzte sich hinein. Schwimmend sang sie alte Lieder, die die Ahnen vor Jahrhunderten gesungen hatten. Die Leute vom Dorf akzeptierten Sarsâras neuen Zustand nachsichtig und liebenswürdig. Sie ließen sie sich ausziehen und im Fluss schwimmen, planschen und spielen. Sie kümmerten sich um ihr Essen und um ihre Bekleidung. Aber sie konnten sie nicht dazu überreden, wieder in ihrem alten Haus oder in sonst irgendeinem Haus zu leben. Wenn sie müde vom Fluss zurückkam, schlurfte sie langsam zum Kuhstall und legte sich dort schlafen.

Nur wenige Tage waren nach Sarsâras Rückkehr vergangen, als diese Bäume auftauchten. Plötzlich brachen sie überall aus der Erde hervor. Es waren seltsame Bäume, die kein Bewohner in den Dörfern am Ufer kannte. Satanische, giftige Bäume. Sie schossen aus der Erde empor, breiteten sich aus und wuchsen innerhalb von Minuten zu einer Höhe von vierzig Metern. Aber es waren tote Bäume, laublos, mit dünnen, spinnwebengleich ineinander verflochtenen Zweigen. Jeder Baum tötete die Erde um sich herum im Umkreis von einem Kilometer. Der Boden verwüstete, und keinerlei Leben blieb. Es war eine Katastrophe. Unsere landwirtschaftliche Nutzfläche war nicht groß genug, um diesen plötzlichen Tod des Bodens auszugleichen. Es dauerte nicht lange, bis wir das Geheimnis entdeckten. Die alte Sarsâra war die Ursache hinter dem Auftauchen der Todesbäume. Die Leute machten sich gemeinsam daran, die Bäume zu fällen, wir gruben die Wurzeln aus und verbrannten sie und sperrten die Alte im Kuhstall ein. Dann diskutierten wir, was tun.

Wir forderten Sarsâra auf, ihr undurchsichtiges Tun einzustellen, das Dorf stehe am Rande des Ruins. Doch sie hörte nicht, und immer wenn sie alleine war und vor sich auf den Boden starrte, wuchs ein Baum empor. Sie begriff aber die Gefahr nicht. Sie war in ihre Welt versunken. Einmal kam Sarsâra fast ums Leben, als das Lehmdach des Kuhstalls herabstürzte. Einer dieser Bäume war emporgewachsen und hatte das Dach durchbrochen, worauf die Holzbalken herabfielen und eine Kuh und ein Kalb töteten.

Die Leute im Dorf hatten Mitleid mit Sarsâra. Die Frauen buken große, runde Fladenbrote und legten in die Mitte von jedem eine Blume. Die Jungen und die Mädchen verteilten das Brot an Personen, die zum Himmel beteten, er möge sie um des Brotes und der Blumen willen vor dem Bösen bewahren.

Die Dorfältesten schlugen vor, man solle Sarsâra mit einem Stück Stoff die Augen verbinden. Doch das nützte nichts. Ihre Augen waren wie glühende Kohlen, und das Tuch verhinderte das Hervorsprießen keines einzigen Baums. Die Frauen weinten, und die Jungen und Mädchen sorgten sich um Sarsâras Zustand. Wir führten verschiedene Rituale durch, badeten beispielsweise gemeinsam nach Mitternacht im Fluss und trugen alle Gedichte über den Nabi-Fluss vor, die wir kannten. Die Kinder beschlossen sogar, ihre Väter nicht mehr zu umarmen und zu küssen, bis sie das Tuch von Sarsâras Augen genommen hätten.

Dann sandten wir nach »Wiedehopf«-Marmûr, der damals auf der Suche nach sich selbst durch die Wildnis streifte. Er stammte auch aus dem Dorf und hatte uns Jahre zuvor wegen eines Haders mit Gott verlassen. Er hielt sich für einen Wiedehopf, der in einen Menschen entstellt wurde, während er irrtümlicherweise in einem Krähennest schlief. Aber der Wiedehopf brach nie den Kontakt mit den Leuten vom Dorf ab. Er folgte jedem Hilferuf und schaute von Zeit zu Zeit vorbei, ein weiser Mann trotz seiner vielfältigen Fantastereien.

Als Meister Marmûr kam, waren die Leute sehr erleichtert. Er machte mit Sarsâra einen ausgiebigen Rundgang durchs Dorf und beobachtete sie dabei genau. Als der erste Baum hervorspross, erklärte er, dieser sei gewachsen, nachdem Sarsâra ihn sich vorgestellt habe. Er könne das nicht stoppen.

Nach Meister Marmûrs Erklärungen versammelten sich die Bewoh-
ner des Dorfes, um weitere Schritte zu besprechen. Sogar Frauen und Kin-
der nahmen an der Versammlung teil, und die Debatten dauerten bis
zum Morgen. Als der erste Lichtstreif am Himmel erschien, war die
Mehrheit übereingekommen, man müsse Sarsâra loswerden. Aber die
Frauen weigerten sich, die alte Frau bei lebendigem Leib zu verbrennen.
Die Kinder schlugen vor, sie mit den Zugvögeln auf die Reise zu schicken.
Meister Marmûr selbst bat die Bewohner, sich noch etwas zu gedulden.
Er wolle erst noch das Funktionieren ihrer Fantasie verstehen. So dauer-
ten die Debatten noch weitere drei Tage. Dann war man zu einer end-
gültigen Entscheidung gelangt.

In jener Nacht trugen wir Fackeln mit gebrochenen Herzen. Das
Dorf war in Trübsal und Furcht versunken. Wir brachten Sarsâra auf
den dem Dorf nächsten Hügel und ließen ihr genug Zeit, auf die Erde zu
starren. Dort wuchs Sarsâras letzter Baum, der Baum, der die Erinne-
rung an sie verewigte. Danach fesselte man die alte Frau und brachte sie
auf einem Boot in die Mitte des Nabi. Dort überließ man sie den Wassern
des Flusses.

Der Sonnenuntergang hatte das Dorf in eine purpurne Glut getaucht. Der Lehrer riet mir, die Nacht im Dorf zu verbringen. Die
Straße in die Stadt sei im Dunkeln gefährlich. Überall lauerten bewaffnete Banden. Ich dankte Schamrîn, erklärte ihm aber, ich müsse
unbedingt nach Hause. Meine Frau erwarte mich, außerdem hätte
ich am nächsten Morgen etwas vor. Ich verabschiedete mich und
ging zu dem Feldweg, wo ich mein Auto abgestellt hatte. Dabei verfolgte mich ein Gedanke: meine Frau nackt im Bad unter der Dusche; ich ging hinein und drückte mich an sie. Ich war ziemlich erschöpft. Dieses Dorf, Sarsâras Dorf, hatte auf meine Laune gedrückt.

Ich versuchte, meinen Wagen anzulassen. Vergeblich. Also kehrte ich zum Haus des Lehrers zurück, um ihn um Hilfe zu bitten,
konnte ihn aber nicht finden. Ich erinnerte mich auch nicht daran, in
welchem Haus er wohnte. Ich ging in eines der Häuser in der Nähe
und klopfte. Niemand reagierte. Ich stieß die Tür auf und rief. Doch

das Haus war leer. Ich begab mich zu einem anderen Haus. Die Stille um mich herum riss ihren Schlund auf wie ein Fabeltier. Schließlich öffnete ein kleines Mädchen mit zerzaustem Haar.

»Sind Sie durstig? Heute Nacht bringen die Füchse viele Geschenke«, sagte sie und nahm mich bei der Hand.

Ich fragte sie nach dem Haus des Lehrers und erklärte ihr, ich bräuchte Hilfe, mein Auto springe nicht an.

Nun führte sie mich an der Hand zu dem Kuhstall nebenan, trat zu einer grauen Kuh und begann, sie in einen kleinen Behälter zu melken. Dann verließ sie den Stall, ohne sich weiter um mich zu kümmern. Ich folgte ihr nach draußen. Das Dorf schien völlig menschenleer. Zu hören war nur die Symphonie der Insekten, die immer lauter wurde, als wollte sie das Herabsinken der Nacht und das Herabschweben der Satane ankündigen. Das Mädchen ging in die Richtung des Feldwegs, wo mein Auto stand. Ich folgte ihr, unsicher meinen Weg ertastend in dieser Dunkelheit, die sich endzeitlich über Sarsâras Dorf gesenkt hatte.

Das Mädchen pflückte am Wegrand eine weiße Blume und warf sie in den Milchbehälter.

»Das ist eine Windblume. Sie bringt Glück«, erklärte sie und reichte mir den Behälter. »Sie dürfen sie nicht essen. Sie müssen sie kauen und dann an eine Stelle legen, nach der Sie sich zu sehnen vergessen haben.«

Ich trank. Danach fischte ich mit den Fingerspitzen die durchnässte Blume heraus. Das Mädchen öffnete die Wagentür und wies mit der Hand auf den Sitz. Dann rannte sie weg.

»He, du! Mädchen! Wie heißt du?«

»Sarsâra«, rief sie, ohne sich umzudrehen.

Ich vergewisserte mich, dass meine Pistole an ihrem Platz unter dem Sitz lag. Dann rief ich meine Frau an, und während ich noch mit ihr sprach, unternahm ich einen neuen Versuch, den Wagen zu starten. Er sprang sofort an.

Ich sah jemanden mit einer Laterne den Hügel hinaufsteigen. Er hängte sie an einen Ast an Sarsâras Baum und setzte sich daneben. Vielleicht der Lehrer! Ich schmeckte an den Blättern der Blüte mit meiner Zungenspitze und kaute vorsichtig daran. Sie schmeckte nach Milch mit einem leicht bitteren Anflug. Ich gab Gas. Zwischen Weizenfeldern fahrend, lauschte ich einem Sufi-Lied darüber, wie man sich im Leib der Geliebten dreht.

»Eine Stelle, nach der ich mich zu sehnen vergessen habe!«

Ich fuhr weiter und weiter, den Kopf voller Momente und komischer Szenen aus meinem Leben.

Der Mistkäfer

Herr Doktor, es gibt Geschichten für Kinder und ganz kurze Geschichten für Patienten, die nicht mehr viel Zeit haben. Dann gibt es Strandgeschichten, will sagen: sommerliche Geschichten für sich sonnende Brüste, Trägheitsgeschichten über die Ausscheidungen der Realität, Elitegeschichten, Langeweilegeschichten, Schwangerschaftsgeschichten, Knastgeschichten. Ich kann keine Geschichte schreiben, ich kann aber eine erzählen. Mich drängt es, ohne Unterlass zu reden. In meinem Innern ist ein Schwarm Spatzen. Haha.

Der Arzt fuhr seine Mutter besuchen, die in einem Städtchen in der Nähe der Hauptstadt wohnte. Die Straßen waren glatt. Die Sonne, die am Vortag plötzlich das finstre Zelt über Helsinki durchbrach, hatte den Schnee malträtiert. Die Zeitungen brachten das Bild von den Resten jenes Autos, das frontal auf einen Schulbus geknallt war, in dem neun Kinder verbrannten und weitere verletzt wurden. Auch der Arzt kam ums Leben. Sein Körper war wie mit einer Kettensäge halbiert. Er war ein freundlicher, nüchterner Mensch gewesen und über anderthalb Jahre mein Psychiater.

Der Mistkäfer, der in der afrikanischen Wüste lebt, produziert aus Exkrementen kleine Kügelchen, legt seine Eier hinein und vergräbt sie dann in der Erde. Er kümmert sich darum, bis sie schlüpfen. Ich lese in einer dicken Enzyklopädie über Insekten und bedaure die Menschen. Ich träume, ich sei ein Mistkäferembryo, im Boden vergraben, in einem Ei. Ich habe mir den Schmerz als gigantischen liebenswürdigen Mistkäfer vorgestellt, der meine Mutter geworden ist.

Eines Morgens erhielt ich, zusammen mit der Pizzawerbung und der

Gratiszeitung, die durch den Postschlitz geworfen werden, einen Brief vom Krankenhaus: ein »Strafbescheid« über siebenundzwanzig Euro wegen Nichterscheinens zum festgesetzten Termin mit dem neuen Arzt zwei Wochen zuvor. Verdiente ich eine solche Strafe? Plötzlich sprang mir ein weiterer Floh in den Sinn: Zehn Jahre lang hatte ich den Telefonhörer nicht in die Hand genommen, um mich nach meiner Mutter und meinen Geschwistern zu erkundigen, obwohl ich wusste, was für eine Hölle sie durchlebten. Weitere Flöhe jeder Art und Form blockieren die Luft in meinem Gehirn.

Der Schatten, der mich kannte, betrachtete sein klobiges Herz von verschiedenen Seiten. Warum hatte er von klein auf begonnen, es in eine dicke Schicht aus Zement und Eisen zu packen? Er fand keine Antwort darauf. Bloß ein paar vage Gefühle, die ihm nicht halfen, die Verhärtung seines Herzens und seine dauernde Flucht vor der Vergangenheit zu erklären. Aber wollte er nicht immer selbst für sein Leben entscheiden und sein eigener Herr sein? Da wohnt er nun in einer hübschen Wohnung in Helsinki. In einem Jahr wird die kleine Marjam zur Schule gehen. Seine Frau hat Ersparnisse von ihrer Arbeit im Pizza-Restaurant und denkt daran, ein irakisches Restaurant aufzumachen. Sie meint es wirklich ernst: die Kellnerinnen sollten ein Gemisch aus irakischer Kleidung und orientalischem Tänzerinnenkostüm tragen. Die Innenausstattung sollte traditionell arabisch sein. Wenn bewilligt, sollte in einer Ecke ein richtiges Kamel stehen oder knien. Das Essen sollte von Stücken orientalischer Musik begleitet werden. Auf dem Teppich sollte Sindbad der Seefahrer abgebildet sein. Und durchs ganze Restaurant sollten Düfte ziehen, die einer Lampe im Stil von Aladdins Wunderlampe entströmten. Sie hatte wirklich an alles gedacht, was die Fantasie der Finnen oder der westlichen Kunden im Allgemeinen über das Land von Tausendundeine Nacht ansprach. Einmal fragte mich ein junger finnischer Romancier mit dem Ausdruck echten Erstaunens und Fragens: »Wie haben Sie Kafka gelesen? Auf Arabisch? Wie konnten Sie mit Kafka auf diese Weise vertraut werden?« Man kam sich wie ein Verdächtiger vor: Der finnische Romancier war der Untersuchungsbeamte, Kafka ein westlicher Schatz, an dem sich der irakische Ali Baba vergriffen hatte. Ebenso gut hätte man ihn fragen können: »Haben Sie Kafka etwa auf Finnisch gelesen?«

Herr Doktor, wir haben den Planeten Rhekkcürsedot vier Lichtjahre lang beobachtet und uns davon überzeugt, dass darauf nur jene sechs wohnen, die die Weltraumbeobachtungskameras ausgemacht haben. Höchst überraschend ist, dass diese nie die Gemarkungen ihres Dorfes am Ufer des roten Flusses verlassen haben, eines gefrorenen Flusses, dessen natürliche Materie wir noch immer nicht kennen. Er scheint uns aus gefrorenem Blut zu bestehen, und unsere Beobachtungen lassen vermuten, dass eines der sechs Wesen der Anführer der Gruppe ist. Sein Haus steht allein direkt an der Uferböschung und ist tassenförmig. Die anderen Häuser dagegen sind gläserne Räume und sehen aus wie Wasserblasen. Sie stehen im Halbkreis nebeneinander. Während all dieser Jahre haben wir als Lebensweise dieser Wesen nur feststellen können, dass sie einer strikten täglichen Routine folgen. Fünf bleiben zunächst in ihren Häusern, während der Sechste unbeweglich am Ufer des roten Flusses sitzt. Irgendwann dann kommen die fünf gleichzeitig heraus und begeben sich zum Sechsten. Sie stehen um ihn herum und übergeben ihm etwas, das man nicht erkennen kann. Wenn sie sich entfernt haben und in ihre Häuser zurückgegangen sind, kehrt auch der Sechste in seines zurück. Dort bleibt er einige Zeit, und wenn er wieder herauskommt, wirft er nicht erkennbare Dinge in den Fluss und geht danach wieder an seinen ursprünglichen Sitzplatz am Ufer. Wir haben schließlich beschlossen, sie mit Laserstrahlen zu eliminieren, um das Risiko eines Kontakts mit ihnen auszuschalten. Ich glaube, die Zeit für Abenteuer ist vorbei, die Zeit also, die für das Verschwinden unserer alten Erde verantwortlich ist. Belustigend ist aber doch, dass es unter uns einen alten Astronauten mit bizarrem Verhalten gibt, der noch immer Gedichte schreibt. Diese inzwischen als zurückgeblieben zu wertende Verhaltensweise wurde, wie Sie wissen, von unseren Vorfahren auf der Erde praktiziert. Dieser alte Mann sagt: »Die sechse sind Gott.« Können Sie sich das vorstellen:

Nach dieser langen Geschichte der Existenz und nachdem der Mensch den Tod besiegt und die Ewigkeit erworben hat, gibt es noch immer jemanden, der an Gott glaubt. Dieser Astronaut ist zu bestrafen und einer ausgiebigen psychiatrischen Behandlung zu unterziehen. Er leidet an der ansonsten in unserer Zeit ausgemerzten Glaubenskrankheit, dieser Zeit unentwegten Unterwegsseins, der zweiten Ewigkeit, die weder Ziel noch Richtung kennt.

Doch in einer schönen, ruhigen Nacht verließ der Astronaut sein Haus und ging schwimmen. Er zog seinen Anzug an, sprang in den Raum und schwamm langsam dahin, den Blick auf die fernen Sterne gerichtet. Wenig später las der Astronaut den Planetennamen im Kopf einfach rückwärts, und da kam »Todesrückkehr« heraus.

Nach dieser kleinen sprachlichen Entdeckung, die manche bloß für einen faulen Zauber hielten, bekamen es die Bewohner der Galaxie mit der Angst zu tun und organisierten zahlreiche Konferenzen über die möglichen Gefahren.

Herr Doktor, aus diesem Grund müssen die Geschichten neu geschrieben werden. Das Wort Tod hat die Gefühle wieder angerührt.

Ich möchte das nicht ruhig und heiter mitansehen. Ich bin müde, ich möchte schreien. Ich bin wie jdweder von euch: eine Schar schizoider Affen, die in einem einzigen Körper leben. Ich bin ein Fisch, der im Ofen brät, während draußen der Regen fällt. Ein weiteres Bild, Gift entströmt meinem Mund. Lächle, Mutter, damit die Datteln reifen. Gut, ich habe geglaubt, die Welt sei nichts als ein codierter Traum, ich ein Symboljäger, der ein Netz und ein Labor benötigt. Mich haben die Bücher noch vor der Enzyklopädie menschlicher Insekten betrogen. Und schließlich brach der Traum zusammen, um dessentwillen ich mein Leben zerstört habe. Und so habe ich jetzt zwei Trümmerhaufen: den meines Lebens und den des Traums. Ich liebe dich, Mutter. Und ich bete zu Gott, er möge aufhören, dich mit der verbreiteten, dunklen Traurigkeit zu quälen, und ein Engel mit hübschem Hintern möge im Lande herrschen. Bevor er den Bus mit den Kindern in Flammen setzte, behandelte der Arzt mal meine Depression, mal meinen aggressiven und Probleme schaffenden Geist. Ich kann nicht schlafen, Mutter, und sie wollen mich zum Schlafen zwingen. Aber euch, meine Brüder, sage ich, dass ich zur Kategorie der verängstigten Patienten gehöre, der Kategorie der kafkaesken Mäuse, ein ständig gejagtes Geschlecht. Wir essen hastig und furchtsam, wir schlafen mit halb offenen Augen. Die Helden unserer Albträume sind böse Katzen und Stacheldrahtfallen. Zu eurer Information, diese Krankheit ist nicht ansteckend, sondern erblich. Vor dem Auftreten Kafkas sah man in den Ahnen den Ausgangspunkt des Bösen. Man schickte sie in die Heiligtümer, um die Satane aus ihren Köpfen zu vertreiben. Heute dagegen, wie können wir unser dürftiges politisches Leben beschreiben?

Meine Frau, meine Freunde und der Präsident der Vereinigung zur Verteidigung der Glücklosen beten allesamt darum, dass ich schlafe und mein Lebenslos akzeptiere. Sie haben recht, wenn sie das Gefühl haben, privilegiert zu sein. Wer schlafen kann, ist König und wird mit jedem neuen Tag ruhig und frisch geboren, außerhalb des Krankenhauses und ohne Geburtsschreie zu kennen. Ich beneide sie um diese Art der Getrostheit und der Gutherzigkeit. Ich kann wohl am ehesten als misstrauisch oder auch ehrlos bezeichnet werden – nicht imstande, meine Seele insgeheim, unbewacht, dem Tagesanbruch zu übergeben. Mir fehlt auch der Gaube, und ich beabsichtige, der Apotheke einen neuen Krieg zu erklären. Darum werde ich ab heute den Arzt nicht mehr besuchen. Das Problem ist nämlich, dass man mir da verbietet, Alkohol zu trinken, während ich ihre Pillen schlucke, diese Insektenvertilgungsmittel, die man einem mit einem breiten Grinsen reicht. Die Krankenschwester gab mir auch noch die Nummer einer Selbstmord-Notrufzentrale. Glauben Sie etwa, ich mache Witze? Oder haben Sie noch nie von dieser Einrichtung gehört? Die Krankenschwester sagte wortwörtlich: »Sie können diese Nummer anrufen, wenn Sie das Gefühl haben, Sie könnten etwas Gefährliches tun. Die kommen sofort.« Ich habe es nicht geglaubt, als ich hörte, dass es eine Ambulanz zur Rettung von Selbstmördern gibt. Aber ist das wirklich eine Rettung oder geht es um die Neugier, Geschichten fehlgeschlagener Versuche zu erfahren? Und welcher Selbstmörder ist töricht genug, sich die Schlinge um den Hals zu legen und dann sein Handy aus der Tasche zu ziehen und die Ambulanz zu rufen? Okay, okay. Schon gut, ich gehe zum Arzt, aber nur unter der Bedingung, dass er neue Antworten findet, nicht mehr die alten, die ich schon kenne. Ich will überzeugende Antworten auf meine Krise, wenn ich am Morgen durch die Straßen wandere. Ich will dem Arzt auch Fragen stellen über das rätselhafte religiöse Verlangen, das mich in dieser gesegneten Morgenstunde beutelt.

Ich danke Ihnen, gnädige Frau, geben Sie mir die Telefonnummer Ihres Vereins. Übrigens, diese hübsche Blume da, ich meine den Ohrring, ist das eine Narzisse?

Bevor der Arzt halbiert wurde und mit seinem Auto die Kinder in Flammen setzte, sagte ich ihm:

Wissen Sie, Herr Doktor, wenn ich aus dem Haus trete und mir die kalte Morgenluft entgegenschlägt, erwacht dieses Verlangen. Warmes Wasser wogt aus unbekannten Quellen in meinen Kopf. Mein Körper wird leicht, und ich habe das Gefühl, eine buddhistische Wolke zu sein. Wie soll ich Ihnen das erklären? Sehen sie dort die Möwe, die den Spatzen ein Stückchen Brot wegnimmt und damit auf das Dach des Bahnhofs fliegt?

Herr Doktor, ich kann Ihnen meine Gefühle in diesem Augenblick vielleicht als Wunsch zu küssen beschreiben; dazustehen wie diese Verteiler von Gratiszeitungen und Werbung vor dem Bahnhof, die sich den hastenden Leuten in den Weg stellen; die Menschen aufzuhalten und ihnen die Hände zu küssen, ihre Schuhe, ihre Knie, ihre Taschen; und, wenn sie es erlaubten, ihre Hintern zu entblößen und auch diese zu küssen. Erlauben Sie mir, gnädige Frau, den Ärmel Ihres Mantels zu küssen? Bitte, gnädiger Herr, nehmen Sie meinen Kuss auf Ihre Krawatte entgegen. Küsse ohne Gegenleistung, traurige, ehrliche Küsse. Und häufig, Herr Doktor, will ich nicht nur die Leute küssen, sondern auch die Spuren, die sie auf dem Gehsteig hinterlassen: die Zigarettenkippen, den Schlüssel, den eine alte Frau verloren hat, die Bierflaschen, die die Säufer in der vergangenen Nacht liegen ließen, die Telefonnummern auf weggeworfenen Zetteln. Küsse, in denen sich mütterliche Instinkte mit sexueller Gier vermischen, wie die Nacht und der Tag in meinem Kopf.

Danach, Herr Doktor, löst sich dieses Verlangen plötzlich auf, wie wenn dicke, dreiste Wolken über einen klaren Himmel herfallen. Es ist wie eine Tortur, als ob ein brutaler Gefängniswärter mir die Fingernägel herausrisse. Dann, Herr Doktor, habe ich das Gefühl, mein Kiefer wäre zu einem Tierkiefer geworden und an meinem Hintern wäre ein Schwanz gewachsen. Angst tobt in meiner Kehle, die völlig ausgetrocknet ist und nach einem Tropfen Wasser verlangt, um jeden Preis, auch um den menschlicher Würde. Durst und Hass vermischen sich in meinem Kopf, der zur Posaune geworden ist und sadistische Hymnen hinausschmettert. Deshalb will ich plötzlich alle ohne Gegenleistung gegebenen Küsse zurückhaben. Ich möchte dem hektischen Mann da, der sich vor dem Bahnhof eine Zigarette anzündet, die Eier abschneiden. Ich möchte dem Kind, das von seiner Mutter Richtung Bahnhof gezerrt wird, meine Nägel ins Gesicht graben. Ein Kind, das man das Reisen lehrt. Ein weiteres Kind, Herr Doktor. Ein weiterer beunruhigender Einschnitt zwischen Tag und Nacht.

Wissen Sie, Herr Doktor, ich bin in Bagdad geboren. Mein Großvater war ein Bauer, der in die Stadt kam. Er glaubte, die Straßen dort wären wie die Wasserwege in den Sumpfgebieten des Südens. Ein Auto fuhr ihn an, und er starb. Mein Vater war Soldat, bis er durch einen Gehirnschlag umkam. Meine Mutter konnte weder lesen noch schreiben. Sie schlug sich das Gesicht in Trauer – im Krieg wie im Frieden. Und ich saß da und las während der Mittagshitze im Juli die Regen-Hymne von Badr Schâkir al-Sajjâb. Meine Brüder waren Polizisten, Häftlinge und Beter geworden. Also war ich verpflichtet, entsprechend den Bedingungen der Authentizität, einen realistischen Roman über das Wasser, die Trauerrituale und die Nachfahren des Ali Ibn Abi Tâlib zu schreiben. Außerdem meine Zeit dem Studium der Tradition zu widmen, um die Bestrebungen der Läuse zu verstehen, die mir das Fell auf dem Kopf jucken ließen. Mein Großvater kam in die Stadt, um das Bild des Führers hochzuhalten. Er war dem Hunger und den Mücken weggelaufen.

Sie wissen, Herr Doktor, dass es zwei Arten Gift gibt, das natürliche und das synthetische. Kategorisiert werden sie entsprechend ihrer Herkunft oder ihrer Ingredienzien. Es gibt Ätz- und Reizgift, Nerven- und Blutgift. Ätzgift zerstört das Gewebe direkt, Reizgift verbrennt die Schleimschichten, und Blutgift verhindert, dass der Sauerstoff ins Blut gelangt. Ich weiß auch, dass Gifte im Allgemeinen durch Schlucken, Inhalieren, Spritzen oder Saugen in den Körper gelangen. Oleander, Adonisröschen, Rizinus, Herbstzeitlose und Schierling gehören zu den giftigen Pflanzen und Gräsern. Beißen und Stechen ist die Eigenschaft von Skorpionen, Schlangen, manchen Fischen, Salamandern und einigen Kröten. Zu den wichtigsten Arten der Vergiftung, die abhängig sind von der Dauer des Gifts im Körper, gehört ein Mundgeruch, der dem von Alkohol ähnelt. Sie, Herr Doktor, wissen das besser, aber lassen Sie mich ausreden. Ich bin mit diesem Leiden geboren, einem Geruch, der seit meiner Kindheit wegen dieser verdorbenen, scharfen Zunge aus meinem Munde kommt. Andere Symptome, die mir das Leben so geliefert hat, sind: Weitung und Verengung der Pupillen, Brennen in der Kehle, Übelkeit, Brechreiz, Durchfall, Krämpfe, Absenzen, Zyanose, mangelnde Liebesfähigkeit, Schwindel- und Ohnmachtsanfälle, Schlafsucht. Jemandem mit einer Medikamentenvergiftung kann man einen Apfel rösten und auf der Fahrt ins Krankenhaus verzehren lassen. Aber Apfelessig kann gegen Vergiftung durch verdorbenen Fisch oder Sardinenkonserven eingesetzt werden. Man sollte ihn trinken, wenn der Magen erst einmal durch Erbrechen geleert ist. Der Stich einer Biene oder einer Mücke ist kein Grund zur Panik. Man zieht einfach den Stachel heraus und reibt die Stelle mit Knoblauch, Porree oder Basilikum ein. Wenn aber ein Mensch seinen Menschenbruder sticht, so ist das ganz sicher ein schmerzliches Ende und wir bedauern das sterbende Opfer. Dann braucht man nicht mehr vieles, bloß noch eine kleine Kerze, die angezündet wird, um die Satane zu vertreiben, die sich bereit machen, nach dem Körper zu schnappen, oder ein wenig Luft, die man dem Sterbenden rasch in den Mund bläst. Das hilft ihm in jenen Augenblicken, die Unmengen von Illusionen zu erkennen, mit denen er gelebt hat.

Herr Doktor, ich sitze stundenlang in einem Café, bis mir der Hintern schmerzt. Die junge Frau, die sich neben mir schreibend über ihre Papiere *beugte, ist hinausgegangen, um an der Tür eine Zigarette zu rauchen. Als sie aufstand, fiel ihr Stift zu Boden, und ich habe mich, rein und lauter, in diesen Stift verliebt. Einen Stift, der wütend neben dem Stuhlbein liegt. Den Stift einer hübschen jungen Frau, die zum Rauchen hinausging, der nun allein dort liegt und sein kurzes Leben hasst. Herr Doktor, jede Bewegung, jedes Zeichen, egal wie einfach oder trivial, verursacht mir Liebeskopfschmerzen. Dann versuche ich, instinktiv gehässig auszusehen. Aber was soll das? Ich weiß es nicht. Ich habe, wie Sie sehen, das Verhalten eines Alkoholikers, dem der Alkohol keine Freude mehr macht. Haben Sie das noch nicht bemerkt? Mir ist es unangenehm, dass diese kleinen Liebesgeschichtchen zu anderen hinaussickern. Einmal habe ich einem Freund erzählt, ich dächte mehr über die Knöpfe am Hemd eines Gasts im Café nach als über die Kriege des Landes. Es sollte nicht poetisch oder verrückt klingen, aber die Art, wie er mich ansah, war eine reine Beleidigung.*

Herr Doktor, sicher haben Sie die Geschichte von dem giftigen Fisch noch nicht gehört. Glauben Sie wirklich, ich sei so verrückt, grundlos über Gift zu reden. In der Anfangszeit des Wirtschaftsboykotts, im Jahr 1991, wurde in unserem Land die Geschichte vom Vater und dem Fisch herumerzählt. Der Mann hatte etwas Gemüse, ein paar Essigfrüchte und einen großen Fisch gekauft, den er selbst briet. Dann aß er ihn gemeinsam mit seinen sechs Töchtern – tränenden Auges und bebenden Herzens. Die Töchter wussten natürlich nicht, dass der Vater den Fisch vergiftet hatte. Er hatte keinen anderen Ausweg gesehen, um die Töchter von der Prostitution fernzuhalten. Er war Verkäufer von Plastiktüten auf dem Markt, und was er verdiente, reichte nicht zum Leben. Er verschied, überzeugt, dass seine Frau, die auf dem Friedhof von Nadschaf ruhte, ihn verstehen würde. Viele Leute wollten das damals kein Verbrechen nennen. Ich dachte aber an die Tagträume – die Träume der Töchter dieses Mannes, während sie den köstlichen Fisch ihres Vaters verzehrten. Ich weiß nicht, ob andere Menschen Tagträume haben, während sie wortlos essen. Ich weiß aber, dass es für Tagträume keine festen Zeiten gibt. Das unterscheidet sie von Schlafträumen, die einem Muster, wenn auch keinem demokrati-

schen, folgen. Das gehört zu den Privilegien der Tagtraumrepublik. Die Geschichte dieses Mannes war für die Menschen eine erschreckende War-nung in den ersten Jahren des Boykotts. Der Schwanz des Fisches, auf dem sich die Fliegen im Mülleimer scharten, war nicht vergiftet. Eine fet-te Katze nahm ihn an sich und fütterte damit ihre Jungen auf dem Dach des Hauses. Ich wünschte mir, es gäbe wirklich eine solche Katze. Keine Tragödie, die nicht mit solch übertriebenen und rührseligen Einzelheiten durchsetzt ist, verdient es, auf die Bühne der großen Tragödien zu gelan-gen. Verstehen Sie nun, was ich meine, Herr Doktor? Der Fischschwanz ist ein weiterer Trennstrich. Es gibt einen dornigen Trennstrich in mei-nem Gehirn, der mich nicht schlafen lässt. Sie haben recht, Herr Doktor, und jetzt sind Sie mit dem Reden dran. Damals sprachen die Leute nicht über die Art des Giftes in dem Fisch. Stattdessen sprachen sie ausgiebig über den Hunger und über die Ehre der Töchter.

Herr Doktor, Sie wollen sagen, die Welt könnte so weiß sein wie Ihr Hemd. Okay, Herr Doktor. Auch dass der Mensch einfach ein Trenn-strich zwischen den Wörtern »Geburt« und »Tod« ist. Aber ich be-schwöre Sie beim Ansehen ihres menschenbezogenen Berufs, mir die Bedeutung dieses leeren, weißen Satzes zu erläutern! Ist denn der Trenn-strich wirklich nötig?

Herr Doktor, bitte einen weiteren Trennstrich. Erlauben Sie mir, aufs Klo zu gehen. Danach werde ich Ihnen von einem weiteren Trennstrich erzählen, der »Einsamkeit« heißt. Aber lassen Sie mich mich erst einmal entleeren. Ich habe das Gefühl, ein Fass Morast gesoffen zu haben.

Herr Doktor, wussten Sie schon, dass es Mäusearten gibt, die, wenn sie hungrig sind, ihren eigenen Schwanz anzuknabbern beginnen. Die wichtigste Maus übrigens, die ich kenne und die mir geholfen hat, mein Schicksal vorherzusehen, ist die Kafka'sche. Haben Sie das gelesen, Herr Doktor, auf Finnisch? Wie kann ich das für Sie übersetzen? Es ist eines von Kafkas Kürzestgiften und heißt Kleine Fabel:

»Ach«, sagte die Maus, »die Welt wird enger mit jedem Tag. Zu-erst war sie so breit, dass ich Angst hatte, ich lief weiter und war glück-lich, dass ich endlich rechts und links in der Ferne Mauern sah, aber diese langen Mauern eilen so schnell aufeinander zu, dass ich schon im letzten Zimmer bin, und dort im Winkel steht die Falle, in die ich laufe.« – »Du musst nur die Laufrichtung ändern«, sagte die Katze und fraß sie.

Danke, Herr Doktor.

Und jetzt, Herr Doktor, holen Sie mich doch noch aus dieser Dung-kugel heraus, bitte.

Tausendundein Messer

1.

Am Mittag wartete Dschaafar, der Schiedsrichter, am Eingang zur Gasse. Um den Hals hatte er ein Militärfernglas hängen, auf dem Schoß einen Ball liegen. Die Jungen kamen nach und nach. Sie blödelten mit ihm und erzählten eifrig vom Stürmer der Mannschaft von Sektor 32.

Dschaafar beruhigte sie: »Wir haben Allâwi al-Sabaa, den Messi von Sektor 29.«

Die Jungen schoben abwechselnd Dschaafars Rollstuhl.

»Die Mannschaft von Sektor 32 bringt vielleicht einen eigenen Schiedsrichter mit«, sagte einer.

Dschaafar ging nicht darauf ein. Er wisse schon, was er zu tun habe, erklärte er ihnen. Beim Spielfeld angekommen, gab Dschaafar den Ball frei, und die Jungen rannten ihm hinterher.

Dschaafar war fünfundvierzig Jahre alt, aber er war jugendlich geblieben. Ein sportlicher Geist, voller Dynamik und Entschlossenheit, den seine Freunde ebenso wie seine wenigen Feinde bewunderten. Im Sektor 29 war er der beste Billardspieler. Als er aus der Armee floh, war die Militärpolizei nicht imstande, seiner habhaft zu werden. Er war wie ein Dschinn. Doch seine Sucht nach Billardsalons zerstörte sein Leben. Eines Abends umringten ihn ein paar Typen der Militärpolizei im Billardsalon »Chorassân Karâda«. Dort trat er gegen die berühmtesten Spieler des Viertels an. Er kam mit zwei amputierten Beinen von der Kuwait-Front zurück. Er war ein freundlicher, umgänglicher Kerl aus einer anständigen Familie. So sahen ihn die Bewohner des Sektors! Einige fanden aber seine Leidenschaft für Fußball und sein enges Verhältnis zu den Jungen ungehörig. In seinem Alter! Doch Dschaafar scherte sich nicht um derlei Gerede. Die Jungen mussten die Regeln lernen. Deswegen organisierte er Spiele für sie und fungierte als Schiedsrichter. Seine Kritiker erinnerte er an den berühmten Spieler in der Nationalmannschaft, der den Fußballplätzen von Sektor 29 und seiner Fürsorge entstammte, und jedes Mal fügte er noch hinzu: »Meinen Händen wird einmal ein Wunder zu verdanken sein, das dieses ganze Land rettet.«

Am Rande des Platzes war eine riesige Müllkippe, von der weißer Rauch aufstieg. Der faulige Gestank lag über dem Platz. Die Frauen der umliegenden Häuser brachten, in ihre Abâjas gehüllt oder nicht, ihre Müllsäcke heraus. Dschaafar beobachtete sie durch seinen Feldstecher, während die Jungen schreiend hinter dem Ball herliefen. Mit dem Feldstecher verfolgte Dschaafar auch das Spiel. Später kam die Mannschaft von Sektor 32 in Begleitung eines jungen bärtigen Mannes, mit dem sich Dschaafar einigte, dass er während der ersten Halbzeit als Schiedsrichter fungieren werde, der Bärtige während der zweiten. Die Begegnung begann. Dschaafar drehte kräftig und rasch die Räder seines Rollstuhls. Er fuhr hektisch und leidenschaftlich hin und her und rief den Jungen Ansporn oder Kritik zu. Wenn sie sich von ihm entfernten, beobachtete er sie mit dem Fernglas. »Toooooooor!«, schrie Dschaafar. Der Schiedsrichter von Sektor 32 protestierte dagegen, dass Dschaafar für seine eigene Mannschaft Partei nahm. Dschaafar ignorierte ihn. Er sorgte sich um die Jungen wie um eigene Söhne, und wenn sie hinfielen, untersuchte er ihre Knie und ihre Beine. Manchmal driftete er ab und für Augenblicke erschienen ihm die Jungen wie Gespenster, die einander bekämpften. Der Granatenlärm von der Front brach in seine Erinnerung ein. Doch dann kehrte er zum Match zurück und blies leidenschaftlich und trotzig in die Pfeife, um einen Freistoß zu geben. Er war schweißüberströmt und manövrierte mit aller Kraft die Räder seines Rollstuhls, um den Jungen nachzukommen, die gazellengleich dem Ball nachrannten.

Dschaafar pfiff ein Foul.

»Das war kein Foul, Dschaafar, ich schwör's«, maulte einer der Jungen.

»Wenn ich sag: Foul, dann wird nicht diskutiert.«

»Du warst ja weit weg, Dschaafar.«

»Also bitte! Was ist denn das? Glaubst du, ich bin blind?«, rief Dschaafar und zeigte auf seinen Feldstecher.

Die Begegnung endete unentschieden 2:2. Die Jungen schoben Dschaafar auf seinem Rollstuhl zurück in sein Stammcafé. Er schickte sie nach Hause und ermahnte sie, für das Spiel gegen die Mannschaft von Sektor 52 in der kommenden Woche fit und parat zu sein.

Im Café spielte Dschaafar Domino und erläuterte den anderen das Niveau verschiedener spanischer Klubs. Sein Lachen hallte durch den Raum und erschütterte sogar das Bild des großen Imams, das an der Wand hing. Die Amis würden in der kommenden Nacht den Sektor nach Waffen durchsuchen, erzählte der Inhaber des Cafés.

»Was wollen diese Cowboy-Gangs hier eigentlich? Sie haben mir im Kuwait-Krieg beide Beine weggeschossen. Was wollen sie denn noch? Die können mich mal! Irgendwann tappt Amerika doch noch in die Scheiße«, rief Dschaafar gereizt. Dann wechselte er das Thema und sprach wieder vom Fußball. Man stritt und lachte. Dschaafar sah sich den Fans von Real Madrid gegenüber. Er war ein fanatischer Anhänger von Barcelona, manchmal auch von Liverpool.

Ich wartete auf Dschaafar an der Tür. Er verließ laut lachend das Café und boxte mich freundschaftlich in den Magen. Ich schob seinen Rollstuhl, wir überquerten die Straße. Wie es seiner Schwester, meiner Frau, gehe, wollte er wissen. »Gut«, erwiderte ich.

»Wirst du heute auch wieder ein Messer verschwinden lassen?«

»Nein. Vielleicht werde ich ein wenig über Traumdeutung sprechen.«

Ich klopfte an der Tür. Suâd öffnete. »Ah, gleich beide«, sagte sie und küsste Dschaafar auf den Kopf. Sie half mir, den Rollstuhl durch die schmale Tür zu bugsieren. Als ich sie in den Po zwickte, schlug sie mir vorsichtig auf die Hand, damit Dschaafar es nicht merkte.

Im Zimmer stand eine nackte Holzbank, auf der Sâlich, der Metzger, saß. Allâwi hockte, die grüne Gebetskette in der Hand, mit gekreuzten Beinen auf dem Boden, wie immer, wenn er ein Messer verschwinden ließ.

»He Allâwi«, sagte Dschaafar, während er Sâlich die Hand schüttelte, »setz dich doch auch auf die Bank.«

»Ach, weißt du«, erwiderte der Angesprochene freundlich, »ich habe noch nie auf einem Stuhl oder einer Bank gesessen.«

»Du meinst, noch nie in deinem ganzen Leben?«

»Ja, genau.«

»Komm jetzt, du bist gerade einmal fünfzehn. Wenn man dich hört, glaubt man, du wärst ein Dinosaurier.«

Dschaafar lachte laut und rückte das Bild seines Vaters an der Wand gerade.

Suâd verschwand in der Küche, und ich setzte mich neben den Metzger. Dschaafar rollte seinen Stuhl zurecht, um uns gegenüberzustehen. Suâd kam mit einem Teetablett. Sie setzte sich auf den Teppich neben Allâwi und schenkte ein. Sie verteilte ihr Lächeln gleichmäßig auf alle, nur mir zwinkerte sie mehrfach zu. Ich pustete ihr einen Windkuss zu.

»Also los, meine Täubchen«, begann Dschaafar, an mich gewandt, »wir haben zu tun. Wenn wir fertig sind, könnt ihr euch so viele Küsschen zuwerfen, wie ihr wollt.«

»Jetzt hör mal, Dschaafar«, sagte der Metzger mir einer seltsamen Frauenstimme. »Wer dich reden hört, glaubt, das hier wäre die Versammlung einer Untergrundpartei, die die Welt verändern soll. Wie viele Messer haben wir schon verschwinden lassen, die dann Suâd unweigerlich wieder zurückgeholt hat? Und das nun schon seit zehn Jahren.«

Allâwi lachte. »Ich habe mein ganzes Leben lang Messer verschwinden lassen, und ich will das immer weiter tun. Warum, weiß ich auch nicht.«

Dschaafar wechselte das Thema und wollte von Allâwi wissen, ob Umm Ibtisâm heute komme. Diesmal sei er ganz sicher, erwiderte Allâwi. Sie habe ihm hoch und heilig geschworen, sie werde kommen. »Sicher ist sie schon unterwegs. Du weißt ja, wie diese Scheiß-amis die Hälfte der Straßen blockieren.«

2.

Wir waren wie eine Familie. Wir teilten nicht nur unsere Talente im Umgang mit den Messern, sondern auch unsere Sorgen, unsere Freuden und unsere Ignoranz in diesem Leben. Jahrelang ging es ständig auf und ab mit uns. Nicht selten hat uns die Verzweiflung durchgeschüttelt, und mehr als einmal waren wir drauf und dran, die Hoffnung auf die Messer aufzugeben. Es gab da auch anderes, und verschiedentlich wäre die Gruppe fast auseinandergefallen. Doch dann hielt uns das Vergnügen an dieser seltsamen Begabung zusammen – außer Sâlich, dem Metzger – und die Messer waren unser Trost und sorgten für aufregende Ungewissheit.

Zehn Jahre waren vergangen, seit wir zu einem Messerspiel-Team zusammengefunden hatten. Allâwi hatte erst vor drei Jahren zu uns gefunden. Ich selber war damals noch Student an der Fakultät für Erziehungswissenschaften. Suâd besuchte die sechste Klasse der Oberschule, naturwissenschaftlicher Zweig, und träumte von der medizinischen Fakultät. Sâlich, der Metzger, erweiterte seinen Laden, trennte sich von seiner Frau, der Mutter seiner Kinder, und heiratete ein junges Mädchen mit zweifelhaftem Ruf im Viertel. Dschaafar fand für Allâwi Arbeit in einer Fabrik für Frauenschuhe. Dschaafar wollte nicht, dass Allâwi mit Messern spielend auf dem Markt saß. Er selber blieb immer der Gleiche: Fußball, Schiedsrichter, Domino, Café und immer darauf bedacht, die Gruppe nicht auseinanderbrechen zu lassen, und ständig auf der Suche nach neuen Talenten im Fußball – und natürlich auch beim Messerspiel. Er war fest davon überzeugt, dass unsere Begabung mit den Messern eine geheime Botschaft war und das Land retten würde. Wie, warum und wann blieb dabei offen und interessierte ihn nicht: »Mein ganzes Leben lang habe ich nie auch nur eine Zeitung gelesen. Wie sollte ich das Geheimnis der Messer deuten können?«

Wir – der Metzger, Allâwi, Dschaafar und ich – waren imstande, Messer verschwinden zu lassen. Suâd war die Einzige, die sie wiederauftauchen lassen konnte, wozu uns anderen das Talent fehlte. Doch sie war unfähig, sie verschwinden zu lassen. Dieser Unterschied zwischen Suâd und uns anderen machte unsere Begabung noch viel rätselhafter, eine Begabung, die sich nach all diesen Jahren keinen einzigen Schritt weiterentwickelt hatte.

Zwei Jahre zuvor hatte ich den Auftrag erhalten, Bücher zu lesen, um herauszufinden, was es mit den Messern auf sich habe. Dabei kam mir zunächst die Idee, die Messer seien nichts anderes als ein Symbol für das Entsetzen, das Morden und die Brutalität im Land. Doch was sollte der Sinn eines solchen Symbols sein? Was könnte es in dieser Welt bewirken? Nein, es war kein Symbol, es war ein ungewohntes realistisches Phänomen. Ein höchst seltsames Spiel ohne besonderen Sinn und beschränkt durch seine eigenen engen Regeln.

Ich hatte Suâd ein Jahr zuvor geheiratet. Dschaafar war es, der mit meinem Vater diese frühe Eheschließung arrangiert hatte. Suâds Cousin hatte Dschaafar gegenüber Interesse geäußert, seine Schwester zu heiraten. Doch Dschaafar wollte nicht, dass Suâd uns verließ, um auf dem Dorf zu leben. Außerdem hatte er durchaus die schüchterne Zuneigung zwischen Suâd und mir bemerkt. Mein Vater war sofort einverstanden, besonders weil Dschaafar eine attraktive Mitgift anbot. Er wolle dem jungen Paar ein kleines Häuschen kaufen, versprach er. Also stimmte mein Vater sofort zu, und erleichterte damit sein eigenes Schiff um eine Ladung. Wir waren neun Brüder und drei Schwestern und lebten zusammen in zwei Zimmern, und mein Vater kämpfte ständig gegen den Untergang der Familienbarke. Er arbeitete als Bäcker, meine Mutter spritzte die Kranken im Viertel –

ohne einschlägiges medizinisches Diplom! Sie war Analphabetin, und wegen ihrer Güte nannten sie die Leute »die barmherzige Medizinfrau«.

Als Junge spielte ich auch in Dschaafars Fußballmannschaft. Er hat mein Talent zufällig entdeckt. Er beobachtete, wie ich ein Messer aus der Hand eines anderen Jungen verschwinden ließ. Er beglückwünschte mich und umarmte mich die ganze Zeit. Er nahm mich voller Freude mit nach Hause und stellte mich seiner Schwester Suâd vor, dem heiteren jungen Mädchen, aus dessen Augen eine Lebensenergie wie von einer kräftigen Blume strahlte. Am folgenden Tag führte Dschaafar mich in die Metzgerei und stellte mich Sâlich vor.

Damals trafen wir uns noch in in Dschaafars Wohnung. Aber seine Mutter und seine fünf Geschwister störten uns, und so verlegten wir unsere Treffen ins Haus des Metzgers. Er besaß auf dem Dach ein Zimmerchen, in dem er Vögel hielt. Wir legten die Messer auf einen runden Holztisch und ließen sie eines nach dem anderen verschwinden. Dann brachte Suâd sie wieder zum Vorschein. Wir diskutierten darüber und analysierten das Ganze. Doch bald einmal wich das Gespräch vom Thema Messer ab, und wir erzählten Geschichtchen und Neuigkeiten über unsere Nachbarn im Viertel. In diesem Vogelzimmer trafen wir uns, bis ich heiratete und Dschaafar uns eine Wohnung kaufte. Er war nicht unvermögend, besaß Ersparnisse aus einer kommerziellen Tätigkeit, der er angeblich schon als Junge nachgegangen war: dem Handel mit verbotenen Pornozeitschriften. Doch dafür gab es keinen Beweis, er hatte sie nämlich nur in betuchteren Vierteln vertrieben.

Ich war es, der Allâwi entdeckte und ihn in die Gruppe brachte. Ich war, um Rattengift zu kaufen, auf einem Straßenmarkt. In einer Ecke dort sah ich eine Ansammlung von Kindern und Erwachsenen, die neugierig im Kreis herumstanden. Allâwi saß wie üblich mit untergeschlagenen Beinen auf der Erde, neben ihm eine Anzahl unterschiedlich geformter kleiner Messer. Für jedes, das er verschwinden ließ, kassierte er zuvor einen Obolus. Manche gaben ihm eine

Schachtel Zigaretten oder etwas Kleingeld für ein Sandwich oder einen Fruchtsaft. Wenn es ihm genug schien, warf er eines dieser Messer für alle sichtbar vor sich auf den Boden. Er lud die Leute ein, es anzufassen und sich davon zu überzeugen, dass es ein richtiges Messer war. Danach forderte er die Zuschauer auf, den Kreis etwas weiter zu machen, damit er atmen und sich konzentrieren könne. Schließlich starrte Allâwi, wie wir alle, dreißig Sekunden auf das Messer, das in dem Moment, in dem in seinen Augen Tränen aufblitzten, verschwand. Die Leute klatschten voller Erstaunen und Bewunderung. Danach wartete Allâwi, bis die Leute ihm genug für das nächste Messer bezahlt hatten, das er dann auch wieder verschwinden ließ. Sein Hauptproblem war, dass er mit gestohlenen Messern arbeitete, deren Beschaffung ihn immer wieder in Schwierigkeiten brachte. Er brauchte ständig neue Messer, um die verschwundenen zu ersetzen.

Die Tränen und die dreißig Sekunden waren der gemeinsame Nenner für uns alle beim Verschwinden- und Wiederauftauchen-Lassen der Messer. Und, wie schon erwähnt, ohne Suâd wären alle diese Messer auf Nimmerwiedersehen verschwunden, und auch wir wären geblieben, was Allâwi war, bevor er sich uns anschloss: ein simpler Messerdieb. Sâlich, der Metzger, sah sich genau mit diesem Problem konfrontiert, bis er Dschaafar und Suâd kennenlernte. Er war fasziniert von dem Spiel. In seinem Laden betrachtete er die Messer, bis sie verschwanden. Danach musste er immer neue kaufen. Allâwi profitierte von seinem Talent auf dem Markt, der Metzger machte nur Verlust. Ohne Suâd wäre er, wie er selbst sagte, verhungert. Suâd brachte ihm jeden Tag die Messer zurück, die er hatte verschwinden lassen. Und wir waren überzeugt, dass er nur aus diesem Grund all diese Jahre bei uns blieb.

Wir haben immer nach neuen Mitgliedern mit Suâds Fähigkeiten gesucht. Jeden Donnerstag trafen wir uns und ließen eine Anzahl Messer verschwinden, die Suâd dann wieder beschaffte, und zwar nach derselben Methode: Tränen und eine Handvoll Sekunden.

Mir fiel es leicht, die Messer verschwinden zu lassen. Ich hatte schon als Kind mit den Küchenmessern meiner Mutter begonnen. Anfangs wurde sie halb wahnsinnig, doch als sie mein Geheimnis entdeckt hatte, nahmen meine Eltern mich zu einem Religionsmann, um seinen Rat einzuholen. Dieser Turbanträger erklärte ihnen allen Ernstes: »Euer Sohn ist von einem Dschinn besessen.« Er riet meinem Vater und meiner Mutter, zu beten und den Hof des Hauses zweimal auszuwaschen, einmal bei Tagesanbruch, ein zweites Mal bei Sonnenuntergang. Als ich mich dann für Fußball interessierte und Dschaafar kennenlernte, hörte ich auf, bei uns zu Hause und bei Freunden und Verwandten Messer verschwinden zu lassen.

Das Spiel mit den Messern diente keinem besonderen Zweck. Wahrscheinlich sah Sâlich, der Metzger, in seinem Talent eine Krankheit, und in Suâd die einzige Behandlung. Wir anderen, Suâd, Dschaafar, Allâwi und ich, sahen das ziemlich anders. Dschaafar hielt es für eine mysteriöse, heilige Mission und verstand, was wir taten, trotz seiner Nutzlosigkeit als die Suche nach einem großen Geheimnis, zumal er sich selbst als den spirituellen Vater und Führer der Gruppe sah.

Allâwi war völlig süchtig. Für ihn war das Spiel mit den Messern wie Alkohol und schien den schrecklichen Verlust seiner Eltern in seiner frühen Kindheit aus seinem Gedächtnis zu vertreiben. Sein Vater war ein Säufer, der mit allen Nachbarn stritt und einmal mit seiner Pistole einen Mann erschoss. Doch noch bevor die Polizei eintraf, tauchte ein Sohn des Ermordeten mit einer Kalaschnikow auf. Allâwis Vater stand mit der Pistole in der Hand hinter der geschlossenen Wohnungstür. Die Mutter versuchte, ihn am Hinausgehen zu hindern. Der junge Mann, der seinen Vater in seinem Blut hatte liegen sehen, trat zur Tür und leerte sein ganzes Magazin auf die Tür. Diese brach zusammen, und mit ihr Allâwis Vater und Mutter.

Für mich waren die Messer Zeitvertreib und Teil meines Lebens. Auf meiner Suche nach einer Erklärung für das Spiel kam ich mir vor wie jemand, der hoch oben im Gebirge nach einer einsamen, einzigartigen Blume sucht. Häufig erschien mir das Spiel wie ein Abenteuer im Märchen, und nur allzu oft hatte ich den Eindruck, ich würde damit eine spirituelle Gymnastik absolvieren, bei der mich die Schönheit des Mysteriums mehr anzog, als mich die Wahrheit interessierte. Das trieb mich später, als ich die Suche nach dem Sinn der Messer aufgegeben hatte, in die Arme der Poesie.

Ignoranz war einer der Faktoren, die uns hinderten, das Spiel zu verstehen oder gar, über die Jahre hinweg, unsere Fähigkeiten darin zu entwickeln. Sâlich, der Metzger, Allâwi und Dschaafar konnten weder lesen noch schreiben. Suâd war zwar gebildet, doch auch sie praktizierte das Spiel mit den Messern auf eine kindlich genussvolle Art. »Warum die Dinge komplizieren, mein Schatz?«, fragte sie immer wieder. »Das Leben ist kurz, und wir müssen es jetzt leben. Betrachte diese Messer einfach als Spiel, als Amüsement, und damit basta!« Und mehr als nur einmal schlug sie vor, wir sollten im Viertel eine kleine Schaubühne aufmachen und die Leute mit verschwindenden und zurückkehrenden Messern unterhalten. Das würde vielleicht ihre Kriegsdepressionen und ihre ständige Todesangst vermindern. Aber Dschaafar waren die Männer der Religion, die sich zu Milizen formiert hatten, unheimlich. Ich fand, er hatte recht. Für sie wäre es ein Leichtes gewesen, uns zu Gottlosen zu erklären und uns womöglich vorzuwerfen, wir wollten mit allerlei fremdländischen Geschichtchen die Gesellschaft spalten. Ihre Irrsinnsideen waren inzwischen Gesetz geworden, und Gott hatte sich in ein Schwert verwandelt, mit dem Köpfe abgeschlagen und Menschen zu Ungläubigen erklärt wurden.

Meine Ignoranz vervielfachte sich, seit ich begonnen hatte, auf der Suche nach der Bedeutung dieser Messer Bücher durchzuarbeiten. Meine Bildung half mir da nicht viel. Zunächst forschte ich in religiösen Werken nach Hinweisen. In den meisten Häusern unseres und der angrenzenden Sektoren fand sich Gedrucktes: allem voran der Koran, die Hadîthe des Propheten und die Geschichten aus Paradies und Hölle, über die Propheten und die Gottlosen. Natürlich stieß ich in diesen Büchern häufig auf Messer, aber die Erwähnungen kamen mir alle ziemlich lachhaft und grotesk vor. Es gab da nur die Messer des Dschihâds, des Verrats, der Folter und des Terrors. Schwerter und Blut. Symbole für Wüsten- und Zukunftsschlachten. Siegesbanner, auf denen der Name Gottes und Kriegsmesser prangten.

Danach arbeitete ich mich vorsichtig weiter vor, zu den literarischen Büchern. Das war eigentlich ein Zufall. Ein einziger Satz, der in meinem Innern Unruhe auslöste. Ich saß im Café und las in einer lokalen Zeitung von einem Massaker, das in einem Dorf südlich der Hauptstadt von Kämpfern einer religiösen Gruppe verübt worden war. Bei Nacht hatten sie über den schlafenden Menschen die Häuser angezündet, nur ein kleiner Junge entkam den Flammen. Er war violett, ebenso die Ratte, die er in der Hand hielt. Man fand ihn schlafend in einem Weizenfeld. Seine seltsame Geschichte verlor sich im Lärm der täglichen Blutmühle im Land. Im Kulturteil der Zeitung gab es ein Interview mit einem emigrierten irakischen Dichter, der sagte: »Ein geschlossenes Tor, so kann man die Existenz bestimmen.«

Am folgenden Tag ging ich zur Mutanabbi-Straße, der Straße mit den Buchläden. Ich gehörte dort nicht zu den Stammkunden. Ich fühlte mich immer eingeschüchtert beim Anblick der Riesenmengen von Büchern: in den Schaufenstern der Läden, den Auslagen der Händler oder auf den hölzernen Karren. Hunderte von Titeln und Umschlagseiten. Ich schaffte es an jenem Tag nicht, ein Buch zu kaufen. Ich wusste nicht, was ich auswählen, wo ich beginnen sollte. Ich wiederholte meine Besuche dort jeden Freitag, und allmählich wuchs mein Selbstvertrauen. Ich begann, Bücher zu kaufen: Poesie, Romane, Erzählungen, arabische und übersetzte. Dann schlug die Gruppe vor, sich finanziell an meinen Bücherkäufen zu beteiligen, in der Hoffnung, ich würde irgendwo den Schlüssel zum Geheimnis der Messer finden. So füllte sich die Wohnung rasch mit Büchern. Wir richteten Regale im Zimmer, in der Küche und sogar im Bad ein. Und nach einem Jahr gierigen Lesens war es nicht mehr die Suche nach dem Mysterium der Messer, sondern der Wissens- und Lesegenuss, was mich anzog. Der Zauber der Worte war wie ein Regen geworden, der den Durst der Seele löscht, das Leben wie ein Gedanke und ein Traum: der Gedanke ein Ball, der Traum zwei Tennisschläger. Ich verstand nicht viel von den klassischen Philosophiewerken, aber unterhaltsame und spannende Bücher über Träume, über das Universum oder die Zeit faszinierten mich immer mehr. Ich hatte das Gefühl, zusammen mit der ganzen Gruppe in eine Falle geraten zu sein. Die anderen ließen massenhaft Fragen auf mich herabregnen, um zu erfahren, ob ich in all den Büchern etwas über das Geheimnis der Messer gefunden hatte. Ich wusste aber nicht, wie ich ihnen was erklären sollte. Ich war wie ein winziges Tier, das in den Bau eines gigantischen geraten ist und eine Mischung aus Vergnügen und Aufregung empfindet. Wahrscheinlich trieb ich richtungslos umher, da mein Kompass nur aus meiner Leidenschaft und meiner Furcht vor der Vielfalt des Lebens bestand. Ein Gedanke widersprach dem anderen, ein Konzept verschwand hinter dem nächsten. Eine Theorie erhöhte nur die Rätselhaftigkeit einer anderen. Ein Gefühl eliminierte ein anderes. Ein Buch machte das andere lächerlich, ein Gedicht stellte das andere in den Schatten. Eine Treppe führte nach oben, eine andere nach unten, und sehr häufig schien mir das Wissen, wie das Spiel mit den Messern, ein nutzlos rätselhaftes Tun, ein vergnüglicher Zeitvertreib, nichts anderes.

Ich versuchte, der Gruppe klarzumachen, dass die Suche nach dem Geheimnis der Messer mithilfe von Buchwissen nicht so einfach sei. Es handle sich um eine verzwickte Unternehmung, die vielleicht weitere lange Jahre erforderte, um zu einem gewissen Resultat zu führen. Ich wollte den anderen aber auch nicht die Hoffnung nehmen, besonders nicht Dschaafar, der von der Idee mit den Büchern höchst begeistert war. Deshalb begann ich, ihnen Geschichten über andere außergewöhnliche Vorgänge in dieser Welt zu erzählen, über geheimnisvolle Energien im Menschen. Ich versuchte, für sie meine bescheidenen Kenntnisse über Parapsychologie, Traumdeutung und die Geheimnisse des Universums und der Natur zu vereinfachen. Dabei hatte ich das Gefühl, dass wir uns gemeinsam weiter und weiter in den Labyrinthen dieser Welt verloren, ohne Segel und ohne Kompass.

3.

Suâd öffnete die Tür, und herein kam eine etwas dickliche, schwarz gekleidete Frau in den Fünfzigern. Sie grüßte uns etwas schüchtern. Der Metzger erhob sich, bot ihr einen Platz auf der Bank an und blieb selbst neben der Tür stehen, bis Dschaafar ihn aufforderte, sich wieder zu setzen. Es gehe schon, erwiderte der Metzger. Suâd fragte die Frau, Umm Ibtisâm, ob sie etwas trinken wolle. »Gern einen Kaffee.«

Dschaafar versuchte, die Verlegenheit der Frau zu zerstreuen. Er begann mit ihr ein Gespräch über die hohen Gemüsepreise und spottete darüber, dass man Gemüse aus den Nachbarländern importiere, obwohl wir doch zwei Flüsse und viel fruchtbares Land besäßen. Dann wechselte er zum Thema der hohen Gas- und Benzinpreise, obwohl wir doch weltweit über die größten Vorräte an schwarzer Scheiße verfügten! Suâd brachte Umm Ibtisâm den Kaffee und setzte sich wieder. Die Besucherin schlürfte an ihrem Kaffee und erklärte Allâwi, sie habe nicht viel Zeit und müsse rasch wieder zu ihren Kindern zurück. Allâwi hatte Umm Ibtisâm aufgestöbert. Bei einem Gang durch die Altstadtgassen im Herzen von Bagdad sei ihm, so erzählte er, ein kleiner Laden aufgefallen, in dem Messer verschiedener Form und unterschiedlicher Größe verkauft wurden, nur Messer. Er sei hineingegangen und habe sich umgesehen. Da trat eine Frau in den Fünfzigern zu ihm und fragte, ob sie ihm helfen könne. Er suche, erklärte er ihr, ein kleines Messer, das er vor Jahren verloren habe. Es besitze einen Griff in Form eines Haifischs. Die Frau starrte ihn unsicher an. Sie verkaufe Messer, ihr Laden sei kein Fundbüro. Dann habe er, erzählte Allâwi, die Frau mit der Frage überrascht, ob sie Messer verschwinden lassen könne. Sie verstehe nicht, wovon er spreche, erwiderte sie und legte ihm ein kleines Messer vor, um dessen Griff sich eine Schlange wand. Allâwi betrachtete es von allen Seiten und erklärte ihr, er wisse, wie man es verschwinden lassen könne. Mitten im Laden setzte er sich auf den Boden, und nach dreißig Sekunden vollster Konzentration und einiger Tränen verschwand das Messer. Das brachte die Frau völlig durcheinander, und sie hieß ihn sofort den Laden zu verlassen.

Allâwi ging, kam aber am folgenden Tag wieder. Er wolle wirklich nur mit ihr reden, versicherte er. Als die Frau nicht darauf eingehen wollte, wurde Allâwi garstig und drohte, alle Messer in ihrem Laden verschwinden zu lassen.

Da zog die Frau von einem der Regale ein großes Fleischmesser und fuchtelte damit vor Allâwis Gesicht herum: »Was willst du eigentlich, du Satansbürschchen?«

»Überhaupt nichts! Nur reden«, erklärte er nochmals und setzte sich mit untergeschlagenen Füßen auf den Boden. Ob sie ein weiteres Beispiel eines verschwindenden Messers sehen wolle, fragte er. Sie sagte nichts, sondern starrte ihn nur misstrauisch an, das Messer noch immer in der Hand. Allâwi begann ohne Umschweife zu erzählen. Er sprach vom Talent, Messer verschwinden und wieder erscheinen zu lassen, und von unserer Gruppe. Das war eine große Dummheit. Denn wir hüteten uns, anderen von unserer Gruppe zu erzählen. Doch Allâwi hatte lange Zeit auf dem Markt verbracht und jegliche Hemmung verloren, vor den anderen seine Muskeln spielen zu lassen.

»Das Gesicht der Frau lief tomatenrot an«, berichtete Allâwi, »als ich ihr vom Spiel mit den Messern erzählte. Sie sank auf den Stuhl vor mir und legte sich das Messer auf die Knie. Dann brach sie in haltloses Schluchzen aus. Plötzlich stand sie auf und schloss die Ladentür. Sie wischte sich die Tränen ab und begann ihm die Geschichte ihres Ladens zu erzählen, nicht ohne ihm zuvor das Versprechen abgenommen zu haben, niemandem ihr Geheimnis preiszugeben.

Die Frau war Mutter von fünf Töchtern. Ihr Mann war bei der

Detonation einer Autobombe direkt vor dem Innenministerium ums Leben gekommen. Er wollte sich bei der Polizei melden, nachdem er die Hoffnung aufgegeben hatte, sonst irgendwo eine Arbeit zu finden. Die Wucht zerriss seinen Körper in zwei Hälften. Für sie war das eine Katastrophe. Sie wusste nicht, wie sie ihre Töchter durchbringen sollte. Der Schmerz über den Verlust ihres Ehemanns zerriss ihr das Herz und raubte ihr den Schlaf. Albträume suchten sie heim: Sie sah einen gigantischen Mann, der ihren Ehemann mit einem Messer abschlachtete. Dieser Albtraum kam immer wieder, aber jedes Mal brachte der Riese ihren Mann mit einem anderen Messer um. Sie habe aber nicht verstanden, sagte Umm Ibtisâm, warum diese Messer da auftauchten.

Einen Monat nachdem dieser Albtraum begann, fand Umm Ibtisâm im Garten hinter ihrem Haus ein Messer. Es war ein altes Messer. Zu Tode erschrocken über diesen Fund, rief sie ihren Bruder an. Dieser ging bei den Nachbarn herum und erkundigte sich, doch das Messer schien niemandem zu gehören. Es erregte jedoch das Interesse des Mannes, der erklärte, es sehe antik aus. Er beschwichtigte seine Schwester und schickte seinen ältesten Sohn für einige Nächte zur Beruhigung für sie und ihre Töchter. Eine Woche später kam er mit einem ansehnlichen Sümmchen zurück; er hatte das Messer auf dem Antiquitätenmarkt verkauft. Es sei ein wertvolles Messer gewesen, erklärte er, aus der Zeit der Osmanen. »Wenn du noch ein paar solche Messer findest, machst du uns alle steinreich«, scherzte er.

Danach sei der nächtliche Albtraum nicht mehr wiedergekehrt, erzählte Umm Ibtisâm. Aber am selben Ort seien noch sechs weitere Messer aufgetaucht, jedoch nur einfache Küchenmesser. Umm Ibtisâm behielt sie und verriet ihrem Bruder zunächst nichts davon. Erst als noch weitere auftauchten, erzählte sie es ihm schließlich doch. Gemeinsam hüteten sie das Messergeheimnis. Sie wollten warten, bis der Messerstrom versiegte, doch es ging immer weiter. Nur selten kam ein altes Messer, einmal gar eines aus der Abbasiden-Zeit, das der Bruder schwarz für eine stattliche Summe auf dem Antiquitätenmarkt veräußerte. Gott sorge für sie und ihre Töchter, versicherte ihr der Bruder, weil ihr Mann unschuldig ums Leben gekommen sei. Er schlug vor, einen Laden aufzumachen und die Messer dort zu verkaufen. Er mietete für sie ein kleines Geschäft unweit ihres Hauses. So wurde Umm Ibtisâm zur Messerverkäuferin.

Umm Ibtisâm ließ Dschaafar schwören, ihr Geheimnis für sich zu behalten. Es sei die Quelle ihres Lebensunterhalts. Sie fügte dem, was sie Allâwi erzählt hatte, nichts hinzu. Er hatte sie zu unserem Treffen eingeladen. Dschaafar schwor ihr bei Gott und seiner Ehre, zu schweigen wie ein Grab. Er forderte sie auf, sich der Gruppe anzuschließen, was sie aber ablehnte. Sie wollte einfach in Ruhe gelassen werden. Suâd schloss mit Tränen in den Augen Umm Ibtisâm in die Arme – vielleicht wegen der seltsamen Vielfalt der Schmerzen in diesem Leben.

Dann begleitete sie sie zur Tür und gab ihr noch eine Tüte Kuchen mit. »Ein kleines Geschenk für die Töchter.«

Als sie gegangen war, schwiegen wir lange. Es tauchten also auch an anderen Orten Messer auf. Weiß Gott, das komplizierte die Sache.

Wir alle rauchten, Dschaafar, Sâlich, Allâwi und ich, ja sogar Suâd, die sich eine Zigarette aus meinem Päckchen stibitzte, obwohl sie normalerweise nicht rauchte. Wir bemerkten den dichten Rauch im Zimmer, und plötzlich brachen wir gemeinsam in schallendes Gelächter aus. Dschaafar begann zu husten wie ein alter Tattergreis. Wir zogen unsere Messer hervor und begannen mit dem Spiel. Ich erzählte ihnen vom ersten Text über Traumdeutung, auf einer Tontafel aus dem sumerischen Lagasch. »Gudea, der dortige König, soll im Tempel gebetet haben. Plötzlich schlief er ein ... «

»Ich muss arbeiten«, sagte der Metzger mit seiner Frauenstimme und ging.

4.

Ein Jahr nach meinem Uniabschluss verschwand Dschaafar, der Schiedsrichter, plötzlich. Bei unserer Suche nach ihm ließen wir kein Krankenhaus und keinen Polizeiposten aus. Wir telefonierten mit Leuten, die Verbindungen zu verschiedenen bewaffneten Gruppen hatten, und anderen, die als Entführungsgangs wirkten. Alles ohne Erfolg. Die Erde schien ihn verschluckt zu haben, wie Tausende andere in diesem Land. Suâd war im zweiten Monat schwanger. Sie hatte ihr Studium an der medizinischen Fakultät unterbrochen. Ich war sehr besorgt um sie. Sie war frustriert und deprimiert, wie ein Vögelchen, dem ein Sturm die Flügel gebrochen hat.

Auch die Jungen aus Sektor 29 waren traurig über Dschaafars Verschwinden. Sie organisierten selbst ein Fußballturnier gegen Mannschaften aus anderen Sektoren. Sie nannten es die Schiedsrichter-Dschaafar-Meisterschaften und luden mich ein, das Endspiel zu pfeifen.

Schwere Tage vergingen, bedrückend wie das elende Gesicht des Landes. Die Kriege und die Gewalt wurden zur endlos arbeitenden Kopiermaschine. Wir alle trugen die gleiche Maske aus Schmerz und Pein. Wir kämpften ums tägliche Brot, beladen mit Traurigkeit und Befürchtungen, die das Bekannte und das Unbekannte schufen.

Das Spiel mit den Messern machte keine Freude mehr. Die Zeit hatte unsere mysteriösen Begabungen zerstreut. Einer nach dem anderen brachen wir zusammen, wie achtlos weggeworfene Schaufensterpuppen. Die Gruppe löste sich auf. Treffen und Diskussionen fanden keine mehr statt. Der Hass hatte unsere kindlichen Finger zermalmt; auch unsere Knochen.

Es war nicht leicht für einen Uniabsolventen wie mich, Arbeit zu finden. Die religiösen Gruppierungen betrieben Schulen, in denen die Kinder den Koran auswendig lernten. Sie boten mir Arbeit zur Überbrückung an, bis ich eine Regierungsstelle fand. Also unterwies ich die Kinder im Koran und ließ die Sache mit den Messern sein.

Von Zeit zu Zeit schrieb ich ein paar zornige, aggressive, aber bedeutungslose Gedichte.

Allâwi verließ die Hauptstadt und wanderte im Süden umher. Er zog durch die Märkte und zeigte gegen lächerliches Entgelt seine Fähigkeit, Messer verschwinden zu lassen. Das Letzte, was wir von ihm erfuhren, war, er sei in ein Restaurant eingebrochen und festgenommen worden, als er Messer aus der Küche klaute. Er wanderte ins Gefängnis, und man hörte nichts mehr von ihm. Suâd besuchte, freundlicher- und liebenswürdigerweise, weiterhin Sâlich, den Metzger, um ihm seine Messer wiederzubeschaffen. Sâlich gab uns dafür die besten Stücke Fleisch, die er auftreiben konnte.

An einem Wintermorgen – ich war dabei, den Kindern in der Schule die 57. Sure, Das Eisen, einzutrichtern – kam der Direktor herein und teilte mir mit, ein ihm unbekannter junger Mann wolle mich in einer wichtigen Angelegenheit sprechen.

Der junge Mann war groß, Mitte zwanzig und hieß Hassan. Er wolle mit mir über Dschaafar, den Schiedsrichter, reden. Ich bat den Direktor, mir freizugeben, und ging mit dem jungen Mann in das Café um die Ecke. Dort erzählte er mir, was Dschaafar zugestoßen war.

Die Sicherheitskräfte hatten aus einem Terroristenversteck einige entführte Personen befreit. Er, Hassan, war auch darunter gewesen. Er hatte Dschaafar im Gefängnis der Terroristen, einem Haus auf einem Bauerngut am Rand von Bagdad, kennengelernt. Sie hatten Dschaafar entführt, weil er in einem reichen Viertel, in dem Polizeioffiziere und Militärs wohnten, mit Pornoheften handelte. Er wurde schrecklich gefoltert. Die Terroristen erklärten ihm, Gott habe ihn schon im Krieg durch den Verlust seiner Beine bestraft, doch er, Dschaafar, sei nicht in sich gegangen, sondern habe weiterhin diese unzüchtigen, schmutzigen Bilder verkauft. Deshalb beschloss die Terroristengruppe, Dschaafar auch noch beide Arme zu amputieren – als Lehre für alle unzüchtigen Ungläubigen. Sie versammelten die Entführten, um der Prozedur beizuwohnen. Was dann geschah, konnten wir nicht glauben: Die Schwerter verschwanden aus der Hand der Terroristen, sobald sie sich Dschaafar näherten und Tränen in seine Augen traten. Am Schluss blieb ihnen kein einziges Schwert, kein einziges Messer. Sie bekamen Angst vor Dschaafar und nannten ihn einen Satan. Sie zogen ihn vor unseren Augen nackt aus und kreuzigten ihn an der Wand. Sie schlugen ihm die Nägel durch die Handflächen. Er wand sich vor Schmerz, nackt und ohne Beine. Dann beschlossen sie, ihm die Arme abzuschießen. Zwei Männer stellten sich vor ihm auf und gaben einige Salven auf ihn ab. Eine Kugel traf ihn ins Herz, und er war auf der Stelle tot. Sie schleiften sein Leiche zum Fluss, sammelten ein paar dürre Äste und übergossen sie mit Benzin. Dann verbrannten sie ihn, während sie *Allâhu akbar* psalmodierten.

Suâd und ich wurden mit einem hübschen Jungen beschenkt, den wir Dschaafar nannten. Ich arbeitete weiterhin an der religiösen Schule. Ich brachte es nie fertig, Suâd zu erzählen, was mit ihrem Bruder Dschaafar geschehen war. Ich verbarg die Angst, die sein Tod geweckt hatte, und liebte Suâd nur noch inniger. Sie war meine einzige Hoffnung in diesem Leben. Sie hatte ihr Studium an der medizinischen Fakultät wieder aufgenommen. Langsam und vorsichtig begann die Zeit, die Wunden zu heilen.

Dann suchte uns Umm Ibtisâm auf, deren materielle Verhältnisse sich deutlich verbessert hatten. Wir seien gute Menschen und sie habe uns nie vergessen, erklärte sie. Sie erbot sich, für uns im Viertel einen großen Messerladen zu eröffnen.

Das Geschäft war profitabel, obwohl ich hin und wieder unabsichtlich das eine oder andere Messer verschwinden ließ. Bei Nacht begann ich, Suâds Zehen zu küssen, glitt dann zu ihren Schenkeln empor, zu ihrem Nabel, zu ihren Brüsten, zu ihren Achselhöhlen und schließlich zu ihrem Ohr, in das ich flüsterte: »Ich brauche Hilfe, Schatz!«

Sie kniff mich kräftig in den Hintern und setzte sich dann auf meine Brust, würgte mich mit den Händen und sagte: »Du Lausebengel, wie viele Messer hast du wieder verschwinden lassen? Ich bringe sie dir erst zurück, wenn du mich tausendundein Mal geküsst hast.«

Dann füllte sich jede Pore ihres Körpers mit Leidenschaft und Ehrfurcht. Ja, Suâd war das Leben, das jeden Augenblick verschwinden konnte.

Als der kleine Dschaafar fünf Jahre war, trat sein Talent in Erscheinung: Wie seine Mutter konnte er verschwundene Messer zurückholen.